母から母へ

シンディウェ・マゴナ＝著
峯陽一／コザ・アリーン＝訳

現代企画室

母から母へ

シンディウェ・マゴナ＝著

峯陽一／コザ・アリーン＝訳

父に捧げる

序

フルブライト留学生のエイミー・エリザベス・ビールは、一九九三年八月、南アフリカのググレトゥで黒人青年の群れに襲撃され、殺された。ビール家の人びとのために次々と発せられた哀悼、怒り、そして励ましは、南アフリカの歴史上、前例のないものであった。南アフリカで初めて実施される真に民主的な選挙を控え、その準備にとりかかった黒人たちを助けるために、アメリカ白人のエイミーは南アフリカに渡っていた。したがって皮肉なことに、彼女を殺害した者たちとは、その後にすべての人びとの意見が一致したように、まさに彼女がその貧窮の苦しみを理解し、大きな同情を寄せていた者たちに他ならなかったのである。

通例、そしてそれは正当なことなのだが、こうした状況のもとでは、私たちは被害者の世界について多くのことを耳にする。彼あるいは彼女の家族、友人、仕事、趣味、希望や大志といったことについて。ビール事件の場合も、例外ではなかった。

それにしても、もうひとつの世界のことを学ぶところから、何か教訓を引き出すことはできないものだろうか。その世界は、エイミー・ビールたちやアンドルー・グッドマンたち、また、そのような資質をそなえた他の若者たちを生み出したような、善意と慈しみに満ちた実体の裏返しである。この若い女性を殺害した者たちの世界とは、つまり、彼女と同じくらい若いにもかかわらず、その環境によって、より高邁な人間性の理想のもとで慈しみ育てられることを阻まれ、そのかわりに救いようのない悪意と破壊の被造物へと化してしまった者たちの世界とは、いったいどのようなものだったのか。

私の小説に登場する殺人者は、一人だけである。彼の母親の回想を通じて、私たちは、エイミー・ビールの殺害を可能にしたような冷酷な人間性の姿を、垣間見ることができる。そして、そこで私は、アパルトヘイトの遺産に立ち戻る。様々な邪悪な出来事に加えて、人種の間および人種の内部での無意味な暴力を生み出した、抑圧的で暴力的な制度であるアパルトヘイト。善悪の判断を歪曲させた制度。そこでは国際社会が名づけた「人間性に対する犯罪」が隅々まで行き渡り、そのねじれたプリズムを通して、すべてのことが了解される。

『母から母へ』では、困惑し悲嘆にくれる殺人者の母親が、自らの記憶を探索し、自らの息子が生きてきた人生——自分の息子の世界——を吟味する。もう一人の母親に向かって語りかけ、彼女の痛みを心に浮かべると同時に、自分自身のための答えを探し求めながら、少年の母親は自分の息子とその世界の肖像を描き出していく。そして彼女は、自分の息子の世界を、そして彼女自身の悲嘆を理解してもらうことによって、もう一人の母親の痛みが和らぐことになればと願う。たとえ、ほんの少しであっても。

1

マンディサの嘆き

私の息子が、あなたの娘さんを殺しました。

世間の人たちは、まるで私がやったみたいな目で見るのです。好意的な人でも、まるで私が息子に指図してやらせたみたいに。まるで、私がこの子に何かをやらせることができたみたいに。それも、あの子が六歳にもならない頃から。それどころかあの子の最初の歯が抜ける前だとか、あの子が学校に通いはじめる前から。本当のことを言うと、あの子が私のお腹で育ちはじめる前から。あの子が、あからさまな悪意はなかったにしても、ほんとに軽率に私の子宮に宿った時から。だけど今、世間の人たちは、まるで私が、ある暖かい日に眠りから覚めて、さあ息子よ、外に飛び出して、どっかそこらへんに、よりにもよって何の関係もないググレトゥで遊び回ってるような白人の女の子がいないかどうか確かめてごらん、とでも言ったかのような目で、私を見るのです。

それで、そうやってカモを探してるとき、坊や、ねえ、その女の子がアメリカ人だったら、なおさらいいわよ！　まるで、バッジかラベルみたいに、彼女は自分はアメリカ人だって顔に貼りつけていたというのかしら。息子はそこに行って、賛否両論をはかりにかけて、それが彼女だったから、つまり彼女が本当にどんな人間かわかっていて、用心深く選び出したとでもいうのかしら。

私をののしる人たちは、母親と息子はそんなふうに完璧に理解し合っているのだから、私はそれ以上ひと言も喋る必要などなかった、と考えているようです。私がやってもらいたいと思っていたこと、私があの子にしてほしいと思っていたことを、当然のこととして、あの子は知っていたというわけです。そんな従順な息子がいたらよかったわ。あの子がそんなに無邪気で模範的な子どもだったら、あんなことしでかすわけがないことくらい、誰でもわかるでしょう。

率直に言わせてください。自分の息子があなたの娘さんを殺したと聞いても、私は驚きませんでした。そうなってよかったと思っているわけではありません。人を殺すのは正しいことではないですから。だけど、あなたは、私の息子を理解しなければなりません。そうすれば、我が子があなたの娘さんを殺したというのに、なぜ私が驚かなかったのか、おわかりいただけることでしょう。息子が何をやっても、私はもう驚きません。最初の信じられない衝撃、つまり、あの子が勝手に私の内部に着床した後となっては。あれが、あのときの私を、そしてその将来の私を、不合理に、完璧に破壊したのです。

私にはもう長いこと、あの子はいつか誰かを殺すかもしれない、ということがわかっていました。しかし、殺した相手というのがあの子の友人の一人ではなく、私の他の子どもたちの一人でさえなかったというのには、驚いています。なにしろ、自分の弟に手を出さなかったというのは、あの子も賢明でした。弟の方が先にあの子を、素手で殺してたかもしれません。もしかすると、そうなってた方がよかったのかも。そうしたら、あなたの娘さんは今でも生きていたでしょうから。といっても、もちろん、もとは私たちの子どもだったあの化け物ども、そのなかのあの子じゃない誰かのせいで、娘さんが殺されてしまった可能性は常にあるのですけれど。このググレトゥ、そうでなければ、ランガ、ニャンガ、カエリチャで。それどころか、この広大な国の、遠いどこかの別のタウンシップ［黒人居住区］で。だけど、教えてください。よりによってググレトゥをうろつくなんて、娘さんはいったい何をやってたんですか。関係ないところに足を踏み入れて。いったいどこに行くつもりだったんですか。目が見えてたら、この場所に白人が誰もいないことくらいわかったでしょうに。

そう。このことについて考えれば考えるほど、私はいっそう強く確信するのです。あなたの娘さんは、自分の行為が正しいと信じているときは、絶対に何の恐怖感も抱かないタイプの人間だったに違いない、ということを。私にはわかります。それは、娘さんの弱さだったのです。彼女が殺された日、このググレトゥに南アフリカの白人の女が何人いたと思いますか。彼女たちが、まるで買い物に行くかのように、このタウンシップを行ったり来たりしている様子なんて想像できますか。ところが、あなたの娘さんのような人びとには、生まれつきの恐怖感が欠けているのです。だからこういう人びとは、自分たちの善良さを信じ、自分たちが誰も傷つけていないことを知っており、それどころか、実際に人びとを助けているわけです。だから、誰かが自分たちの方を傷つけようと望むなんて、考えてもみないわけです。

賭けてもいい。もし彼女が自分が危険にさらされるかもしれないと考えたとしたら、おそらく彼女は、それは当局の側からやってくると思っていたことでしょう。当局は、彼女が決心していることを邪魔し、妨害するか、または何らかの方法で、彼女が自分の決意を実行に移すことを完全に阻止してしまったかもしれない。彼女はそう思っていたことでしょう。

あなたの娘さんのような人びとにとって、この世界で善をなすことは、すべての力を使い果たすような、激烈で、燃え上がる、押さえがたい欲望なのです。そのために、こういう人びとの知覚は曇らされてしまうのではないかしら、と私は思います。

あの子が、あなたの娘さんと一緒にいた女性たちの一人を殺害していたとしましょう。その場合も、こんな大騒ぎになったと思いますか。息子は、まだここにいたことでしょう。ググレトゥの隅々を歩き回っている数百人の殺人者たちと同じように。ということは、あの子はまったく分別がなかった。両肩が押しつぶされそうなくらい大きい頭のなかには、常識も何もない。入っているのは水だけ。ああ、ひどい。何年も生きていて、あの子は何も学習しなかったのでしょうか。白人を殺したら必ず磔刑《はりつけ》になるということを、あの子は知らなかったのでしょうか。

そして、あなたの娘さん。娘さんは学校に行かなかったのですか。ここは黒人だけが住んでいる場所だということが、彼女にはわからなかったのですか。それだけじゃありません。ひとが自然に感じるはずの居心地の悪さは、どこにいったのかしら。娘さんはここで、陸に上がった魚みたいなきまりの悪さを感じなかったのでしょうか。その感覚は娘さんにとって、警告に、近寄るなという警告になったはずです。この場所は彼女のための場所ではないことがわかったはずです。彼女のような人びとには、安全な場所ではありません。ああ、どうして彼女は離れていてくれなかったんですか。どうして彼女は、離れていてくれなかったの。

白人は自分たちだけの場所で暮らし、自分たちだけにかかわることを、自分たちだけの人生を気にかけています。それしかありえない。私たちの方は、ここで暮らし、争い、殺し合っています。それが私たちのなりわいです。ここタウンシップで、私たちの誰かが誰かを殺したとしても、新聞の全面に仰々しい文字が踊るようなことはありません。でも、この息子の事件のときは、私を雇っている白人女性までもが、私に見せてくれました。新聞のどの面にも、このニュースばかり。写真つきで。

私の息子は、長く、つらい道のりを歩んできました。そして、息子の人生を生きるに値するものにする責務を果たさなかった父親たち、母親たちの罪を、あなたの娘さんが弁済するはめになったのです。息子の食事、衣類、頭上を覆う屋根のために、いまでは政府がお金を払っているというのは、どういうことかしら。あの子が隣人の雌鶏を盗んだときと、同じ政府だとは思えません。息子はその鶏の首を締めて、調理しました。羽根ごと。というのも、家にはぜんぜん食べるものがなく、私はといえば、雇い主の白人家族の子どもたちの面倒を見るために家を空けていたからです。週末もその家族の家にいるように言われたのですが――あの人たちは緊急事態だったそうで――、そのせいで、私の方も事前に子どもたちにひと言も告げられないまま、週末じゅう放ったらかしにするという緊急事態になりました。自分がいないときのために十分な食べ物を残しておくことも、できませんでした。予定が変わったことを電話で知らせることも、できませんでした。あの頃のググレトゥで、誰が電話なんて持っていたでしょうか。私のような無名の者が最初に電話を手に入れるなんてことが、ありえたでしょうか。

それで私の息子が、社会から追放された今になって、人生でいちばんいい屋根の下で暮らしているというのは、どういうことなんでしょう。鎖につながれているにしても、以前よりましな生活を送っているというのは、どういうことなんでしょう。政府は彼に生涯何も与えなかったというのに、どうしてまた、今になってそんなものを与えているのか、私には理解できません。

神は、私の心をご存じです。私は、子どもが自ら犯した罪のために罰せられてはならない、などと言っているのではありません。しかし私は、母親の心をもった母親です。神が私にお与えになった運命の杯は、あまりにも苦く、飲み込むことができません。恥辱。もう一人の母親が被った傷。情愛に満ちた人生をあんなに無惨に切り縮められてしまった若い女性。神よ、どうか私の息子をお許しください。彼のこの恐るべき、恐るべき罪を、お許しください。

2

モーブレー　一九九三年八月二五日水曜日

澄み渡った秋のような朝。東向きの窓の部屋は、八月の淡い陽光に洗われている。窓は開いている。そうやって一晩中、あなたの娘さんは眠っていた。

目が覚めたとき、彼女はいったい何を考えたのだろう。過ぎ去ったばかりの夜、彼女はどんな夢を見たのだろう。はじまったばかりの一日のために、彼女はどんな希望を胸に抱いたのだろう。家に帰る前の朝に、どんな希望を。

けたたましい電話のベルに、彼女はぎくりとする。彼女は深い眠りから覚める。予定通りの電話だろうか、それとも不意打ちの電話だろうか。私にはわからない。でも、電話で話す彼女は、とても幸せそうだ。

彼女は相手にこう告げる。「じゃ、すぐにね」。夜明けの白鳥の声のよう。受話器を下ろした彼女の顔は、晴れやかな微笑みに満たされている。

彼女は仰向けになり、鼻歌を歌う。微笑みが残り、目は輝いている。母親からだろうか。それとも、ボーフレンドからだろうか。

誰からの電話だろうと、とにかく彼女は幸せな気分になった。ほんの少しあと、まだ歌いながら、彼女はベッドから跳び起きてシャワールームに駆け込む。

背が高く、たくましい体つき。すべての腱と四肢はすっかり目覚め、生き生きとして、紅潮している。骨色の表面が割れ目と欠け痕だらけになり、とっくの昔に輝きを失った白い大きな浴槽から、彼女は足を踏み出す。この家も、学生たちが大好きな、老いぼれの崩れそうな建物のひとつだ。

彼女は大きいふわふわのタオルに身を包み、素足で台所に向かう。長くて太い、色の濃い毛髪の塊が、背中にぴたりとくっついている。彼女は急いで、手際よく自分の朝食を準備する。冷たい牛乳入りのオートミールを大慌てで平らげる。次にあつあつのブラックコーヒーを流し込む。それから、全粒小麦のパンを一枚。こんがりトーストして。バターと少量のマーマイトを塗って。つけ足しは、分厚いチーズを一切れ。

まだ白いタオルを一枚身につけただけで、彼女はベッドまで歩く。細長いピンク色の足が、焦げ茶色の、ほとんど黒色のカーペットに映える。ベッドに戻る。彼女は本を読みながらメモ書きをしている。手に取ったペンが、興奮した子犬の尻尾のように激しく揺れる。彼女はほんの少し、眉をひそめる。おしまい。頭を起こす。シャワーの水音が聞こえてくる。ルームメートの一人が目を覚ましたのだろう。リサかな。それともテスかな。しばらくの間、彼女は聞き耳を立てる。それから彼女は、ページを開いたまま胸の上に乗せておいた本に、目を戻す。

今朝の最後のおきまりの行動は、何かしら。ルームメートたちに、「また後でね!」と大声で挨拶するのだろうか。庭に止めてある車の方に、彼女はきびきびと歩いていく。鍵を回す。ドアが開く。ハンドルの後ろに体を滑り込ませると、彼女の視線は自然と手首の方に向かう。男物の大きい丸い腕時計が、七時五五分を指している。

それは、二〇キロ離れたググレトゥで、私がちょうど家を出る時間だった。

「まだ寝てるのね」。二つの寝室の小さい方で寝ている静かで鈍い丸太ん棒さんに向かって、少し前に、私はそう言ったばかりだった。「知りたかったら教えてあげる。もうすぐ八時よ。私はもう行くわよ」。娘は何かモグモグ言って、壁の方に向き直った。

儀式はいつもの通り。最初に私は彼女を起こそうと試みて、それから二人の兄たちの方へと向かう。裏口の台所のドアの脇、裏庭に面したところで、男の子たちはブリキの掘っ建て小屋、つまり「ホキー」で眠っている（実際、ググレトゥのこうした同一サイズの家は、子どもができたからといって広がったりはしないのだ）。私は叫ぶ。

「ちょっと、二人とも！　起きる時間よ！」いつもと同様、掘っ建て小屋からは何の返事もない。

「ムコリシ！（これが、去年割礼したばかりの兄の方の名前）」彼のご自慢は、夜の半ばまで起きていられること。何年かかっても彼が理解できないのは、ベッドに行く時間と目が覚める時間には直接の関係があるということ。彼は、自分が早起きが苦手なことを率直に認めるが、この毎日の難儀と自分が夜更かししている時間とのつながりが、つまり原因と結果が、わかっていない。彼は自分が朝起きられないのは、やさしい声の人とダミ声の人がいるのと同じように、生まれつきなんだと言い張っている。

「ルンガ！　ルンガ、起きて、それからお兄ちゃんを起こしなさい！　急がないと、沸かしたお湯が冷めるわよ」

「はい、母さん！」ルンガの声は、口の中に脱脂綿を詰め込んだみたいに聞こえるが、私は安堵し、心から嬉しくなる。今回も、私の力が効いたのだ。私には死者を甦らせる力があるのだ。

すぐにルンガとシジウェが台所に入り、コーヒーを飲み、ジャムを塗ったパンを食べはじめる。

「座りなさい！　座りなさい！」どうして私の子どもたちは、とりわけ朝食となると、ぜったいに座って食べてくれないのかしら。私にはわけがわからない。もちろん、いま、この子たちは急いでいる。どんなにがつがつ食べてるか、見てほしいものだわ。どうしてこの子たちは時間通りに起きてくれないのだろう。

「あんたたちのお兄ちゃんは、まだベッドにいるのかしら」

ちょうどそのとき、いらいらした声がドアの向こうから聞こえてくる。「母さん、卵を買うカネ、くれよ」。私の心が、急に揺れる。ムコリシの声は、日によって、私がもう何年も忘れていた彼の父親の声とそっくりに響く。目を上げたら、まるでそこにチャイナが立っているみたいだ、と思う。

ドアの桟にぶつからないように、キリンみたいに片膝を折り曲げて首を下にかしげながら、ムコリシが入ってくる。もうすぐひげを剃る年頃だ。背が高くて筋肉質。彼の隣のルンガが、急に、実際の歳よりも小さく見えてくる。というか、二人は六歳ちがいなのだが、ルンガはそれよりずっと小さく見える。

「あたしたちは、みんな、同じ部屋で寝てたのかしらねえ」。私はムコリシに言葉をかける。

「おはよう、母さん！　おはよう、シジウェ！」まじめな大声で、彼はこう答える。上向きの手のひらが、私の方に伸びてくる。

「卵だったら、仕事から帰るときに買ってくるわよ」

そこで、ムコリシは妹の方に注意を向ける。「何たべてるんだよ」。シジウェの口のなかはチョコペーストでいっぱい。彼女は何かモグモグ言って、彼に自分のパンを見せる。

戸棚をかきまわしながら、ムコリシは言う。「母さん、魚の酢漬けはないかなあ」

「果物はいっぱいあるわよ」、と私は言う。「パンと、ジャムと、ピーナッツバターもね」

「パンはそろそろおしまいだよ《ランニング・アウト》」。四分の一しか残っていないパンの塊をつかみあげて、ムコリシが不平を言う。

「あたしもそう。いま外に走り出す《ランニング・アウト》ところ。そうしないと、遅れるわ」。私がこう言って笑っても、ムコリシは笑い返さない。そのかわりに、こう言う。「ワイェカ・ノクセンゼリシドゥードゥ、マーマ（おかゆもつくってくれなくなったね、母さん）」

「もう大きいんだから、自分でつくれるでしょ」

「だけど、母さんの手料理が懐かしいよ」、とルンガが言う。私は自責の念をこらえる。私が家にいて、母親らしいことをぜんぶやっていたとしたら、どうなるかしら。たぶん私たちは、ドワドワの稼ぎだけでは暮らしていけない。私がフルタイムで働いているから、ようやく今の暮らしがあるのよ。

　何分かして外に出た私は、大急ぎで、子どもたちに注意の言葉を投げかける。その日に私のために家でやっておくべきこと。さわってはいけない食べ物。「それから、忘れちゃだめよ、あたしが帰ってくるときは、みんな必ず家にいてね！」こういうふうに言っても、なるようにしかならないだろう。しかし私は母親なのだから、たとえ家にいなくても、子どもたちについて、そして家庭の運営について、権力があることになっている。月曜から土曜まで、私は、白人女性のネルソン夫人の家の台所に働きに出ている。子どもたちが学校に行く前に自宅を出て、太陽が沈んでかなりたってから帰宅する。子どもたちが学校から戻ってくるとき、私は家にいない。子どもはムコリシだけのときの方が、ずっとましだった。働きに出るとき、私はあの子を連れて行ったもの。あの子が学校に行くまでは、そうしていた。でも、白人の女は、自分の家が私の子どもたちの託児所みたいになることなんて、許さないだろう。それに、子どもたちはもうみんな大きいから、学校に行かなくちゃいけない。というわけで、あの子たちに私の規則を思い出してもらうために、私は毎朝、自分がいないあいだのふるまいについて、ああいう手の込んだ、だけど中身のない指示を残していく。ただの形式、へたな芝居。誰も気に留めたりしない。子どもたちは自分の好きなようにやっているし、それも許される。何をやったらだめで、何はやっていいかなんて、いつも覚えていられるものかしら。夜になって帰ってくる頃には私は疲れ果てているから、そんなことといちいち思い出せない。自分の名前を思い出すのも難しいときがある。というより、たいてい自分の名前なんて覚えていない。でも、私たちは働かなければならない。私たちは働く。生きていられるように。私の同胞たちが言うように、ウクルンガ・クウェーニェ、クコナカーラ・クウェーニェ(ひとつ直したら、別のところがおかしくなる)。人生に問題はつきもの。

娘さんは、学校に行く車に別の人たちを乗せているのだろうか。それとも、自分ひとりで運転しているのだろうか。カーラジオのスイッチは入っているのだろうか。それとも、カセットテープを入れて音楽を流し、遠くにいる若い男性のことを思い出しているのだろうか。今晩は何か予定があるのだろうか。彼女がモーブレーを出たときには、車の往来は少なかった。彼女の心も軽かった。もうすぐ。もうすぐ家に帰れる。耐えられたことが不思議だ。家から離れていることに耐えられたのが不思議だ。いましがたまでは耐えることができた。あと一日だけなのに、急に耐えられなくなった。土曜の夜のパーティからだ。あの愛すべき人たちが、素晴らしいお別れをしてくれた。ほんとうに素晴らしかった。じゃあ、どうして彼女はそんなに憂鬱なのだろう。うーん、そうね。彼女はひそかに考える。あたしはいつも、さよならを言うのが苦手なんだわ。

この日の彼女は、ほとんど息をつく暇もない。ほんとに忙しい。これまで十カ月のあいだ彼女が家と呼んできた場所での、最後の一日。大学でも、たくさんの人びとが彼女の帰国の旅について話したがっている。この人たちがわかってくれていたら。わかってくれていたら。彼女は自分の家族に会うことを、家に帰ることを、友だちに会うことを楽しみにしていたが、それでもやはり、さよならを言うのは簡単なことではない。簡単にさよならを言えたことなんてなかった。それを今、彼女はやろうとしている。自分が帰ることを皆が忘れてくれたらいいのに、と彼女は心から願う。だけど、誰も忘れてくれない。みんながさよならを言いたがり、次々とパーティを開いてくれる。したがって、彼女は友人たちに別れを告げ、別離の痛みを再確認することを強いられる。ほろ苦い。もう家に帰れてたらいいのに、と心から願う。しかし、もちろんそうする前に、彼女はこの愛しい、愛しい友人たちに、彼女が大好きになったこの人びとに、一人残らずさよならを言わなければならない。だけど、たぶん彼女は戻ってくるのだろう。もちろん、彼女は戻ってくる、いつの日か。そんなに先のことではない。それは確かなこと。

そう。彼女の心がどんなにかき乱されていたか、私にはわかる。興奮し、悲嘆にくれる。幸福で、悲しい。しかも同時に。それも同じ理由、まったく同一の理由で。

水曜日は登校日。しかし、私の子どもたちは誰も学校に行かない。そのことを知っているのは本当につらいが、まるで亀が甲羅を背負うように、私はそれを心のなかに留めている。しかし、その重みで私の精神は沈み込んでいく。

二日前、南アフリカ学生会議(COSAS)は、学校の生徒たちにバルセロナ作戦に参加するよう指令を出した。これは、ストライキを決行する教師たちを支援する作戦行動なのだという。生徒たちは、学校に登校せず、車を燃やし、反動分子をタウンシップから追い払うように駆り立てられた。着火材に火がついたようなもの。生徒たちは互いに先を争って、呼びかけに応えようとした。今では、学生たちと意見が違う者は誰でも、彼らに「反動」と呼ばれてしまう。勇敢な心をもつ多くの者も、それには純然たる恐怖感を抱いている。ある学生指導者は公然とこう告げた。「われわれは、政府に対してはっきり意見を述べておきたい。教師もいないのに自分たちの教室に座っているのは、もうたくさんだ」。こうやって大言壮語する子どもたちは、何もわかってない。あの子たちは、人生がどんなにつらいか、全然わかっていない。気をつけないと、結局は白人の家の台所や庭で人生を終えることになるのよ。ちょうど、あたしたちみたいに。あの子たちの母親や父親たちみたいに。そうなったときの顔を見てみたいもんだわ。

ムコリシについていえば、去年の十二月に彼をいなかに送ったのは、もしかすると間違いだったのかもしれない。だけど、彼はその年齢になっていた。十分に成長していた。ところが、こっちに戻ってきてからは、向上の跡を見せるのではなく、前よりも怠惰になってしまった。割礼で何を切ったのか知らないけど、怠惰な性向だとか放浪癖だとかは、ぜったいに切り取ってないわね。ムコリシがベッドから抜け出してくるのはいつも必ず最後なのに、家を出る段になるといちばん早い。そして、彼は弟や妹に威張り散らすばかりで、自分で家の雑用をすることはめったにない。夫や私が仕事から帰ってみると、誰かがかわりに処分していない限り、しばしば、その朝ムコリシが自分の体を洗ったときの洗面器の汚水がそのまま残っている。怠惰な子。いつもほっつき歩いてる。そうそう、あの子が絶対に怠けないのが、このほっつき歩き。こっちの友人、こっちの知り合いの家から、あっちの家へ。それからこっちへ、それからあっちへ。まるまる一日。あの子が毎日巡回してるところを見たら、一軒一軒に牛乳を配達して、そのかわりにお給料をもらってるんだろうと勘違いするでしょうね。

今日、ムコリシは家の外に出る。門のところに立って、通りを見渡す。自分の兵隊を観閲する将軍みたいに、通りの端々まで見渡す。

笛の合図。

ムコリシがぐいっと頭を向ける。

通りの角で、誰かが手を振っている。

ムコリシも手を振り返して、ゆっくりと門から離れていく。

「やあ、兄弟たち！」ムコリシは友人たちに挨拶する。

「やあ、兄弟！」友人たちが声をあわせて返答する。

グループは広がって、ムコリシを包み込む。その真ん中で、彼の姿が見えなくなる。ムコリシとそれ以外を見分けることは、もうできない。学校の制服を着ているわけではないが、彼らが身につけている服の色と形は、そして長身で、しなやかで、ゆったりした体軀にあわせた服の着こなし方は、みんなよく似ている。だから少年たちは、まるで制服か何かを着ているように見える。NY1通りを歩いていくにつれて、グループは、たくさんの節に分かれた巨大なムカデのように、ふくれあがっていく。移動していく無数の足の動き方は、せかせかしているわけでも、のんびりしているわけでもない。弓なりに盛り上がった肩と、大またで偉そうなおそろいの歩き方は、彼らの共通の目標について、そして、グループを縛りつけ、メンバーたちを粘着した単一の全体へと結合させている共通の目標について、多くのことを知らせてくれる。NY2とNY3の交差点にある目的地、聖マリア・マグダレン教会に到着する頃には、グループは二つの巨大な枝に分裂していた。

あなたの娘さんは、大学のカフェテリアにいる。娘さんは友人たちに囲まれている。たくさんの友だち。この友人たちのなかに、三人の若いアフリカ人女性、タウンシップからやってきた女子学生たちがいる。

「あなたに会えるのは、たぶん、これが最後よね」。黒人の友だちの一人が、こう問いかける。悲しみが急に沸き起こって娘さんの心を刺し、微笑んだ目がかすんでくる。なんてやさしい心の持ち主なんだろう、この外国からの友人。娘さんは、この女子学生たちが奨学金をもらえないかどうか調べてみると約束してくれたじゃないの。来年はA合州国に行けるかもしれない。すべてがうまくいけば。いいひと。娘さんには、涙なんて似合わない。絶対に似合わない。次の瞬間、この女子学生の振る舞いが明るくなる。今日は、この友人がみんなと一緒にいられる最後の日よ。悲しい日にしちゃいけないわ。いい思い出が残るように、見送ってあげなきゃ。涙じゃなくて、笑顔よ。

しかし、「そうね、今さよならを言わなくちゃ！」と、別の女子学生が言う。若い女性たちの心は、あなたの娘さんの心も含めて、沈んでいる。誰もさよならなんて言いたくない。娘さんは、とてもいい友人だった。熱意にあふれ、いろんなことを進んで勉強した。コーサ語、アフリカン・ダンス、そしてここの人びとの生活の仕方。彼女はこの国のご自慢の食べ物を味わえるようになった。どんなものでも。彼女にはひとかけらの傲慢さもない。子どもみたいな好奇心でいっぱい。いい人だった。娘さんのことを、後に友人たちは、そう形容することになる。

娘さんは、タウンシップからやってきた友人たちが抱えている問題を知っている。それに娘さんは、彼女たちにさよならを言うこの瞬間を、もう少しだけ長くしたいと思っている。彼女たちが住んでいるところには電話がない。彼女たちに今さよならを言うとしたら、本当にこれが最後になるだろう。手紙を書くのは面倒なもの。そのうえ、呪われたタウンシップでは郵便配達も当てにならない。娘さんが書くはずの手紙をみんなが受け取れるかどうかなんて、誰にもわからない。奨学金はウェスタンケープ大学を通じて手配しなければならない。それがタウンシップの人たちと連絡を保つ唯一の方法。娘さんは衝動的に、口走ってしまう。

「家まで送ってあげるわよ」。そんなことを言ったなんて、自分でも信じられない。

「ほんと?」友人たちの一人が、驚いて聞き返す。

「もちろんよ！」娘さんが答える。今度は、自分はそうしなきゃいけないと確信している。「だけど、長居はできないわ。降ろしてあげるだけ」

「やめといたら」と、ルムカが言う。彼女もググレトゥ三人組の一人。「やることがいっぱいあるって言ったじゃないの」

「でも、ググス［ググレトゥ］までだったら、たった二、三分でしょ。ちょっと回り道するだけよ」

「だめだめ！　あたしたちにはタクシーがあるわ」。ルムカの意思は固い。彼女は、つまるところ白人の一人である娘さんが、この時間にタウンシップに行くのが不安だった。この午後の遅い時間は、仕事場など、この日に行かなければならなかった場所から、人びとが戻ってくる時間と重なる。もっと早かったら、いいかもしれない。でも、こんな遅い時間はよくない。だめ。こんな遅い時間はだめ。

「譲らないわよ。これは最後のお願いなんだから、断れないでしょ」。娘さんは冗談を飛ばす。

「じゃあ、わかったわ」。ルムカは、しぶしぶ従う。彼女も、その場の興をそぎたくはない。ググレトゥから来た他の二人の女子学生が、申し出を断ろうとするのに唱和してくれないところをみると、彼女たちは家まで送ってほしいのだろう。彼女たちは、いなくなろうとしているこの友人と、ほんの少しだけ長く一緒にいたいと思っているのだ。

　寛大な娘さんは、多くの人びとに慕われていた。娘さんは、そんなことをしている場合ではないことを知っていた。まだたくさん荷造りをしなきゃいけない。荷造り。それから、数え切れないほどたくさんの、出発間際に片づけるべきことども。航空会社に電話して、フライトを確認する。空港までの移動手段を手配する。結局会えなかった友人たちに電話する。電話を解約する。未払いの請求書を精算する。何個かちゃんとしたプレゼントを買う（故郷で友だちとみなしていい人びと、南アフリカのおみやげを私から受け取るべきで、かつ、おそらく自分は何かもらえるだろうと期待している人びとが、いったい何人いるのか、彼女には見当もつかなかった)。娘さんはしばし考える。この国で今まさに投票に行こうとしている多くの人びとの、あまりロマンチックではない、まったくもってつらい、つらい生活については、どういうふうに説明したらいいものだろう。外部の人びとが想像するどんな状況よりも、ひどい。彼女がここに来る前に想像していたよりも、ずっとひどい。娘さんは首を振って、そういうふうには考えないようにする。ものごとは良い方向に変わった。そこには希望があった。普通選挙は、ほとんど完璧に保証された。

「さ、もう行きましょ!」左手首の内側にちらと目をやりながら、娘さんが言う。

「まあ、ありがとう」。三人の女子学生は声をそろえる。

大あわての抱擁が続く。というのも、テーブルの周りの人びとの大部分は、もう娘さんに再会することがないからだ。娘さんは、三人のググレトゥの女性、そして、娘さんの家の近くに住んでいる別の若い男性の友人と一緒に、その場を離れる。彼は娘さんと一緒にタウンシップから戻るはずである。二人は、モーブレーまで車で一緒に戻ることになっている。

「友人たちよ、そんなことはできない」。学生たちのグループに、マナンガ師はそう告げる。「残念だが、今日はだめだ。女子青年会のグループが、今日の午後、ここに集まることになっている。いつもと同じ水曜日だ」

「ここ」というのは、ググレトゥの聖公会教会、聖マリア・マグダレンのホールのことである。

「毎週、水曜日だ」と、彼は繰り返した。

牧師に拒否されて、学生グループは困惑した。彼らはすでに、地元の三つの高等学校のホールの利用を拒否されていた。無理やり進入したとしても（以前にやって成功したことがあった）、今回は失敗したことだろう。それぞれの学校に警察が阻止線を設置して、グラウンドに入れないようにしていたのである。

彼らは、牧師が真実を語っていることを知っていた。彼らの母親の大部分は成人女性のグループに所属しており、木曜ごとに集まりを開いていた。牧師が言及したグループに自分の姉妹が所属している者も何人かいた。それでもなお、彼らは牧師を説得しようとした。

だめだ、と牧師は言った。女子青年会の集会の場所を変えることはできない。集まりの日時を変えることもできない。自分には、教会の行事や手続きを変える権限などない。だめだ。女性の集まりの前の三十分だけホールを貸し出す、というわけにもいかない。この男の子たちは手に負えない振る舞いをするかもしれないし、座席やら何やらがいったんひっくり返ったら、きちんと並べるのに時間がかかってしまう。

「反動め！」群衆のなかの誰かが叫んだ。ここに至って、神に仕える男は、あわててムコリシの耳に何かささやいた。それからムコリシは、退却を宣言した。

「ここで集会ができるぞ。明日の朝だ！」牧師が牧師館に引き払ったちょうどそのとき、ムコリシはグループにそう告げた。

気乗りのしない不平の声があがったが、真剣なものではなかった。今の時間を考えると、何にせよ翌日の朝に集まった方が有利なのかもしれない、と多くの者が納得した。

「それじゃ、九時でいいかあ」

「九時！」

「九時！」同意の鐘が鳴った。

それから、群衆は歌を歌い出す。シャンコバ！（われわれは勝利する）トイトイ［足踏み］をしながら、彼らは半ば行進し、半ば踊り、教会の敷地から離れていく。

しばらくすると、歌は、呼びかけと応答のシュプレヒコールに変わっていった。

ングバニ・ロ？［この人は誰だ］ングマンデーラ！［マンデラだ］
ウィントニ？［彼は何者だ］インコケーリ！［指導者だ］

スローガンの応答が繰り返され、その音声は、ググレトゥを占拠する家々の低い、苔癬《たいせん》みたいな屋根のうえで、朗々と響き渡った。不定形のグループは二つに分かれていった。移動しやすいようにアメーバは自己分裂した。それは何度も繰り返して分離し、裂けていった。小さなグループは自分たちの道路にたどり着き、枝分かれし、様々な方向を目指した。一部は帰宅の途についた。

ムコリシのグループはNY3を進み、NY1に向かってトイトイをしていた。先頭部隊がNY1に到着すると、グループはとつぜん停止した。いつもの不協和音だ。火の飢えた舌がパチパチ音をたてている。家か車をむさぼり食らっている。それにつきもののしゃがれ声の歓声が見物人から沸き起こる。ザッザッと大きく響く、走る足音。

騒乱に活気づけられて、グループは歌うのを止めた。トイトイも止めた。そして、巨大な強い磁石に引っ張られていくかのように、前方へと走り、押しよせた。林立する足が地面を踏みならし、のこぎりのような腕々が中空を挽き、NY3を激しく突進していったが、とつぜん動きが止まった。あまりにも見慣れた、それでも血わき肉おどる光景が、彼らの眼前にあった。

NY1とNY3の交差点で、大きなワゴン車が、愛撫するかのようなオレンジ色と赤色の炎のゆらめくリズムにあわせて、スローモーションで踊っている。しかし、もっと近くで見ると、その車は止まっていた。動きは蜃気楼、視覚的な幻影だった。せっかちなオレンジ色の舌が、車の周囲くまなく遊び戯れ、舐めるように洗い、焼き尽くし、車がぐらついて振動しているかのように見せていたのだ。観客が息を詰め、驚きで目が飛び出しそうになったちょうどそのとき、ワゴン車は揺れ、よろめき、酔っぱらってつまずいたように見えた。それから、なお身震いし、太いひび割れ音のような嘆息をつきながら、まるで祈禱者のようにひざまずいて身を伏せ、沈下していった。このときには前輪はすっかりなくなっていたが、後輪はそのままだった。しかし、たちまちのうちに、後輪も炎に包まれた。

アンド・ソンズ

そう読める帯状の青と白の文字が、せわしない、せっかちな炎の舌のすきまに、ときたまちらりと姿を現す。長く静かな叫びが、破壊されぽっかり口を開けたドアから流れ出してきた。ドアは二つ。かつてはドアだったのだが、誰かにもぎ取られ、今ではそこから分厚い黒煙が吐き出されている。親密な舌が、逝ける車の最深部に隠された窪地と裂け目を探し回りながら、愛撫し、突っ込み、跳びはねていた。打ちつけ、舐めまわす。かまどの周囲の残骸を見ると、ワゴン車が運んでいたすべてのものが、ずっと前に略奪されていたことは明らかだった。

「このワゴンは何を運んでいたと思うかい」。グループの副官のサジが尋ねた。

「運転手に聞いてみな」。ムコリシの忠実な手下の一人、ルワジが言い返した。

この会話を耳にした者は、笑った。この種の略奪放火事件では、ワゴンの運転手はいちばんに標的になる。運転手は逃げるか、そうでなければ自分の車の内部で生きたまま丸焼けになる危険を冒すことになる。このワゴンの運転手が第一の選択肢を選んだこと、つまり分別があったことは、明らかだった。

「たぶんここの結核病院に配達に来てたんだろう」。グループの別のメンバーが、現場近くに立っている白い建物の方にひょいと顔を向けながら、そう言った。ググレトゥ結核病院。「俺たちに結核の薬をくれるのは、いいことだよ」。ルワジが言った。「だけど、本だとか、いい教師だとかをくれるわけじゃあない」

「結核っていうのは、うつるんだよ。知ってたか」。サジが言う。「ボーア［本書では白人の総称］は、俺たちにうつされるんじゃないかと恐がってる。俺たちの母さんたちは連中の家で働いてるからな。俺たちがみんな結核にかかったら、あいつらも結核になるんだよ」

ちょうどそのとき、警察車両のサイレンが聞こえてきた。

ムコリシのグループに、それ以上の警告はいらない。警官はまず銃撃して、それから尋問してくる。もし彼らが尋問みたいなことをするとしたら、の話だが。警察にとって、燃えるワゴン車の目と鼻の先にいる者は、誰だろうと第一の容疑者だ。

グループは急いで散り散りになった。焼けた金属のパリパリいう音が後に残る。ワゴン車は熔けて、すべての色彩が消滅したように見えた。そこにあったのは、ガンメタルグレーに塗られた、ちらちら光る表情のない残骸。獰猛なまでに親密な炎にしつこく舐めまわされて、黒い縞模様が入っていた。「アンド・ソンズ」の文字もなくなっていた。完全に消えていた。炭のようになった横腹から消滅していた。しかし、近づいてみると、それは写真のネガのように青白く残っているのがわかった。


二つのグループは、事前に、なお南方へと歩く者はNY7のスポーツ競技場で落ち合うことに決めていた。ムコリシのグループの残存者は、そこへと向かった。もうひとつのグループの残存者も同様だったが、こちらのメンバーは、もっといい思いをしていた。たまたま彼らもハイジャックされた自動車に出くわしたが、彼らは犠牲になった車から有用なものを運び出すことができた。それは、食肉配達車だったのである。

それから二つのグループは短い非公式の集まりを開き、この集合場所への道中で集めた情報を分かち合った。第二のグループのメンバーのなかには、捕獲した戦利品を分け合う者もいた。その後、今度はメンバーの家々がある方角に従って、グループ全体がもう一度ふたつに分かれた。

一部は南方に歩き、他の者は東方へと向き直った。分派たちが歩みを進めるにつれて彼らは分裂し、さらに分裂し、そこかしこで少数の者が離脱して、側道その他、ググレトゥの目立たない脇道に入り込んでいった。

ムコリシのグループは、いまでは人数もずっと少なくなったが、南方へと歩き続けていた。彼らは急に元気になって、再び以前のようにトイトイを始めた。

ングバニ・ロ？［これは誰だ］　ングマンデーラ！［マンデラだ］

ングバニ・ロ？［これは誰だ］　ングソブークウェ！［ソブクウェだ］

バジントニ？［彼らは何者だ］　ジンコケーリ！［指導者だ］

歌い、なかば行進し、なかば踊りながら、彼らは警察署の方へとゆっくり移動していった。これはいつでも刺激的で、興味をそそる出来事。豚どもがどんな気分でいるかなんて、誰にもわからない。あいつらとお遊びできる可能性は常にあった。

あなたの娘さんと、その四人の友人たちは、車のところに着いた。彼女は自分のドアを開けてから車の脇を横歩きし、客席のドアにたどり着いて、開けた。

「みんな乗ったわね」

車は駐車場から滑り出す。彼女は車を巧みに外に出し、ハンドルを切り、まっすぐにし、ゆっくり前進させていく。

彼女がキャンパスから外へと車を進めると、車内にとつぜん沈黙が訪れる。これは、リハーサルなしの告別。計画されたものではなかった。しかし、黄色いマツダに乗った五人の若者のひとりひとりが、過ぎ去る光景を言葉もなく見つめている。目が記録するものを、評価し、吟味する。イメージを意識的に保持し、心の目に長く留まらせ、安全なところにしまい込み、ためておく。永遠に。

彼女たちはハイウェイに差しかかった。静かに肩の荷を降ろし、ホッとする。人目につかない、聞こえないため息。一人一人にとって。ひとつの日が終わった。これは全員にとって特別な日。唯一無二の理由がある日。終わりを意味する日。監獄の扉のように重い。

ムコリシのグループは路上で興奮している。不規則に広がる灰白色の建物が、目に入る。「イェケレラ！（気楽に行け）イェケレラ！　ムジータ！（兄弟）」ルムコが忠告する。彼はひょろ長い、まじめくさった雰囲気の若い男。ムコリシと同年輩で、一年前には［割礼のときに］いなかでムコリシの仲間の一人だった。

いったん、踊りのステップの熱が冷める。歌の調子も衰える。警告は、この建物のなかで起きた身の毛のよだつ行為に関する噂を思い出させた。無意識の記憶が力を帯びる。血を凝固させる叫び声がこの建物から漏れてくるのが、真夜中に聞こえたものだ。警官がここに引きずり込んだ人びとの身に、凄まじいことが起きていたらしい。怖ろしい、怖ろしいこと。死よりもひどいこと。もちろん、そこでは死ぬこともあった。もちろん。

警察署を越えて数メートル行ったところの街灯の下で、小休止がもたれた。もう夜なので、グループは分裂しようとしていた。ランガから来た仲間たちは、バスに乗るか、それとも電車に乗るか、と議論していた。残りは徒歩で帰宅するしかなかった。いちばん遠くに住んでいる者でも、一五分以上かかりはしなかった。

ランガに戻るグループのかなりの者は、この角で離れていった。彼らはバスを選んだ。電車に乗る者は、ググレトゥ第三区の仲間たちと一緒にNY1を下がって、この連結点に一番近いネトレフ駅へと歩き続けていた。ふたつのグループは、次の曲がり角で分かれるはずだった。

黄色いマツダは、カラード・タウンシップのモンタナに近い南側の陸橋を渡って、ググレトゥに入る。別れの瞬間が近づくにつれて、会話は途切れがちになる。気まずさと、迫りくる涙を避けるために、女子学生たちは歌を歌いはじめる。その場の雰囲気が、そうさせたのだ。

わたしたちは勝利した！　わたしたちは勝利した！
わたしたちは勝利した！　今日！
心の奥底から、わたしたちは信じていた、
いつか勝利するだろうと！

しかし二、三回繰り返すと、歌声は次第に消え失せ、一行は再び静かになる。各人はそれぞれのことについて、思いを巡らしている。

ムコリシのグループは、最後の分岐点に到着した。近づいてくる車よりも一ブロック北方、NY1と

NY109の交差点では、ほとんどの若者が散会し、左に曲がろうとしている。駅はそちらの方向にある。しかし、彼らが十歩ほど進むやいなや、叫び声がして、彼らは再びNY1に呼び戻される。

彼らは走って戻る。磁力が並はずれて強力に彼らの胃袋を引きつける。彼らは興奮に飢えている。彼らは、いま通り過ぎたばかりの交差点に差しかかる。左に曲がり、NY1を下ると、群衆が騒然としている。そのまっただ中、道路の中央部に、車のようなものが見える。なかなか見分けがつかない。それは完全に包囲されている。彼らが走り寄っていくと、群衆はますます膨れあがる。喧噪のなかで、黄色い断片が、ときたまちらりと姿を現す。見えて、隠れて、また見える。明滅して、また見えなくなる。

車は小さい。

それを完全に覆い隠している群衆は、野性的で威嚇的。彼らは歌い、叫ぶ。拳が中空を突き刺す。にこりともしない青い天空に向かって、拳が振り上げられる。

一九九三年八月二五日水曜日　午後五時一五分

「マンディ!」ネルソン夫人が叫ぶ。

私を雇っている白人女性は、私のことをマンディと呼ぶ。彼女は、私の名前は発音できないという。私たちの土着の名前は、舌打ち音が入っているせいで、ぜんぜん発音できないそうだ。私の名前はマンディサ。マ・ンディ・サ。舌打ち音なんてあるかしら。

とにかく、この日、彼女はあたしの方に近寄ってきた。彼女の両目は竿の上。「カバンを持ちなさい。駅まで連れて行ってあげるわ」。今度は私が驚く番。彼女、どうかしたのかしら。

「だけど、奥さま、私はまだ料理の最中ですよ」。実際、私は少なからず驚いた。なにしろ今日は水曜日。毎週この日は、たいてい夜八時まではこの場から離れられない。私に仕事を早く切り上げるように言うなんて、彼女に何が起きたのか想像もできない。それも水曜日だというのに。ふつうこの曜日には、夕食の準備をするだけでなく、最後の一本のデザートスプーンまで洗ってから家に帰るように、彼女は私に念を押す。だからといって、私は愚痴をこぼしてるわけじゃない。ある意味で、これは私にとって一週間の仕事日のなかで一番いい日でもある。

水曜日は、私の白い女の「休日」。おかしなものよ。家で何の仕事もしていないのに、休日がもらえるなんてね。私は愚痴をこぼしてるわけじゃない。実際、私は自分の日曜日を大歓迎するのと同じくらいに、彼女の休日を心待ちにしている。水曜日になったら私は息つぎができる。この日のネルソン夫人は、一分ごとに私にまとわりついたりはしないから。マンディ、これをしなさい！　マンディ、あれをしなさい！　マンディ、こっちに来なさい！　マンディ、あっちに行きなさい！

これが水曜日となると、朝のあいだじゅう私は空気みたいに自由。まず、彼女はジムに行く。彼女によると、それは、歳をとったり、病気になったり、太ったりしないように、みんなでぴょんぴょんジャンプするところらしい。奥さまは歳をとるのをすごく怖がっている。そして、彼女は歳をとるのを止められると思っている。歳というのは、ぐっすり眠っているときだとか、大好きなジムツムツ［おいしいもの］をせっせと食べているときとかに静かにとっていくものなんだけど、彼女はそんなことは知らない。

彼女が二人の娘さんを学校に連れて行くのも、お休み。道の下のトンプソン夫人がかわりに送り迎えをしてくれる。奥さまは金曜日に彼女のために同じことをしているから、きっと金曜日がトンプソン夫人の休日なのだろう。

奥さまによれば、そうやってジャンプしたりジョギングしたりした後は、お腹がすいて馬のように食欲が出てくるそうだ。さて、奥さまはどうする。この、あんなに太るのを怖がっている人は。彼女が親友のミス・ジョアンと一緒に朝食をとるのは、なぜなんだろう。ミス・ジョアンは絶対に結婚しない。結婚しない教会の女性、修道女たちと、同じ。

だけど、ああ、ひどい。ミス・ジョアンの話は、ほんとに悲しい。ほんとに悲しい。奥さまは私に、ミス・ジョアンの若い恋人がボーア戦争でどうやって殺されたか、話してくれた。しかも、戦争の最後の日だった。かわいそうに。だからミス・ジョアンは、髪の毛がヤギみたいにすっかり白くなっても、ミス・ジョアンのまま。彼女の髪は、まるでジクとかジャヴェル、つまり白いものを雪みたいに白くする液に漬け込んだみたいに白い。彼女は自分でレストランを経営している。奥さまによれば、いいレストランらしい。もちろん、私にはさっぱりわからない。どうやったらわかるというの。そこで働くのでもない限り、私たちはレストランだとかホテルだとか、そんな場所には絶対に行かない。だけど、ミス・ジョアンのレストランの食べ物は、おいしいに違いない。とてもおいしい。ミス・ジョアンがどんなに太っているか、そして、その食べ物のせいで私の白い女がどんなに幸せそうに落胆しているか、見てごらんなさい。

ある日、私は彼女に、ミス・ジョアンみたいにきれいに太ったらどうですか、と言ったことがある。奥さまは怒って足を踏みならした。「マンディ!」彼女は言った。「あたしは絶対、あんなに太ったりしないわよ!」ミス・ジョアンと結婚するはずだったが戦争で殺された若い男性について、彼女が私に話してくれたのは、そのときのこと。

朝食の後、奥さまとその友人たちは待ち合わせて、買い物に行く。彼女たちは昼食をとって、それが終わったらブリッジをする。これが彼女の休日。彼女はまる一日、家を空ける。彼女の休日と私の休日は、この点でも似ている。

彼女が家に着く頃には、夕食の時間。「ヒューッ」と彼女は言って、居間のソファに身を横たえる。「あたしはくたくたよ」。休日から戻ると、彼女はいつもくたくたになっている。いつも。私はどうかしら。ぶつぶつ言って、肩をすくめて、それから私がやるべき本当の、くたくたになる仕事を続けるだけのこと。もし彼女が誰かがくたくたに疲れているのを見たいんだったら、休日の私を見るべきだわ。実のところ、私が一週間のなかでいちばん激しく、いちばん長く働いているのは、自分の休日だと思う。

ところが今回の水曜日は、ちょうど私が夕食のテーブルを忙しく整えているときに、家に帰れなんて奇妙でばかげたことを言いながら、ネルソン夫人が邪魔しにやってきた。庭で摘んだばかりの花。「これがあると家が明るくなる」といつも彼女は言う。庭仕事をするだけのために、男が週に二回やってくる。たとえ葉っぱしか生けるものがなくても、食堂のテーブルの上に、私が新しい花瓶を置くことになっている。

料理はほとんど終わっている。夕食が始まるのは、雨の日だろうと晴れの日だろうと、六時きっかり。戸棚に干しぶどうをとりに行きながら、私は壁に掛かっている灰色の時計を見やり、考える。ご主人がそろそろ帰ってくる頃ね。それから奥さまが、夕食の直前になって、息を切らし、慌てふためいてやってくる。彼女はブリッジのせいで、いつも遅れる。今日だけは別。

水切りのなかの米に一カップの干しぶどうをぶちまけて、もうご主人が戻る頃かしら、と思ったちょうどそのとき、奥さまの車がゲートの鉄格子板を乗り越えるときのカン、カンという音が耳に入る。干しぶどうが調理台のうえにこぼれる。私は迷える粒どもを急いで集め、エプロンのポケットに押し込む。奥さまはもったいないのが嫌い。それにしても、私の耳は確かだったかしら。あれは奥さまの車なのかしら。私はかなり驚いている。彼女がご主人よりも先に帰宅したことと、ゲートの音でわかるけど、彼女が急いでいることに驚く。いつもだったら、彼女は車をゆったりと滑らせて入ってくる。今日はそうじゃない。今日の彼女は、ほんとうに飛んでいる。まるで誰かが彼女に、家が火事だと告げたみたい。だけど、そんなことを最後まで考える暇もなく、台所まで続く長い木の床の通路から、慌ただしいスタッカートの足音が響いてくる。もうひとつ驚いたことがある。車のドアを閉める音がしなかった。続いて、ネルソン夫人が台所にさっそうと登場する。彼女は子どもたちのことを質問しない。いつも尋ねるのに。トンプソン夫人は送ってくれたか。みんな元気にしてるか。ぜんぶうまくいってるか。彼女はいつでも、子どもたちのことを最初に尋ねる。他の何よりも最初に。彼女にかかってきた電話の伝言内容について尋ねる前に、彼女は子どもたちのことを尋ねるか、または、まず子どもたちのところに行く。今日はそうじゃない。そのとき私は、車のエンジンがかかったままになっていることに気がついた。あらまあ。彼女はほんとに急いでるわね。ほんとに。車のエンジンも切らないんだから。

さて、おそらく私の顔つきを見て、そういう事態に私が本当に仰天した様子だということがわかったのだろう。奥さまは何度か、それも力強くうなずいて、それから次のように吹聴する。

「ググレトゥで大騒ぎなのよ、あなた！　帰った方がいいと思うわ」。そう言いながら、彼女はすでに振り向いて、ドアの方に歩き出している。

「おいで！」通路を大またで歩きながら、彼女はそう言う。靴が木の床にあたって、カツコツ！　カツコツ！　と音がする。「駅まで乗せてってあげるわ」

いまやすべての疑念が消えた。きっと大きな、大きな騒ぎが起きているに違いない。奥さまがまったく不平を言わないくらいだから。自分がどんなにたくさん食べたか、どんなに疲れてるか、私がどんなに多くの仕事をやり残したかについて、彼女はまったく不平を言わない。彼女の休日だというのに。

「何の騒ぎですか、奥さま」。自分の声が自分でも奇妙に響く。高すぎる。キーキーきしんでいる。口のなかがカラカラに乾いている。しかし、彼女は子どもたちに向かって大声をあげる。「ちょっと、みんな！」彼女は叫ぶ。子どもたちの返事も、彼らが姿を現すのも待たずに、彼女は車の方に駆けていく。

数分で、彼女は私をコンビのなかに放り込んだ。一マンディを駅まで送っていくから。父さんにそう言っといて！」私道にそって車をバックさせ、鉄格子板を踏み越えてゲートの外に出しながら、彼女は叫ぶ。子どもたちに聞こえていたらいいんだけど。

運転席に座っているこの女は、いかめしい顔つきをしている。私は彼女をみつめる。下あごの輪郭にそって、小さいおはじきが隠れん坊をしている。奥さまがこんなふうになるのを見たことはない。ググレトゥで何かが起きるたびに、彼女はいつも動揺する。そして最近のググレトゥでは、いつも何かが起きている。またはランガで。そうでなければニャンガで。学校の生徒たちが授業をボイコットしはじめた一九七六年から。そのとき、ソウェトの暴動がケープタウンまで広がってきた。七六年八月のこと。

奥さまが私を、私が住んでいるググレトゥまで連れて行ってくれるわけではない。白人がそこに行くことは許されていない。私たちは駅の近くのバスターミナルに到着した。そこで地獄の大王に出くわす。

行列は、引っかき回されて大混乱している蟻の巨大な縦列のように見えた。人びとは逆上し、押し合いへし合いしながら、なんとかしてバスに乗り込もうとしていた。これは、バス停で待っている人びとの絶望、深い不信感のあらわれ。この人びとは、自分たちがまともなサービスを受けられるとは思っていなかった。近いうちに何かしてもらえるとも思っていなかった。そもそも、何かしてもらえるとは思っていなかった。行列は大混乱。それは、野外で子どもたちが火あぶりする豚の腸に似ていないこともない。ごたまぜになり、ひっくり返り、いきなりぶちまけられる。とぎれとぎれの会話が、まさにその苦悶と不安を伝えていた。私が立っているところの隣にいた女性、背が高く大柄、黒い肌で目が小さく、黄色いターバンを頭に巻いていた女性が、私の方に向き直り、ゆっくりと頭を振りながら、自分からこう言った。「ベクーセ・ククダーラ・カカーデ！［長くかかるわね］まるごとこの二週間、ググレトゥでは何も問題なかったのにねえ」

「それで、いったい何が起きたの？」情報を引き出そうとして、私は聞き返した。彼女は私よりは知っているかもしれない。私は何も知らないようなもの。奥さまの「ググレトゥで何かが起きたわ！」では、ほとんどニュース速報にもならない。

「知らないわよ」。女性はそう言ってから、ググレトゥから到着したバスから降りた人びとによれば、学校の子どもたちが暴動を起こしているらしいとつけ加えた。

それがどうしたのよ。考えが心に浮かぶ。七六年以来、こうした子どもたちの暴動はおなじみじゃないの。今さら何のために騒いでるのかしら。私は少なからず困惑した。そして怒った。本当のことをいうと、困惑するというよりも怒っていた。この暴君と化した子どもたちは、権力欲にとりつかれ、ちょっとしたきっかけで私たち親に向かって馬鹿げた要求をする。

仕事に行くな！

学校は終わりだ！

食料品店をボイコットしろ!
白人の酒を飲むな!
赤身の肉を買うな!

私だって、そんなナンセンスにはうんざりよ。

四方八方からぐいぐい押されて、私は、ほとんど足を地面につけることもできないまま、群衆のなかで前方に運ばれるにまかせた。ぎっしり詰まった体のうえに浮き上がって進み、私の両足が、知らない人の妙なところにあるくるぶしを擦った。私の両手が他人のひじをつかみ、敵意に満ちた肩に食い込んだ。両手は、ライオンラガービールの臭いがする汗くさいあご髭、脂ぎってもつれた髪、そして、着古したコートのざらざらの表面ですり磨かれる。母親の背中におんぶされた子どもたちの放ったらかしの鼻から出てくる粘液が、なすりつけられる。そうやって、私は前方へと滑走していった。体から体へと受け渡され、私の側には意思も方向もない。浮き上がり、ぶつかりながら、私は前へ前へと進み、バスに近づいていく。ぶつかるたびに一寸ずつ。私は胸の前のカバンをしっかりつかんだ。それを、まるで新生児のように抱きしめた。または、ジョハネスバーグの金鉱での長い勤務を終えて帰ってきたばかりの恋人を抱くみたいに。この地獄の大混乱のなかでカバンが下に落ちることにでもなったら、もうおさらばよ。

ついに私はバスに到着した。頭からドアに突入した。体を支えるために私は右手でドアのポールをつかんだが、左腕でカバンをしっかり押さえつけていたので、それはまだ私の胸にぴったりとくっついていた。

二列の座席のあいだの狭い通路はチューブ、いってみれば巨大なソーセージの皮になり、私たちはひき肉みたいに、少しずつそこに詰め込まれていった。後ろに押しやられる。奇跡的に座席におさまることができた人びとから突き出したひざやひじに押しつけられる。後ろに行くにつれて、私たちはできるだけうまく体を重ね合わせるようにした。私たちはけっして滑らかな詰め物ではなかった。お互いに、ごわごわし、気が短く、硬質で、しかめっ面をしている。まぎれもなく不安定な、混合物。

どこにいっても、何かが場所をふさぎ、隙間を埋め、あらゆる循環を止めている。体からずっと遠くに突き出されたひじ、同様に、グロテスクに場違いなところに現れた頭、使い古されて裂けたプラスチックの袋。そこから様々な日用品がはみ出し、こぼれ落ちている。へりが尖った棒状の石けん、料理油のびん。束になった壊れたろうそくは固まり、薄片化してぼろぼろになり、内部の細い白色の芯はむき出しになって、ぶらさがり、しおれ、魂を失っている。包みのなかの豆やトウモロコシ粉が、はみ出て床に降り注ぐ。まれに私は足を動かすことができる。靴がバスの床の上の細粒をばりばりと踏みつぶす。砂糖かしら。ちがう。もっと大きい。挽き割りトウモロコシかしら。そんなことはない。もっとつるつるしている。靴の底を隔てて足の下のものの表面をさぐるだけで、こんなにたくさんのことがわかるなんて驚き。あいつら賢いじゃないの。あいつらっていうのは、足のことよ。こんなにたくさんのことを知らせてくれるなんて、知らなかったわ。こんなふうにして、こんなにたくさんのことが伝わるなんて、思ってもみなかった。

ムコリシの卵! 私の心が沈む。出てくるときは大慌てで、朝の約束のことなんてすっかり忘れてた。

忘れてよかった。こんな混雑のなかで、卵なんてどうやって運んだらいいの。

満員のバスは、汗だくの人びとの体の重みでうなり声をあげる。

「ググレトゥは完全に包囲されてるらしいぞ。サラセン「装甲車」でいっぱいだ！」。不協和音の声の喧噪より一段高い声で、バスの運転手が叫ぶ。ほんとに聞いてもらえると思ってるのかしら。でも、彼はあきらめない。そして実際、すぐに結果が出る。騒音が少しやんで、多くの客が苦心して彼の方に顔を向けようとする。

「こんなこと、いつ始まったんだい」。群衆にまぎれて顔のない男性が質問する。

「俺たちが出てきたときだ。たった今だ」と、運転手が答える。「ググレトゥの入り口には、どこにでも警官がいる。大騒ぎだぞ、ほんとに」

運転手の言葉に、奥さまの言葉がよみがえる。「ググレトゥで大騒ぎなのよ、あなた」。大騒ぎといえば、政府が私たちをそこらじゅうから追い立ててからずっと、ググレトゥではいつも何か大騒ぎが起きている。ケープタウンのロケーション「古い黒人居住区」の、郊外の、そして他の隣接地域のいたるところから、政府が私たちを追い立てて、乾燥し風が吹き荒れる砂だらけの平地に放り出してからというもの、ずっと。この場所の第一印象はいまだに鮮明に私の心に残り、まぶたの内側に刻み込まれている。そのときの記憶は、ずっと昔、私がまだ子どもで、十歳にもなっていなかった当時と同じくらいに新鮮。

ググレトゥに初めてやってくる人びとは、大きな笑顔の看板で歓迎されはしない。優秀なうそつきにも、限界はあると思う。ここはイワシの缶詰みたいな場所なんだけど、私たちのためにここをつくった人びとは、ここをググレトゥ、つまり「私たちの誇り」と名づけた。「私たちの誇り」に住んでいる人びとは、ここをググラボ、つまり「彼らの誇り」と呼んでいる。こんな場所に、誰がググ［誇り］なんてもてるだろう。

私たちの家族がここに着いたのは、一九六八年の初頭の、ある早朝のことだった。地獄の大混乱にどんなに面食らったことか。朝の路上は人間で溢れかえっていた。目に見えるところにはどこにでも人がいた。迷い犬たち。行商人たち。子どもたちは早朝から意味もなく通りをうろついていた。そして林立する家々。灰色で終わりがない、勝手につくられた建物の集積。醜い。人間味に欠ける。目に冷たい。ドアの大部分は閉まっている。恐れている。

ググレトゥは大きく、かつ小さい。この場所は、目に見える限りのところに広がっている。広大だ。ググレトゥを初めて見たら、この広さにまず印象づけられる。こんなに広い空間。しかし、そうやって眺めているときにも、自分の足を下ろせる場所を容易には見つけられないことに、とつぜん気がつく。過密。

視野いっぱいに広がる。何百もの家々。いくつも列をなす。絶え間なくお互いに息を吹きかける。ちっぽけな家々がくっついてひしめき合っている。お互いにもたれかかり、押し合いへし合いしている。哀れな小さな家々の頂には、灰色で平らな、にこりともしない屋根が乗っかっている。高貴な夢など絶対に見ないよう訓練されているみたいに、低い。周囲のすべてのものによって、内部に詰め込まれたすべてのものによって、建てられたときのやり方そのものによって、抑圧されている。そして次は、これらの家々が、ずうずうしい言い方をすれば保護し、雨露から守ってやるという建前になっている人間たちを、厳しく圧迫する。

通りは狭く、がらくたに満ちており、蠅、蚊、そして種々雑多な害虫がうようよいる汚水が、いたるところで流れている。これらの虫が栄える澱んだ水たまりは、けっして干上がらず、けっして消え去ることがない、ググレトゥでほぼ唯一のものである。ぼろを身にまとった子どもたちが、朝から晩までこれらの水たまりを渡り、そのなかで遊び、互いに泥をひっかけ、水底をさらって貴重な宝物を、つまり貧民街の子どもたちのおもちゃを探し出そうとする。それは、空き瓶、空き缶、野菜や果物の種や皮、食べ物の切れっ端、そのほか何でも手でつかめるもの。たいていの子どもたちにとって、ここが唯一の学校であり、遊び場だ。

この場所に来た一日目から、すべてがどんなに違って見えたことだろう。ブラウフレイでの暮らしとは違う。私たちが家と呼んでいた愛すべき場所での暮らしとは違う。ここでは、すべてが変わってしまった。人びとが努力しなかったわけではない。しかし、自分も初めて来たばかりだとしたら、隣人を歓迎し、彼女にその場所の流儀を教えるなんてことが、どうやってできるのだろうか。これは問題だった。あんなにも多くの、多くの人びとをひとまとめにして、みんな一度に新しい場所に放り込むなんて。今でも全員が悲嘆に暮れ、離れるよう強制された場所を懐かしく思い出している。新しい場所に愛着がある者などいない。自分たちの心は昔の家に置いてきたのだから。ブラウフレイ、フライフロント、アデルスフレイ、ヴィンデルミレ、サイモンズタウン、スティーンベルフ、ディストリクト・シックス、そして、圧倒的に白人が住んでいる本物の郊外住宅地のなかにできていた、数多くの谷間。これからは、それらの場所には白人だけが暮らすことになるのだろう。アフリカ人、カラード、インド人は、こうした場所から追い立てられてしまった。政府は、住宅地が隔離されること、厳格に、そして法律で隔離されることを決定した。とはいっても、人びとは、ここに来る前に自分たちが従っていたルールに従おうと試みた。少なくとも最初のうち、人びとはそうしようとしていた。しかし、それは難しいことだった。

ここに着いてみると、十分な家屋が建てられていないことがわかった。多くの家族は、真っ白な砂のうえに掘っ建て小屋を建てなければならなかった。この砂をみると、この地域は昨日まで海だったかのようだ。荒涼としている。何も地面に留めておくことができない。野生の草でさえも。粗野で非友好的な砂は、きっぱりとした調子で、こんな場所では何も育てることはできないと語っていた。砂を定着させ、踏みしめて生命力を注入することで、それが植物や動物を支えることができるようにするまでには、人びとは百年間、この砂のうえで暮らさなければならないことだろう。

私の家族は、数多くの不運な人びと、自分の掘っ建て小屋から回収できるものなど何もない人びとに属していた。最初のハンマーの一撃で、私たちの掘っ建て小屋はあっさりと崩壊し、ただの瓦礫になった。竜巻のせいで大枝から引きむしられ振り落とされた大量の鳥の巣のように、政府のトラックがひたすら踏みつぶした、使い道のない瓦礫《がれき》。

あなたは私と同じものを食べ、同じところで寝るだろう。客人に自分は家族の重荷だと感じさせないようにするために、私たちの同胞はそういう言い方をする。みんなのなかでいちばん悲惨だったのは、ヴィヨの母親のルル姉さん。移住の日、ルル姉は双子を生んだのだけれど、彼女の夫は海に出ていて、そこにはいなかった。ルル姉にはどこにも住むところがなかったから、彼女の小さい家族は離れ離れにならざるをえなかった。私の母は彼女の息子のヴィヨを迎え入れたけれど、私は嬉しかった。弟ができたようなものだったから。妻も子どももいないノンジャイカリ父さんが、自分のベッドをルル姉と小さい双子の男の子たちに明け渡すことに同意してくれたおかげで、ルル姉はノンジャイカリ父さんの掘っ建て小屋に住めるようになった。その間に、彼女の家具やその他のもので緊急に必要がないものは、以前に彼女の近所に住んでいた何人かの人びとに割り当てられることになった。どっちが早いかわからないけど、彼女が自分の掘っ建て小屋を建てられるようになるか、または公営住宅に入居できるようになるまで、この人びとがそれらを保管することになる。

だけど、自分たちの力で、どこに掘っ建て小屋を建てればいいんだろう。いったいどこに。

ここだ。新しいコンクリートのタウンシップの周辺部を指さしながら、政府はそう言った。自治体労働者は、こうした場所の建物のなかに廃材や余分な物資を投棄していた。ここだ。自分の掘っ建て小屋を建てて、もっとたくさんの住宅が建設されるまで、そのなかで待っていろ、と政府は言った。

当局はケープタウンのアフリカ人の人口を実際よりも少なく見積もっていたから、その結果として起きた住宅不足は、すでに我慢できなかった状況をいっそう悪化させることになった。もちろん政府は、自分たちの計算違いによる愚行について、償いをするつもりなどなかった。そのことと、早い時期に脱出できるかもしれないという希望のせいで、あわてて建てられた掘っ建て小屋は、私たちが置き去りにした、というより置き去りにするよう強制された小屋よりも、ずっとぐらぐらしていた。すぐに政府に取り壊しを強制されるはずの掘っ建て小屋を建てるために、苦労して稼いだ給料を投資する人なんて、どこにいるかしら。

こうして私の家族は、ブラウフレイや、ケープタウンのその他の場所からやってきた数千の家族とともに、政府の「スラム一掃」計画のせいで自分たちの運命がかえって悪化してしまったことを悟る。私たちが住んでるのは、あいかわらず掘っ建て小屋じゃないの。そのうえ、以前の私たちは、堅固でうまく編み上げられた共同体のメンバーだったけれど、いまの私たちは見知らぬ人びとに、一個の石鹼とどう違うのか区別もできない人びとに、取り囲まれている。

ところが、政府の目からすれば、問題はすべてアフリカ人の側の責任だということになる。とにかく原住民が多すぎるのだ、と政府は言った。それがどうして政府の責任なのだ。

掘っ建て小屋での暮らしの苦難に加えて、この地域では凶暴な風が休みなく吹き荒れていた。昼間は、風に巻き上げられた砂が、顔、腕、足の皮膚を打ちつけ、食い込んでいった。髪の毛に、食料に、干した衣類に、家や掘っ建て小屋の隅々に、入り込んでいった。夜になると、失われた魂の絶望の声のように、風は唸り、嘆き、金切り声をあげた。実際、夜に聞こえてくるものは、この一帯がまだ海だった頃、このあたりで難破した船に乗ったまま死んでいったマレー人奴隷の声なのだという人もいた。

どっちにしても、残忍な風は砂をいたるところに吹き散らかした。昼も夜も、風は吹き続けた。拭いても、拭いても、拭いても、砂は私たちにまとわりつく。壊れそうな家を、私たちは砂と分かち合った。毎日のこと。自分たちの意志に反して私たちがどうやってこの絶叫の地に吹き飛ばされたかを、思い出させられる。そう。まったく自分たちの意思に反して。

身を落ち着けるとすぐ、まあ本当に落ち着いたといえるかどうかは別だけど、急に新しい問題があらわれた。それは、その年の九月、学校が再開したときのことだった。

ブラウフレイにはひとつしか学校がなかった。ググレトゥには、少なくとも一二の学校があった。ブラウフレイで子どもを学校に入れようとしたら、子どもの手を引いて学校まで連れていって、始業の日に登校させるだけでよかった。ここでは、経験が浅い母親たちは、任命されて前の学校からやってきた教師たちが教える学校に、子どもたちは自動的に通うことになると信じ込んでいた。教師たちが勤務しているバントゥー教育省が組織の体をなしていたら、おそらく、そうなっていたに違いない。この省の運営方法は、最良の時期でさえも混沌としていたし、当時は最良の時期ではなかった。数千の家族がググレトゥに流入してきたのだから、どんなに整然とした組織でも問題を抱えることになったことだろう。バントゥー教育省が整然とした組織だといって責めた者は、誰もいなかった。

始業日の学校は地獄の大混乱だった。ブラウフレイの母親たちは、ヴヤニ高等小学校とソンゲゼ初等小学校に群がった。そうなったのは、ブラウフレイ出身の教員の大部分が、この二つの学校に異動していたから。

そこの教員たちは、ふたつの学校の生徒数は政府の規制で認められている範囲をすでに越えている、と言った。拒絶された母親たちは動揺した。彼女たちは、ケープタウンの他の場所からやってきた見知らぬ教員たち、聞き慣れない名前の教員たちに追い返されて、完全なパニック状態に陥った。ブラウフレイの住民たちは、自分たちの共同体を、多かれ少なかれそのままの状態で維持できると思っていた。ブラウフレイの大部分の教員はこれらの二つの学校に異動していたが、ブラウフレイの子どもたちに心をくだく教員のすべてが移ったわけではなく、そのことを知った母親たちはショックを受けた。実際、教育省が適当だとみなした場合は、ブラウフレイ出身で他の学校に移された教員もいた。

学校から学校へと、両親たちはググレトゥの路上をさまよい歩いた。一度も足を踏み入れたことがない道を歩いて、学校を探した。学校から学校へとさまよい、どこでも同一の歓迎できない情報を与えられた。クツウェレ・クウェシ・シコーロ（この学校は満員だよ）。

幸運なことに、カヤと私は両方とも非常にいい生徒だったので、先生たちは、落ち着いてきたら入学者の一部は脱落するだろうと考えて、私たちをこっそり入学させてくれた。そうなったことで、そして、兄と私が自分たちの先生たちと一緒に、同じヴヤニ高等小学校に通えるようになったことで、母はものすごく安心した。

ところが、次の日に学校に行ってみると、私はとつぜん大変なことに気づいた。私の新しい学校に、ブラウフレイ出身の子どもたちはほとんどいなかったのだ。私のクラスには、誰もいなかった。私たちが移り住んだところの近くに友だちは誰も来ていなかったから、私はすべての友だちを失ったことになる。私の新しい学校はブラウフレイの学校よりも十倍は大きく、子どもも何百人も多かったが、私が知っている生徒は誰もいなかった。私はすっかりうろたえた。途方に暮れた。見知らぬ顔の海のなかで、私はひとりだった。私はどこにも所属していなかった。大風が私たちをあちこちに吹き散らかして、狂った機械が選り分けた穀物の粒のように、ばらばらにしたのだ。

母は、学校に友だちがいないことについて私が愚痴をこぼすのに、耳を貸そうとはしなかった。「いいことの方を数えなさいよ」と彼女は言った。「どんなにたくさんの子どもたちが、あなたと交替して学校に行きたがってるか、わかってるの」

私と交替するですって。私と交替するですって。私の方こそ、その子たちと交替したいわ。

母が私の立場に立ってくれなかったことで、私はいっそう惨めな気持ちになった。私は学校を憎み、母が憐れんだ子どもたちをうらやましく思った。どうしてあの子たちは、あんなに運がよかったのよ。

私にすれば、今年の残りを遊んで暮らせるかもしれないというのは、とても魅力的なことだった。もちろん、そのときの私は、そのなかに再び学校に戻ることのない子どもたちがいたことなんて、知るはずもなかった。カヤや私のように幸運にも入学を認められた子どもたちは、たくさんすぎるくらいの目新しいことをすぐに見つけ出して、学校をさぼって遊んだ。このグループのなかにも、少しずつ学校と疎遠になって、最後には永遠に登校しなくなる子どもたちがいた。

今日でも、ググレトゥには、すべての子どもたちを収容するのに十分な学校や教師は存在しない。ついさっき、私はバルセロナ作戦について話した。私たちの学校では、どんなものでも、十分にあったためしがない。だから子どもたちの多くは、今でもまだ学校に行かない。昼間いる母親たちの数は十分ではないから、子どもたちに向かって、学校に行って昼のあいだそこにいるよう、強く言うこともできない。母親たちは仕事をしている。そうでなければ、飲んだくれている。人生に打ちのめされて。最近では、私たちは若いうちに死ぬ。私たちのおばあちゃんと、そのまたおばあちゃんの時代には、アフリカ人は曾曾孫の顔を見られるくらい長生きしていたもの。今日では、孫の顔を見ることができたら幸せ。もちろん、生まれたことで嫌われる孫の場合は別よ。子作りできる年齢になったと見なすこともできないのに、自分の子どもが子どもをもうけることになったら、そうやって生まれる孫は忌み嫌われる。

ググレトゥには、いいことなんて滅多にない。この場所には、誇れるような木も花も生えていない。動物もいない。もっとも、主のいないたくさんの野良犬たちは例外。この犬たちは、昼も夜もタウンシップを隅々までほっつき歩き、食べ物の切れ端をあさってはゴミ容器をひっくり返している。もっとも、食べ物にありつくのも、なかなか大変なこと。犬にとって、貧乏人の地をさまようことほど辛い運命はない。人間たち自身が骨をしゃぶり、かじって粉末にし、そこから最後の汁の一滴を吸い出し、最後になって無益なパルプ状のものを吐き出すとき、そんなところをうろつく犬がどんな利益にあずかれるだろう。そんな絶望的な廃物喰らいをされては、野良犬だって育たないでしょう。

私は何年ものあいだ、自分の心がブラウフレイを思慕していたことを知っている。マンディラ母さんのフェトクク［揚げパン］。私たちのラグビーチームのストームブレーカーズと、カヤが連れて行ってくれた試合。マペカ父さんのイシテュウェンテュウェ［羊の内臓のシチュー］。イクラ［なわとび］やポピーホイス［人形の家、ままごと］をして遊んだ大好きな友人たち。この友人たちや昔の遊び友だちを失ったことを、私は何年も嘆き悲しんでいた。みんなと一緒に、暑い夏にはダムに泳ぎに行ったし、凍えるように寒い冬の夕方には家の隅っこで小さくなっておしゃべりをしたもの。私自身のこと、自分が失ったこと、そしてそれぞれの家を失った無数の人びとのことを考えると、心がチクチク痛む。すべての人びとの生活がむちゃくちゃにされ、家族の団らんや親友たちから、容赦なく根こぎにされた。掘っ建て小屋の海は、永遠に沈黙させられたまま。はじめて大規模な移住の噂が広がったとき、自分たちがどんなふうに笑い飛ばしたか、私は今日でも覚えている。その噂は穏やかにやってきて、赤裸々な不信感とともに囁かれ、まともじゃない人物のたわごととみなされ、陽気に退けられた。

だけど、私たちは自分たちの無邪気な疑い深さを思い起こしながら、今日でもなお、悲しく笑う。私たちは、ある特定のかたちの邪悪さを、ある種の無慈悲さの範囲と深さを、想像することができなかった。私たちは笑う。かつて私たちの心がそのなかにあった、大口を開けた穴を隠すために。ググレトゥが私たちを殺した。私たちを結びつけ、人間にしていたものを殺した。だけど、今でも、私たちは笑う。

私たちは喪失感に襲われ、打ち捨てられ、涙を浮かべながらブラウフレイを離れた。ググレトゥにやって来た私たちは、あらためて苦悶した。そこでは、もっとひどいことが待ち受けていたから。ブラウフレイは、正真正銘のブリキの掘っ建て小屋の地だった。何の見せかけもない。何の悪ふざけもない。ググレトゥを見た人は、これは住宅開発であって、文明化されていて、よりましだと考えてしまうかもしれない。住宅はコンクリート製で、ガラス窓を完備しているから。だけど私たちは、そこに住みたいと思ったからブラウフレイに住んでいたのだ。あそこの掘っ建て小屋は、私たちが自分たち自身で、自分たちの手で建てたもの。自分たちが建てたい場所に建てたもの。所有者の願望、気まぐれ、資力に応じて、それぞれを寄せ集めたもの。そこの住民たちは、うまく編み上げられた共同体だった。お互いのことを知っていた。すべての子どもたちを知っていた。ある女性が誰の妻なのか知っていた。それぞれの男がどこで働いているか、どこで祈っているか、どんな酒が好きかを知っていた。

私たちはここにやってきて、これらすべての恐るべき状況に直面し、困惑した。友だちの喪失、親たちの職場までの道のりの遠さ、まともな食料を買いに行くために払わなきゃいけない交通料金。そして、ググレトゥの住宅は、気が抜けたように画一的だった。人間としての精神が強くなかったら、私たちはみな滅びていたことだろう。まさに住宅そのものが、救いようのない単調さ、その配置、管理、保守業務のがさつさと思いやりのなさによって、そこに住む人びとの精神を滅ぼさずにはおかなかった。もっとも、一部の人びとには、次のような理由で無味乾燥さに拍車がかかることになった。どうしたわけか、この小さく、不適切で、醜いコンクリート住宅は、そのなかで暮らす人びとの絆を弱めていくように思われたのだ。

「タウンシップのために戦う力をとっておけよ！」匿名の声がバスのなかの沈黙を切り裂く。「あそこでは、今日、ほんものの戦いが起きているんだ」。荒々しく言い放つ声。

「誰が戦ってるんだよ」。もうひとつの、これもまた誰も知らない、そしてこの人体のジャングルのなかでは知りようがない声が尋ねる。言葉のやりとりが霧を貫通する。両耳をアンテナにして、私は空気を求めて水面に出る。

「戦いがあったようだ。学校の子どもたちが、大学から来た学生をたたきのめしたんだ。ベルヴィルのブスマンのひとりだ」。この男が何を言っているのか、私は理解することができない。どうしてまた、学校の子どもたちがカラードの大学生と戦うんだろう。どういうつながりがあるんだろう。

熱い議論が続き、人びとは、まるで愛する祖父母からのプレゼントを分けるみたいに、非難を割り当てる。

「ぜんぜん、そんなことじゃねえよ」。金切り声が聞こえる。その声色から、今回は若い男だとわかる。

「そんなことじゃないって、どういうことなのよ」。女性の声で質問が起こる。がらがら声。彼女にはたくさんの子どもがいるに違いないわ、と私は自分に語りかける。まる一日、彼女は子どもたちを叱りつけなければならいから、それで今、彼女の声はこんなになってしまったのね。彼女の口が一日に何度も、何度も吐き出さざるをえない言葉の響きと同じように。「あんたは、運転手さんが嘘ついてると言いたいわけ？　この人はたったいまググレトゥから来たばかりじゃない。どうして嘘をつかなきゃいけないのよ」。がらがら声は金切り声になった。まるで彼女が興奮しているか、怒っているか、またはその両方であるかのように。

「運転手が嘘ついてるとは言ってねえよ」。若い男は答えた。「だけど、俺はそこにいたんだ。俺はそこで起きたことを見たんだよ」

バスの乗客は全員が息を飲んだ。みんなが顔を向ける。見識ある声の主を見届けられるように、乗客たちが体の位置を動かしたせいで、バスの握り棒をつかまえていたいくつもの手が下に落ち、別の手と入れ替わる。

「カウーチョ！（言ってみな）」いくつかの声がいっぺんに重なる。それから別の沈黙が訪れる。シーッ。

「騒ぎが起きたのは、セクション3だ」。若い男は思い切って言い出した。「UWC［ウェスタンケープ大学］の学生を乗せた車が投石されて、ひっくり返されて、火をつけられたんだ」

「誰が石を投げたのよ」。がらがら声が戻ってきた。

「名前をメモしちゃいねえよ」。若者が言い返す。

「ああ！」その女は急に叫び声を上げた。「きょうびの子どもたちは、年長者をぜんぜん尊敬しないねえ」。そういう彼女は、明らかに他の乗客たちの賛同を求めていた。乗客の圧倒的多数は成人だった。

「ほんとに、威張ってるんだから！」彼女が言い終えると、乗客たちは一緒に舌を打って、歯を吸った。

しかし、彼女が得られた賛意は、その程度のものだった。

「セクション3の、どこなんだ」。年老いた男がゆっくりと甲高い声で尋ねた。いい質問ね。再び息を詰めて、私は聞いた。私の耳は燃えていた。手のひらに汗が流れる。セクション3。これはググレトゥの一部で、そこに私は住んでいる。

「タウンシップから外に出る橋のそばで、ガソリンスタンドのすぐ横だよ」と、その若い男は答えた。

私の心配がおさまるどころか、その答えのせいで私は疑念の地獄に深く突き落とされた。その言い方だと、二つの橋がある。彼は、自分が何について話しているかわかっているのだろうか。二つのうちどっちなの。どっちの橋なの。どっちなのよ。私の心は子どもたちの方に向かう。あの子たちは、今日は学校に行ったのかしら。行ってないわ。家にいたのかしら。三人とも。私はとくに男の子たち、とりわけムコリシのことが気がかりだった。みんなの父親が仕事から帰ってくるまでには、ほっつき歩きから戻ってこなきゃいけないのに、あの子はいつも無視してるみたいだぞ。昼も夜もググレトゥの通りを歩き回って、あの子はいったい何がほしいんだ。ドワドワはよく、私にそう質問する。まるで私がこの少年と一緒にググレトゥを歩き回っているかのように、私に尋ねる。だけど、私は知っている。ドワドワはそう言うことで、私があの子を甘やかしていると言いたいのよ。みんながどうしてそう考えるようになったのか、私にはわからない。

私たちはいらいらしてきた。

ある建物。みかげ石の色で、人を寄せつけず、瞬きひとつせずにこちらを見返している。厳めしい。沈黙している。その正面に、不吉な雰囲気の車両が何台か止まっている。小さいときに観た恐怖映画のひとつを思い出させる。グロテスク。途方もない。農場で太らせた豚と南京虫の交配種を思い起こさせる。そんなものが存在するならの話だけど。ひたすらでかい。豚がどんなに大きくなりたいと思っても、それより千倍も大きい。巨大。足がなく、車輪もなく、その他の移動手段も何もないように見える。それがサラセン［装甲車］。人を殺し、弾丸を吐き出す、珍妙な機械。サラセンの背後の威嚇的な建物が、ググレトゥ警察署。

子どもたちが無事でありますように、と神に祈る。子どもたちをお守りください。子どもたちみんなを。だけど特にムコリシを。そういう考えが現れるとすぐに、私はそれをコントロールできなくなる。私は息を飲む。ちがう。私はみんなを愛している。三人とも。私の子どもたち。厄介な疑念が去らなかったので、私は自問してみる。私は本当にムコリシを他の子どもたちよりも愛しているのだろうか、それとも、以前に拒絶したから穴埋めをしている、償っている、ということなのだろうか。しかし即座に、私は自問する。本当にそうだったのかしら。拒絶したですって。私の心は慌てて、そんなことあるはずないわ、と言う。当惑、怒り、恨み、さらには……だけど拒絶なんてしていない。ムコリシに直接、悪い感情を抱いたことはない。そんなことはない。

「終点！」運転手が怒鳴る。

「どういうことだ」。乗客の一部が詰問する。運転手はすぐには答えない。彼の無線電話機がパチパチ音をたてている。彼は音を聞いて、それから相手に向かって吠える。「了解！」それからあたりを見回して、「聞こえなかったのか」と叫ぶ。「バスから降りろと言ったんだよ！　おまえら耳いかれてんのか」

そういわれて、乗客のあいだから鈍い不満の声があがる。「運賃は返してくれるんだろうね」「返すだって。何を返すんだよ」。運転手は不機嫌に答える。「俺はあんたたちを、はるばるクレアモントから運んできてやったんだよ。それで、金を返せだと」

「おやまあ、あたしたちはまだ、残りを歩かないといけないのよ。駅の向こうまで行く人もいるわ。あたしはNY132に住んでるけど、ここから歩いたらすごい距離だわ。乗り合いタクシーに乗らないといけないのよ」

「あんたらの、面倒を起こすことしか知らねえ子どもたちに、カネを返してもらったらいいだろ」。運転手が言い返す。「さあ、行け！　動いて俺のバスから降りるんだ！　俺には仕事があるんだよ」。エンジンが轟音をたてたところをみると、運転手は、アクセルペダルがほとんど水平になって床にくっつくくらいに、しっかりと足を踏みつけたようだ。

視界には雲ひとつない。太陽が、世界でこれから掘り出されるすべての金を使ってもそんなことはできないのを知っているかのように、「できるというなら、僕を買ってみな！」と得意げに言うと、上方のぴんと張った青い丸屋根が憐れむかのように見下ろす。西の果てでは、空が降りてきて大地に接吻する。激昂する赤色と黄金色が混ざり合い、融合し、地平線に横筋をつける。目が見えなくなるほどの壮観。バスから降りると、近づく夕暮れの吐息が頰を軽くなでる。ところが、足が地面につくやいなや、まるで洞窟か巨大な壺に足を踏み入れたような気になる。群衆が私をすっかり包み込み、飲み込んでしまう。ほとんど息ができない。でも、もうすぐそこよ。私は自分を慰める。もうすぐ家よ。

可哀想な人たち。私の家は警察署から石を投げたら届く距離。だから私は、それほど心配していなかった。ところが、バスを降りて数歩歩いたら、それ以上歩いたら警官に足がぶちあたることに気がついた。彼らは、まるでラズベリージャムに群がる蟻のよう。

このジャングルで、無頓着で冷淡な人体がぐるぐる動き回り、押し合いへし合いするなかで、私の思考は三六〇度回転した。私は凍りついた。家が近いというのは一分前までは喜びの源泉だったけれど、いまでは災禍、心配の種になった。あまり歩かなくてもいいという予期された喜びは、レーザー光線の早業で、一瞬のうちに恐怖感によって打ち砕かれた。自分を慰めるかわりに、いまでは冷たいむき出しの恐怖感が渦巻き、私の心の弦そのものを囓《かじ》る。娘はどこにいるんだろう。この大荒れ、この狂気の渦中で、シジウェはどこにいるんだろう。

女の子の安全は、ググレトゥや、ググレトゥのようなすべての場所で、火急の課題になっている。毎日、レイプの話を聞く。ひとつじゃなくて、いくつものレイプ。ということはつまり、毎日、ひとり以上の女性、女の子、または幼女が拐《かどわ》かされていることを意味する。毎日。ここで。どちらかといえば混雑しているときに、そういった邪悪なことが起きやすくなるというのは確かなこと。混雑しているという理由で起きる。同じ時間に同じ場所で、こんなにたくさんの人が集まっているというだけで、不可解な悪が急に姿をあらわす。潜伏していた悪魔を解放する。そんなことが、起きるもの。まさにここで、こんなにも多くの心のない人びとが群れをなしている場所で、起きるもの。群衆には心がない。歩く頭。でもその頭のなかでは、すべての思考が中断している。こういう人びとは、恐ろしい。

私の口のなかはカラカラに乾いている。心臓が鼓動し、腕の下のひだに蟻がうじゃうじゃ群がる。小さい、小さい蟻。天上の主よ。私は、今でも自分が覚えているとは思わなかったことを、自分が実行しているのに気づいた。どうか主よ。彼女をお守りください。私の赤ちゃんを保護し、お守りください!

それからすぐ、私の心は天人を投げ捨てて、もっと現実的で頼りやすい救済者の方へと向かった。ああ、私の望みは、お兄ちゃんたちが妹と一緒に家にいてくれていることだけ。できればお兄ちゃん二人とも。でも、もし私が二人のうち一人を選ばなきゃいけないとしたら、ムコリシの方ね。ルンガは、ちょっとばかり優しい方だから。優しい。といっても、もし挑発されたら、ルンガもお兄ちゃんと同じくらい喧嘩の腕が利くわよ。でも、嫌な奴をおどかして追い払う段になったら、やっぱりムコリシ。一週間、いつでもござれ。ルンガがダルメシアンだったら、ムコリシはピットブルよ。

肉細で、堅く、ものすごく角張ったひじが、私のあばら骨とお尻の骨のあいだの、やわらかくて骨がない側部にのめり込んでくる。とつぜん体がほてり、それからその熱は、ちっぽけでしわの多い、波うつ火の条線の集合体になって放射されていく。私は、うつ伏せになった人体につまずいて転びそうになる。死体？　すぐに見ようとした。私は見下ろすことができなかった。というのも、予期せぬ障害物にぶち当たって膝がガクンと折れ、よろめいたちょうどそのときに、私の背後で苦しむ人間たちが押してきたから。そして、とつぜん、コンクリート。裸足には固い。むき出しになった足の裏をこする。固い。冷たい。ぎょっとして、自分の左足が素足になっているという事実に気がつく。どうやって靴をなくしたんだろう。その謎についてあれこれ考えている暇はなかった。いまは靴を探すことなんてできない。できない。靴がさよならを言ったのかどうかも覚えていない。私は押した。私は突いた。愚か者の群れ。私が家に帰れるように、もっと大勢、地面に倒れてくれなきゃだめじゃないの。こんなに近いのよ。こんなに近いんだから、こいつらが道をふさいでなかったら、私は今頃、家にたどり着いているはずよ。ああ、私は群衆の一人一人を憎んだ。まさにこのとき、私は、愚劣な、心のない、ごたまぜの、ものを考えない、ものを感じない、愚劣な下層民どもを、せいいっぱい忌み嫌った。こいつらを憎んだ。痛烈に。「動け！」私は絶叫した。肺のなかの空気を絞り出すようにして。私の肺は、破裂する。まるで溶鉱炉のなかで、空気が熱々に焼けていることは十分承知しているのに、むりやり息を吸ったり吐いたりさせられてるみたい。だけど、私は押した。脳みそのない群衆に踏み殺される前に、脱出しなくちゃ。

自分が知らない多数の目に囲まれていると、けっして名前を言わない多数の口に囲まれていると、人間は、自分が誰なのか忘れてしまうものだ。見知らぬ人びとに囲まれていると、慰められる匿名性、自由にしてくれる無名性、というものを感じる。そういう人びとは、自分の過去にも未来にもまったく関係がない。現在はつかの間のかすみであって、けっして思い出されることがない。

不安な思いが私を圧倒し、私に牛のような力を与えた。八方ふさがりになると、私は押し、突き、脇にどくよう人びとに向かって叫びながら、必死で道を切り開こうとした。大きな川を渡る方が簡単だったのかもしれない。怖がっている人間たちは、目が見えない、飢えたロバのようなものだ。愚かで頑固。

まるで一年も経ったような気がしたが、たぶん、おそらくは数分間、せいぜい十分間のことだったのだろう。私はついに、家まで叫べば声が届く距離にまでやってきた。私がようやく家に到着すると、いちばん年下の、そして唯一の娘シジウェが、ドアのところに立っていた。

「お兄ちゃんたちは、どこにいるのよ」。門にたどり着いた私は、そう言った。

4

午後七時三〇分

「お兄ちゃんたちは、どこにいるのよ」。私はもういちど質問した。というのも、シジウェが何も答えなかったから。彼女はドアのところに立って、まるで幽霊でも見たかのように私を凝視していた。自分が悲惨な風貌をしていることは知っていたけれど、そのとき私は、とにかく子どもが三人とも家にいるかどうか知りたかったし、それを確かめたかった。みんな元気でいるかどうか。みんなの身に何も起きていないかどうか。みんな無事でいるかどうか。もし誰かが少し前に尋ねていたら、私は彼女のことを、シジウェのことを、心配していると言ったことだろう。彼女は女の子だから、他の二人よりも攻撃されやすい。だけど彼女の姿を見ると、彼女が今すぐ危険にさらされているわけじゃないことがわかると、私の秘密の心配が再び姿をあらわし、多彩に色づき、一千倍に強まった。他の二人が無事かどうかという心配が、私に襲いかかった。しかし私は、心の奥底では、ムコリシのことをもっと強く心配していることを自覚していた。おそらくそれは、彼の父親が私たちを捨ててから何年ものあいだ、ずっと私たちが孤独だったから、二人きりだったからだ。さもなければ、彼がこの世界に生まれ出たときの普通でない仕方が、他とは違う私たちの絆を生み出したのかもしれない。それが他の二人の子どもに対する感情とは違うというのは、確かなこと。実際にはよくわからない。すべては私の想像の世界で編まれ、縫い合わされたことじゃないかしら。そんなことも、ときどき、私にはわからなくなる。

「みんな、どこにいるの」

私の娘は肩をすくめた。「ルンガは家にいるわ」と彼女は言った。「でも、ムコリシ兄ちゃんがどこにいるかというと」。一息つく。それから両肩を耳まで吊り上げて、彼女はこう言った。「誰も知らないわよ」。彼女はのんきに肩をすくめ、それからもとの位置に肩を落とした。こういうふうに、ムコリシのことなんてまったく心配していない様子を見せられると、私はいらいらいする。彼女は気にかけるべきよ。私にはわかる。絶対そうよ。こういうときに、家にいないのがシジウェの方で、彼女がどこにいるか説明できないとしたら、ムコリシはものすごく心配するはず。あの子だったら妹の安否を気遣うわ。

「最後に見たのは、いつなの」

シジウェが見せた顔つきは、なんとも形容できないものだった。不安にさせる顔つき。それとも生意気な顔つきだろうか。しかし再び、まあおかわいそうに、という顔つきになった。まゆ毛をほんの少しだけ上げる。頬をふくらませる。ちょっとだけ。唇をぞんざいに横に引っ張る。自分がそうしていることに気がついていないかのように。結局どうなったかというと、両目のあいだが、まゆ毛を上げた分だけ開いたかというとそうでもなく、逆に狭まる。悪意がある。そして彼女は、落ち着いて慎重に、ゆっくりと、ほんとにゆっくりと、立ち去ろうとする。私が彼女の方に向かって戸口の段々を上がろうとするちょうどそのとき、彼女は背を向けて家のなかに入ってしまった。

いったいどういうことかしら。私はあきれた。私が求めていた歓迎が、これだというの。彼女のことでひどく心を悩ませてたのに、こういうふうに歓迎してくれるわけね。私の娘が、こんなふうに私を迎えるというわけね。不機嫌な顔。冷蔵庫の外に置き忘れていた、昨日のカスタードみたい。

「あなたに質問したのよ」。遠のく背中に向かって、私は叫んだ。

「母さん、何？」無邪気な響き。でも騙されないわ。あんなに邪険な表情を見たんだから。それに、私が最初に言ったことがあの子に聞こえていたのは、間違いない。にもかかわらず、私は質問を繰り返した。そのときには、私は家のなかに、食事部屋に入っていた。彼女は台所の真ん中に立って、私の方を見ていた。ところが、一分前に私をあんなに動揺させた顔つきは、消えていた。彼女の顔に居座っていた傲慢な無関心とむき出しの哀れみの不条理な混合物は、消えていた。

「母さん」と、彼女は言った。彼女の口調はずっと和らぎ、より柔らかくなっていて、数秒前の生意気さはなかった。「今日はムコリシは見てないわ」。彼女は唐突に背を向け、裏庭のドアをこじ開けて、去っていった。彼女のぶっきらぼうな退場に、私は少しばかり当惑した。何があったんだろう。寝室に向かって歩きながら、私はいぶかしく思った。

どうしてシジウェはいらいらしてるのかしら。足をけって、残ったもうひとつの靴を脱ぎながら、私は自問した。私がびっこを引いていたことにまったく気づかなかった、片方の靴を履かずに歩いていたことにまったく気づかなかった、なんてことがあるだろうか。どうやったら、こんなにはっきりしたことを見落とすことができるんだろう。彼女の安否を気遣って本当の戦争まで構えたというのに、彼女は私に靴の片割れがどうなったか聞きもしないなんて。私の衣服が泥まみれになって、乱れて、すっかりすり減っているのが見えなかったなんて、信じられない。くぐり抜けた大騒動のせいで、喉がゼイゼイ鳴っていたというのに。

でも、そんなことよりも私が嫌なのは、彼女の態度、彼女の無頓着、そして、あんなに彼女のことを愛しているムコリシのことを気にも留めないでいられること。子どもたちを結びつけるのは血と血じゃなくて、血と水。それが子宮をともにしたきょうだいの問題。そのうえ、シジウェとルンガは二人とも、私が二人に禁止していることをムコリシには許しているという理由で、私がムコリシをえこひいきしているといって、しょっちゅう責める。でも、ムコリシは他の二人よりも年上。私が悪いのかしら。逆の立場だったらどうかということも、私にはわかっていたわ。家にいるのがムコリシだったら、あの子は、妹だろうと弟だろうと、行方が知れなくなった者を探しに行くはずよ。妹だったら、なおさらよ。

午後七時四五分

「ドン、ドン!」げんこつで裏庭のドアを叩く音。お隣さんのスコナナに違いない。何の用かしら。寝っ転がって、新しいレースのカーテンの後ろから観察しながら、私を待ち伏せしてたのよ、きっと。

「ンディエザ、メルワーネ!(いま行くわ、お隣さん)」私はカバンを下に降ろし、やっかいな靴を蹴り飛ばしたところだったけど、春物の薄い上着はまだ脱いでいなかった。南東から吹きつける強風がちょっとばかり爽やかすぎて心地よくないときに、私はこの上着を着る。ベッドの下に手を伸ばし、古ぼけたフェルトスクーネ[革の下履き]を引っ張り出す。これは五年前のクリスマスに、ネルソン夫人が私にくれたもの。私はこれを履いて、家のなかをすり足で歩き回るのが好き。

「はあい!」私は寝室から足を踏み出しながら、大声で言った。スコナナは、再びドアを叩きはじめていた。「ンディエーザ！（いま行くわ）」私は叫んだ。

ルンガは眠りこけているか、さもなければ本を読んでいる。火事になっても、あの子は家が焼け落ちるまで炎に気がつかないだろう。彼の目は、自分が読んでいる本のなかに永遠に埋葬される。そうでなければ読書でへとへとに疲れ、座ったまま、頭は横に倒れて肩の方へと垂れ下がり、いびきをかいているのかも。

私はよろめきながら寝室から出て、食事部屋を通り過ぎて、台所に入った。ドアが少しばかり開いていた。スコナナは二つの家を隔てる鉄条網の上に身を乗り出しながら、食事部屋から姿を現した私の方を見ていた。

「モーロ、メルワーネ！（こんにちわ、お隣さん）」私はドアをもっと広く開けて、外に歩きだしながら言った。

「ねえ、シジウェの母さん」。スコナナは、慣習になっている挨拶の順番をすっ飛ばして、叫んだ。私に返答する時間も与えずに、彼女は続けた。「いったい、どうしたのよ。びっこ引いてるじゃないの。それで、もう片方の靴はどうなったのよ」。この女は頭の後ろに目がついてるのかしら。彼女は、私の身に起きることなら何でもかんでも気がつく。この点については信用できる。子どもたちや、ドワドワの身に起きることも。彼女はぐっすり眠っていても、見ている。絶対よ。

「ごめんなさいね、お茶でも飲んでゆっくりしてもらってからの方がよかったんだろうけど」、と彼女は言う。私がどう反応したらいいか思案し、どっちの質問に最初に答えたらいいか決めかねていたあいだに、彼女は続けた。「でも私は……」

「いいのよ」。私は言った。逃げられないことはわかっていた。知ることへの飢えが満たされるまで、スコナナはけっして休むことがない。私は嘘をついた。「バスから降りるときに靴をなくしたのよ。さあ、わかるでしょ。どんな人でも路上を裸足で歩いたらどうなるか。毎日、道ばたで瓶を割ってる連中がいるんだから。あたしは空き瓶の首を踏んづけちゃったわけ」

「まあ、ひどい！」

私は言った。「やれやれ！　靴のことで気をもむのはやめましょ。古い靴だったわ」。私は彼女の目をまっすぐに見つめた。「ねえ、教えて。ここで何が起きたのよ。あたしたちが忙しく汗かいて働いている最中に、あんたたちは、この大好きなタウンシップに何をしてくれたのよ」

「姉さん」。スコナナは首を横に振った。

「何があったの？」彼女の厳粛さのおかげできちんと酔いがさめました、という表情を浮かべながら、私は尋ねた。

スコナナは答えた。「スクシェキーサ・シガティ、シジグゲーレ（茶化さないでよ、私たちは大人でしょ）。あたしたちの子どもらが、白人の女を殺したのよ」

「ひとり？」

「白人の女をひとりでも殺したら、それだけで、ググレトゥみんなに十分に悪いニュースだと思わないの」

私は慌てて言った。「違う違う！　何でそんなこと尋ねたかというと、バスのなかで、つじつまの合わない話をいっぱい聞いたもんだから」。バスで耳にした数字については黙っていた。そんなことを口に出したら、もし私の情報が不正確だとすると、混乱に拍車がかかるだけ。だけど、お隣さんの言葉を聞いて少しは安心した。ものすごくじゃないけど、確かに少しは安心した。予想より、ずっと。その一条の光明のおかげで、胸がどきどきし、目が覚め、生き返る。ありうることよ。たぶん誰か一人だけ死んだんだわ。もしかして、誰も死んでないかもしれない。もしかして、重傷だとか。それでも事件ではあるけど。

生々しい現実に、引き戻される。スコナナが言った。「あなたが聞いた噂なんて知らないわよ。でも、あたしのいとこ、警官のムゾンケが、あたしの目の前で言ったのよ。今日、白人の女がこのググレトゥで殺されたんだって。若い女だったって言ってたわ」

ググレトゥは凶暴な場所。毎日、誰かが殺されたという話を聞く。または殺されかかったとか。しばしば一人以上についての話。毎日のことだけど、レイプ、強盗、武器で暴行、そして、その他のもっと陰険な形の暴力。毎日のこと。私たちが小さかった頃のビー玉みたいなもので、銃器はそこらじゅうにある。それにしても、白人の女ですって。白い女を殺したなんて。私たちはどこで寝たらいいのかしら。警察は私たちに何かしてくれるのかしら。

警察は私たちの友人ではない。今日にいたるまで、無能というのよりずっとひどい。ここググレトゥでは、私たちは警察を好まない。あいつらは、ましな言い方をしても、永遠に続くイライラの種。ひどいときは、あいつらがいるだけで怖くてたまらない。苦痛。たくさんの無実の人たちが、あいつらの手にかかって死んだ。血まみれの手にかかって。死んだ。警察に殺された。かつては、奴らは罰せられることもなく私たちの同胞を殺したものよ。だから悪の実行者たちがいる。犯罪を職業にして、腐敗が育てた恵み深い環境のなかで生きてきた連中。温かく湿った汚物がウジ虫を育てるように、そうやって犯罪者たちが栄えてきた。犯罪者よりもひどい行為に手を染めた警官が、そいつらを庇護してきた。そうやって犯罪が栄える。だけど、白人の女を殺すとなると、また話が別よ。まったく別のことよ。

老いも若きも、男も女も、誰も災禍から逃れることなんてできない。暴力が広がっている。それが世のならわしになってしまった。夫が朝仕事に行くとき、彼が夜無事に帰宅できるという保証はない。子どもが学校に行くのも、のんきに当然のことと構えてはいられない。盗んだ車を酔っぱらって運転する奴ら、警察、ギャング、そして政治的な意見が違う人びとを殺す奴ら。安全というものは、本当に、本当に、はかないものになってしまった。

私は深い眠りから目が覚めた。だけど悪夢は、私をそっとしておいてはくれない。それは、私のお隣さんの目のなかにある。それは、私をそっとしておいてはくれない。私の手に指があるのと同じくらい、現実的で、具体的なこと。

「私たちはどうなっちゃってるのよ。警察がこのタウンシップをめちゃめちゃにすることくらい、連中にはわからないのかしら。自分たち以外は動物で、獲物のご馳走を準備するみたいにお互いに殺し合って、それでも十分じゃないっていうのかしら。それだけでも十分に悪いことじゃないの。白人の女ですって。頭おかしいんじゃない。狂っちまったんじゃないの」。金切り声になっているのが自分の耳でもわかる。自分の手が震えているのが見える。実際、私の体はまるごと、ぶるぶると震えている。

「やったのは、学校の子どもたちよ」。お隣さんが言った。

息が止まる。バスでの言い争いの記憶がよみがえり、私につきまとう。あのときはそんなに深刻に受け止めなかった言葉が、今では身の毛のよだつ不吉な意味を、わずかに帯びはじめていた。

「こんな血迷ったこと、他に誰がやるもんですか」

スコナナの声色から、いい気味だ、と思っているんじゃないかと感じた。彼女には子どもがいない。彼女はともかくも、それが良いことだと考えようとしている。「あたしには子どもがいないから、何も気にかかることはないわ」。子どものひとりが思いがけずはたらいた悪事のことで誰かが愚痴をこぼすたびに、スコナナは好んでそういう。彼女は、子どもと非行を同一視しているようだ。確かに、最近の子どもたちがどんなゴミみないな人間になるかを考えたら、スコナナにも一理あるわ。だけど、私は彼女にそういうふうには言わない。

「あたしたちのググレトゥでは、殺人犯なんて森に生えてる木と同じで、数え切れないくらいいるのよ。たいていは、そうね、もう三〇歳を越えてて学校にも行ってない連中でしょ」。私は彼女にそう言った。私はうんざりして、家のなかに戻りたくなった。スコナナに向かってドアを閉めて、自分のことをやる。ゆったりした服に着替えるとか。彼女が私を呼んでおせっかいな噂話を始める前にやろうとしていたのが、それだった。しかし私は、ここで起こったことについて、正確に知りたいという好奇心もあった。スコナナはとても繁盛している、すごく成功したシビーン［居酒屋］の女王だから、日中にタウンシップで起きたことについては役に立つ情報をもっている。私は好奇心に負けた。

「バスのなかでは、このセクション3で車が投石されたという話だったけど」

「セクション3ですって？」スコナナは聞き返した。まゆ毛が勢いよく上にあがって、半円形になる。彼女がこれから喋ることは、どういうふうに、この大混乱を私たちの通りと結びつけるのだろうか。他ならぬ私たちの家の門前に押し寄せている群衆を、どうやって説明してくれるのだろうか。この通りの近くに市場なんてない。そしてサラセン。警察署の前で、このサラセンどもは何をやっているのだろう。休暇をとっているとでもいうの。

お隣さんは陰謀めかして言った。「ちょうどここ、私たちの通りで起きたのよ！　ちょうどここ、このNY1よ」。銃から発射される弾丸のように、ひとつひとつの言葉が彼女の舌から飛び出してくる。バン、バン、バン、バン、バン！　「あそこよ」。南の方角、NY1をさらに下ったところの橋を指さして、彼女はそう言った。

そこで私は、一千の質問を込めて、彼女に鋭い視線を投げかける。

彼女はうなずいた。心得顔に、両目を開いて。

「ああ、そんな」。ようやく私にはわかった。スコナナがセクション3で事件が起きたと認めなかったのは、それが起きたことを強調するための皮肉だった。セクション3の残りの部分は関係ないわ、と彼女は言った。今回、災難にあったのは、私たちが住んでいるこのちっぽけな場所だけなのよ。

スコナナは再びうなずいた。「そう！　そして、これはね、『一人の入植者に一発の弾丸を』、でもないのよ、あなた」。投石される車のなかにいた女性が、どうやったら死んでしまえるのだろう。ネックレス殺人の恐るべき情景が、私の眼前で燃え上がった。ああ、だめよ！　だめ！　そんなのだめ！　神様、そんなのだめ！

「何が起きたの？　いったいどうやって……」私は最後まで質問することができなかった。公然と大声で言うことができなかった。どうやって子どもたちがその女性を殺したというの。にわとりを殺すことについて話すみたいに。首をしぼって。ンク！（やったぜ！）

「ナイフよ」。彼女は静かに言った。彼女は右手を握って親指を立て、それを左手のくぼんだ手のひらにぶち当てる。両手を叩くときの音よりも柔らかい音。拳で手を叩くピシャリという音よりも柔らかくて、鈍い音。だけど、硬い音。ブスッ。鋭くはないけれど、ものすごく重い。「刺し殺したのよ」

5

気分が悪くなった。スコナナの目つきが柔らかくなった。「いらっしゃいな、やかんを火にかけるから」。私は首を横に振り、しばらく目を閉じ、深く息を吸い込んでから、こう言った。「たどり着くまで、すごく時間がかかったのよ。ほんとに。しばらく横になるわ」。説明できない理由で涙がにじみ出し、興奮して叫びそうになった。私の膝は、私を運ぶ義務を、私をまっすぐに支える義務を放棄する意思を通告していた。まるで誰かが私をぐるぐる回転させ、それから唐突に歩かせようとでもしているかのように、両膝は震え、弱々しく、がくがくしているように感じられた。
「ありがと、お隣さん」。そう言う私の声は羽根のように軽く、ほとんどささやきに近い。「日曜日の休みに、お茶を飲みましょ」。私はスコナナの返事を待たず、足を引きずって家に戻った。頭がくらくらしていた。

ググレトゥですって。この呪われた、神に見捨てられた土地に、いったい誰がわざわざやってくるというの。私が知りたいのが、私がまったく理解できないのが、そのこと。私はずっと、自分に同じ質問を投げかけ続けている。何度も何度も。彼女はここで何をしていたのですか、あなたの娘さんは。よりによって、どうしてこんな場所に来ることになったのですか。もし私が彼女の立場だったら、たとえ狂った象の軍団でも、私をここまで引きずってくることなんてできないわ。

私自身は、ググレトゥに、つむじ風に飛ばされてやってきた。竜巻を避けるひらひらした葉っぱの上にちょこんと座って。黒人たちは凶暴に巻き散らかされた。政府に追い立てられた。この大変動はあまりに巨大だったので、三十年以上たったというのに、同胞たちはいまだによろめいている。

ブラウフレイで強制移住の噂が最初に表ざたになったのは、金曜日のことだった。私たちは週に五日間学校に通っていたが、九歳の私がいちばん軽い足取りで登校していたのは、金曜日だった。家に帰るときは、さらにずっと足取りが軽かった。金曜日には何かがあった。いいこと。素敵なこと。おいしいこと。すべてがゆったりしていて、何の気苦労もないように思えた。親たちはくつろいで、他のどの日よりも寛大だった。

金曜日には、朝早くから夜遅くまで、他の日よりも多くの雑用があったのは確かだった。だけど、遊び時間も多かった。母は、カヤと私をロケーションのあちこちにお使いに出したものだった。マンダバのところからスカープコプ［羊の頭］をもらってきて！　マ・ペカのところからイシテュウェンテュウェ［内臓のシチュー］をもらってきて！　マヴテンガチのお店に行って、すこし砂糖をもらってきて！　もっといいときには、母は私たちを大通りのあたりのお店まで送りだしてくれた。そのあたりでは、賑わう路上で自動車やバスが近づいたり遠ざかったりしており、道路は舗装されていて、白人たちは電気がついた大きな素敵なお屋敷に住んでいた。こういうとき、私たちは一セント、またはまるごと五セントをお駄賃にもらって、好きなものを買えるかもしれなかった。忙しく行ったり来たりする金曜日には、母は他の曜日ほど時間にうるさくなかった。私が家を出入りするのにも気がつかなかった。それは、私にはすごくいいことだった。というのも、私はカヤと同じくらいたっぷりと外で遊べたから。夜遅くまで戸外で、家のなかに入らないで遊んだのよ。

母が働いていたのは半日だけだったから、カヤと私が学校から戻るときには、いつでも家にいてくれた。あの金曜日、私はまだ体操服も脱いでいなかったというのに、母は私にこう言ってせかした。
「マンディラの家まで走って、一〇セント分のフェトクク［揚げパン］を買ってきてちょうだい。ほら」。母は仕事着のポケットからおカネを取り出しながら、そう言った。
「やかんを火にかけて、それから走るよの！」

それがどういう意味か、私にはわかっていた。やかんのお湯が沸くまでに帰ってきてほしいということ。それは、私がぐずぐず道草を食ってなかったかどうかを試す試験。私は家から飛び出し、貧相な草が生えた原っぱを横切り、小さなダムを越えた。ダムのふちには、葦と、すごくおいしい味がするオーノンゴボザナ［ハーブの一種］とが密集して茂っていた。だけど、この日の私は、このごちそうを完全に無視した。ダムの反対側で、マンディラ母さんの小さなポンドク［掘っ建て小屋］が呼んでいる。そこには、ブラウフレイでいちばんの、すばらしくおいしい揚げパンがあるんだ。

マンディラ母さんの家のドアにたどり着く前から、フェトククを揚げるツーンとくる匂いが私をとらえた。生唾が出てきて、私は何度か飲み込んだ。口のなかにあったのは素敵な、豊かな希望だけだったけど、飲み込んだ。

家のなかでは、マンディラ母さんが小さい寝台の上に座っていた。彼女の隣の床の上では、新品みたいに銀色に輝く平鍋が、プライマス・ストーヴ［石油コンロ］の上に鎮座していた。それはブルルとうなり、油の池をかき回している。濃い黄金色で先端の尖った玉が、荒海の船のように、沸き立つ油の中を元気よくひょいひょいと動いている。時折、マンディラ母さんがフォークを使って玉のひとつを器用にひっくり返すと、油が跳び、ジュージュー、ゴボゴボと音をたてて、しゃがれ声で歌う。

フェトククを見てしまうと、口のなかの生唾は手に負えなくなり、私はそれを音を立てて飲み込む。私はなかなか言葉を出すことができない。「一〇セント分、お願いね。マンディラ母さん」

マンディラ母さんは、一〇セントで買った一〇個のフェトククに加えて、私に余分に一個くれた。その一個は、他のフェトククと一緒に茶色い袋に入れるのではなく、そのまま私に手渡してくれた。

「さあ、これは私のちっちゃなお得意さんの分よ！」彼女は、微笑んでいた。

「ありがと、母さん」。私は言った。私は茶色い袋を足もとに置き、自由になった二つの手のひらでくぼみをつくり、かしこまって受け取った。あの頃は、子どもが大人のものを勝手に取るなんていうのは無礼の極みだった。どの大人から何をもらうにしても、子どもは二つの手のひらをあわせて受け取ったもの。

善意というのはありがたいものだけど、手のなかの温かい、柔らかいフェトククが、どうぞ飲み込んでくださいと請い求めているというのは、また格別。私が家にたどり着いたときには、ヤカンのお湯はとっくに沸いていて、母は二杯目のお茶をカップに注いでいるところだった。母は自分のフェトククをいらいらしながら待っていた。

「ああ、そういうことね」。隠しようがない油だらけの私の手を見ながら、母はそう言った。「あたしのフェトククがまだ温かかったらいいんだけど」。小皿に二個のフェトククを置きながら、母はそうつけ加えた。「おいしい」。そう言いながら母はフェトクにかぶりつき、それからお茶を流し込む。「おいしいわ!」目を閉じて、うなずく。母がマンディラ母さんのフェトクを楽しんでいることが、私にはわかった。

「もうひとつ食べたいなんて言っちゃだめよ」。母はそう言って私をじらす。私を片目で見やり、そのまゆ毛を上にあげている。

「食べたいです、お母さん」。母さんはじらしてるだけよ、と期待しながら、私はそう言った。母だったらここで背中を向けて、あなたには一個で十分でしょ、すぐに晩ご飯なんだから、と言いかねないとも思った。「はい。ひとつ、ものすごく食べたいです。よろしいでしょうか」。私は精一杯かわいらしい声で、そう言った。

お茶が終わると、終わりのない金曜の雑事に戻る。幸いなことに、母はその大部分を朝のうちに仕上げてくれていた。金曜の仕事ができるように家がきちんと片づいているのを見届けた母は、洗濯物を水に浸けた。そのあいだに、私は生姜ビールを濾過して、瓶に詰めた。これが私たちの家の家業。

元気が戻った私たちは、洗濯にとりかかろうと外に出た。母が衣類を洗い、私がすすいで干す。終わったら、私は使用済みの石けん水を運んで、それで床をこすり洗いする。母が最後のお茶を一杯飲むと、労働者たちが帰宅する時間になる。

夏はいつものこと。夕刻の早い時間帯になると、男たちの一団がやってくる。彼らは、落ち着いて仕事の気苦労を洗い流せるように、母のビールを飲みにくるのだ。金曜日は給料日なので、彼らのポケットには銭が入っている。私は母が男たちに給仕するのを手伝ってから、外に遊びに出る。

「マンディサ！」少し後で、母が呼んだ。

「母さん」と私は答え、大急ぎで家まで走る。母が私に何をやらせたいにしても、あまり時間がかからずに、もういちど外に出て遊べたらいいのにな、と私は祈った。

「外の空瓶を片づけて、それからノンジャイカリに二本持っていってちょうだい」、と母が言った。

「もう払ってあるからね」、とつけ加えた。

　私は、壁にぴったりくっつけたテーブルの下にたくさん並んでいる生姜ビールの瓶を、二本つかんだ。テーブルの上には水が入った桶と、母が料理に使うプライマス・ストーヴ、そして、それらの脇に他に二、三の雑貨が置いてある。私は外に急いだ。

「どうぞ、お父さん」。私はビールを、ノンジャイカリ父さんの目の前、濃い灰色の砂に植えつけられた二本の足のちょうど中間に置いて、そう言った。

「エンコーシ、ントンバム（ありがとう、娘よ）」、と彼は言って、私に五セント玉をくれた。ノンジャイカリ父さんは、母のお客さんのなかではいちばん気前がいい。ブラウフレイの子どもたちはみんな、ノンジャイカリ父さんの手の温かさを知っていて、とくに金曜日には、自分をお使いに出してくれたらいいのになあと思っていた。

　こうして、気持ちよく自分のおつとめを果たせるようになった私は、半円形に集まった男たちのまわりに散らばった空瓶を集めて、家の中に運びはじめた。ほとんどが作業着を着たままで、弁当箱を脇に置いた男たちは、私のことを長々と賞賛した。あの子が大きくなったら家をすごくきれいにするんだろうなあ、と彼らは言った。ほめ言葉が骨の髄まで染みてきて、私は口の両端が耳にくっつくくらいの笑顔になった。

ノンジャイカリ父さんは、自分の生姜ビールの瓶を束ね、飲み口をそろえて片手でしっかりと握りしめていた。他の男たちは冗談で、こいつはみんなの飲み物を持ち逃げして、俺たちの喉をカラカラにするつもりだぞ、と不平を言った。

「おまえたちにゃ、自分の家に、お茶をいれてくれる人がいるだろ」。彼は笑いながら答えた。「これが俺のお茶なんだよ」

ほんの少しあと、イクラ［なわとび］遊びをするために、力いっぱい手を叩いて私を呼ぶ音が聞こえてきた。そこで私が外に戻ろうとすると、たまたま、ウシクウェブ父さんがこう言うのが耳に入った。

「ウフルメンテ、ボンカバントゥワバムニャーマ・クレ・ンギンキ・イェカーパ、ウザ・クバフドゥセラ・エニャーンガ（政府はケープタウン地域のアフリカ人を、まるごとニャンガに移すつもりだとさ）」

「な、にい！　おめえ、何いってんだ？」いくつかの声が、一度に重なる。「そんなこと、あるわけねえだろ」

「俺たちみんなが信用してる人から聞いたんだよ」。シクウェブ父さんが答えた。

「ああ！　うそ、うそ、うそ！　ぜーんぶ嘘だよ。俺に聞いてみろ」。男たちのひとりが言った。近所のベレカジのお父さんの声だということが、私にはわかった。

「あんたの言うとおりだ、ベレ」、こう言ったのは、ラドゥドゥ。この人もご近所さん。「そんなことは、絶対に起きないんだよ」。自分が言ったことにたいそう自信がある様子だった。それから、みんなが叫びはじめた。あまりにもたくさんの人が話し、あまりにも騒々しかったので、私には内容がわからなかった。私は自分の仕事に精を出すことに決めた。それに、イクラ遊びが外で私を呼んでいた。

いずれにせよ、たとえ話に耳を傾け続けていたにしても、私にはほとんど何の意味もなかったことだろう。当時は、そうやって投げつけられた言葉、熱い論争を引き起こした言葉は、私にとって、幻想として心に残ったにすぎない。遊び盛りの私の心にとって、それらは大人の世界の理解しがたい神秘的な他のことどもと、同じ種類のものだった。税金、ティコロシュ［悪鬼］、鉱山の金、天国の神。私には何の関係もないことども。

ところが、二、三日すると、私は同じ噂を他の子どもたちから聞いた。そしてある日、ロケーションの噂話にはめったにかかわらない父が、このことについて母に何か言うのを聞いた。

ニャンガに移されるという噂をカヤに話すと、彼は、自分はぜんぶ知っていると答えた。得意気になって、噂を始めた張本人のことだって知っていると言った。「信用できないノンジャイカリ父さんだよ」。カヤはせせら笑った。

「ロケーションじゅうに広がってる噂だよ」。自分は知ってるぞという偉そうな表情で、眉毛を上げて両目を半分閉じながら、カヤはささやいた。

ノンジャイカリ父さんが信用できないということは、みんな知っている。彼には子どもどころか、妻もいない。そんな男のことを誰が信用できるというんだ。賢いカヤによれば、彼の言うことを信用するとしたら、ブラウフレイの人びとは狂っていることになる。

しかし、火のないところに煙は立たないと言う人びともいた。ノンジャイカリはところどころで誇張したかもしれないが、それでもやはり、真実は真実だというのだ。このグループによると、ノンジャイカリはこの話を、彼の職場で、彼が働いているケープタウンの大きい郵便局で耳にした。彼はそれを親しい友だちのウシクウェブ父さんに伝えたのだが、今度はウシクウェブが、それを店の主人のマヴテンガチに耳打ちした。マヴテンガチは牧師をしている兄に話し、今度はその人の息子の校長先生に伝わった。この校長先生から、噂は急速に広がった。山火事のように広がった。人から人へと伝わり、それぞれが話に尾ひれをつけ、個々人の気まぐれと恐れを詳細につけ加えていった。ふんころがし虫が玉を転がすのと同様、それを単純に動かしていくだけで、玉そのものに自ら大きくなる仕組みが備わる。それは成長して、ついには、長く激しい干ばつのあとの最初の雨水をごくごく飲み干す川の轟音へと化していった。

政府はアフリカ人をまるごとニャンガに移そうとしている。

全員だとさ。一人残らずだとさ。親たちは笑った。明らかに、政府は自分が何について話しているのかわかっていない。

それから数週間のあいだ、毎夕、毎週末、私たちの家の外に座る男たちは、このことを好んで話題にした。生姜ビールを売っているのは私たちの家だけではなかったし、もっと強い酒を出すところもあったから、私たちの家の周りの情景は、おそらくロケーションのあちこちで見られたのだろう。似たようなシナリオやその変種が語られていたのだろうが、ひとつだけ共通していたのは、人びとは不愉快なものに反駁しようとしていたということだった。

家の外で、ひっくり返した四ガロンの空の石油缶の上に、あるいは薄汚れた土の上に座って、父さんたちは生姜ビールや普通のビールを飲み、パイプをふかしながら、歯をむき出しにして、タールのような焦げ茶色をした煙草のつばをヒュッと吐き出して砂を射抜き、首を横に振った。男たちのそれぞれの小グループは、水牛の角のような、親密な会話ができる友好的な陣形をつくり、彼らが仕事に就いている場所での一週間の苦行について、共通の、すっかりおなじみの話をしていた。

母たちは、延々と広がるロケーション全体で共有する水道まで往復するために、水を運ぶドラム缶やブリキ缶を頭の上に載せ、それから両手を叩いてあごと尻に当てた。これは、信じられないという驚きの身振り。バケツの水の斑点が、騒々しく笑う両肩に濃い色を落とし、ひだ飾りのように腰に巻いたショールに染みをつける。私が育ったブリキの掘っ建て小屋のロケーション、ブラウフレイには、こんなにも大勢の人びとがいたんだ。すごくたくさん。政府はどこから手をつけるんだろう。そんなこと、誰が信じられるだろうか。

ところどころ低木が生えた緩やかな白い丘、砂の丘に囲まれた低地にのらくらと広がる掘っ建て小屋の海。これは私たちに（私たちみんなに、親にも子どもにも）、それが存在しなくなるなんて考えることもできないという、すばらしい安心感を与えてくれていた。私たちのおびただしい数、私たちの居住地の面積、そして、私たちの住処、家、墓は神聖なものだという信念。こうしたものが提供してくれる不可侵の感覚を固く信じていたために、私たちは馬鹿げた噂を笑い飛ばしたのだった。

子どもたちの胎盤は、地面に深く埋められている。少年たちの［割礼で削除した］包皮や、ずっと前に死んだ者の白い骨も。ある日、強制移住というまさに同じ問題を人びとが再び議論していたとき、ロケーションの古老のムクベお祖父ちゃんは、ブラウフレイはどこにも行かんよ、と母に言った。「どこにも行かん」。彼は繰り返した。右手の拳で左の手のひらを激しく叩きながら。

おじいちゃんの言葉で、私がどんなに安心したことか。ここが家だ、と彼はいう。家。これまでずっとそうだった。これからもずっとそうだろう。家。

しばらくすると、移住の噂はまるごと、単なる冗談になった。アフリカ人を、すべてのアフリカ人を、アフリカ人だけのために保留された共通の地域に移住させるという噂のばかばかしさを、親たちは笑い飛ばした。家畜の囲いみたいな場所に移すなんて。

しかし、政府は笑ってはいなかった。アフリカ人に関することで、政府が微笑んで歯を見せることなど、けっしてなかった。

一年が過ぎた。私は噂のことを忘れた。それは、くっきりとした、何の嘘もない、明白な証拠を示す昼間の太陽のもとで、悪夢の記憶が薄れていくように、消えていった。それはいつの間にか消えて、すっかり忘れられてしまった。おそらく全員が、その噂を最初にロケーションにもたらしたノンジャイカリ父さんを含めて、忘れてしまった。それは真実だったのだが。

そしてある日、噂はすっかり成長して髭を生やし、政府の公印を押されて帰ってきた。それは笑ってはいなかった。噂の著作者と同じように、それは、アフリカ人の問題を扱うときにはユーモアの感覚を葬り去るということを学んでいた。

それは日曜日のことだった。日曜の午後。私はまだ覚えている。父、母、カヤ、そして私は、教会に行った。帰宅した後、私はいつものように母の料理を手伝った。一家で腰をかけ、一週間のハイライトを迎える。それは特別な日曜の昼食、つまりお肉とご飯。じゃがいも、にんじん、キャベツもある。お肉を見るのは一週間でこの日だけ。野菜もある。ウムクショ、またはスタンプ・エン・ストゥト、私たちの挽き割りトウモロコシと豆の食事はときどきそう呼ばれるんだけど、それではない。いつものように、兄は食事が終わったらすぐに逃げ出した。私はお皿を洗った。そして大人たちはうたた寝したり、おしゃべりしたりして、まんまと逃げおおせた。

丘を登り、その反対側を下って、私は友人たちを見つけた。みんな私を見て大喜び。この子たちは私が現れるのを長いこと待っていた。両親は、自分たちが教会に行くだけじゃなく、子どもたちも行かなければいけないと頑固に言い張っていたが、そんな親をもつ兄と私はブラウフレイの子どもたちのなかでは少数派だった。この拷問だけでは満足できない両親は、私たちが屈託なく遊ぶことなどできないように、別の障害を設けた。それは宿題と、夕暮れの門限。日曜の太陽は一ダースの子どもがいる若い寡婦と同じくらいケチなのに、母と父は、そんなふうにはまったく考えてなかったようだ。だから遊んでいるあいだにも、私はときどき心配になって、家の方をちらちら見た。友だちと私が遊び場所として丘の反対側を選んだのは、偶然ではない。家に近い方の丘で遊んだら、まったく些細な用事でも家に呼んでくださいと私が請い求めている、というふうに母は思ってしまうことだろう。母は家から出てドアの横に立ち、家に戻りなさい、とありったけの大声で叫ぶかもしれない。私が宿題をするように。母にお茶を入れるように。そうでなければ、実際、日が沈みそうだという以外に何の理由もないときでも。

私が友だちの輪に入って何分かしたら、私が到着したせいで中断していた遊びが、再びはじまった。汚れたり破れたりしないようにスカートをブルマーのなかに詰め込んで、私たちは丘を駆けあがり、駈け降り、疾駆する山羊を追いかけ、豚を鳴かせ、メーメー声をあげる頑固な羊を追いかけた。棘だらけのイントロコチャネの木や、葉っぱがチクチクするイボシシぶどうの木から野生のベリーを摘み、砂の城をつくり、生い茂った常緑樹のやぶのなかで隠れん坊をして遊んだ。私たちは遊びにすっかり夢中になった。私たちは精一杯遊んだ。というのも、太陽が沈んでくると、別離の試練への心構えがまだぜんぜんできていないのに、母の呼び声がして私を家に引っ張っていくかもしれない、と友人たちが恐れたから。カヤは男の子だったから、私ほど厳しく言われることはなかった。

とつぜん、頭の上で耳をつんざく大音響がして、私たちはその場で立ち止まった。遊ぶ気がしなくなり、みんな顔をぐいと上に向け、猛烈に血を流す空へと視線を向けた。

飛行機。とてもゆっくり飛んでいたので、友人たちと私は内部の人間たちを見ることができた。ピンク色の肌と、着ている服の色が見えた。色がついた目を覆い隠すサングラスも。

あまりにも普通じゃない出来事だったので、私たちはいつもの儀式を忘れた。

エロプレーニ！（ひこうきさん）
ズンディパテリオレンジ！（オレンジちょうだい）
ズンディパテリペシカ！（桃ちょうだい）

なんでそんな儀式をやってたかなんて、聞かないでね。愚かな飛行機どもは、聞く耳なんてもたないか、またはンチャンガセ［伝説のけちんぼ］よりもケチだというのに、私たちは飛行機にそんなものをしつこくせがんだものだった。いくら努力しても、それまでに何か報酬をもらえた人なんていなかったわ。

だけどこの日は、その登場の仕方があまりに地上に近く、あまりに私たちに近かったため、この驚異的なものは聖書に出てくる燃える木、中から水を出す岩、言葉を話す蛇と同じようなものに思われた。私たちは完全に言葉を失っていた。実際、この出来事はあまりに普通じゃなく、あまりに音が大きかったので、大人たちでさえ家から外に飛び出し、戸外で飲んでいたビールをぎょっとして足の上に落とし、顔を上に向け、両手で目の上にかざし、口を開けて空をみつめたものだ。

そして、ちょっと前までは驚いて口もきけなかったというのに、今度は私たちは新しい心配に襲われ、再び声が戻ってきた。

「ウザ・クワ！（落ちるよ）ウザ・クワ！」私たちは恐怖で目を見開いて、叫んだ。大人のなかにも叫び出す者がいた。とくに母親たち。しかしそうしながらも、私たちの両目は、心臓を胃袋に突き落とした情景そのものに釘づけになっていた。恐怖で後ずさりしながらも、私たちは見ざるをえない、じっと観察して、見届けざるをえない、と感じていた。どうしてまた、あの男は飛行機のドアから、というか、窓から身を乗り出して、前方に体を曲げているのだろう。「落ちるよ！」私たちは金切り声を上げた。

「落っこちるよ！」

しかし、その男は落ちなかった。そのかわりに、飛行機は吐き出した。大きい、はためく白い雲を噴出した。

「バソパ！（気をつけて）バソパ！」そそっかしいことに、私たちは散り散りになって、転げそうになるくらい疾走した。「気をつけて！　気をつけて！」私たちは叫び、安全な家の方へと逃げた。ついさっき、こっそり逃げてきたばかりの家へ。ほんのちょっと前までは、あんなに戻りたくなかった家へ。

私たちが走って避難しようとしたちょうどそのとき、子どもたちを家に呼び戻そうとする母たちのおびえた声が聞こえた。

予想もしなかった全力疾走のせい、というより、恐怖感のせいで息切れしながら、私たちは危険地帯から離れた。もう一度、空を見上げる。音はまだ耳のなかで鳴り響いていたけれど、飛行機はすでにずっと遠くで小さなしみになっていた。飛行機が後に残した雲はまだ残っていて、ばらばらになろうとしているところだった。ちょうど私たちが見上げたとき、その雲は、薄くて平らな、飛ぶ練習をしている鳥たちの群れのように見えた。その大部分はふらふらして飛ぶことができず、地面へと吹き流されてきた。穏やかに羽ばたいて離れていくものもあったけれど、たいていは、らせん形にどんどん降りてきて、柔らかくて陽気な大気の波と流れに運ばれて、最後には、ちょうど私たちが遊んでいた砂の上まで舞い降りてきた。砂はすぐに、飛ぶことができない平らな鳥たちのカーペットに覆われてしまった。というより、この鳥たちは生来の恐怖心を失って、私たちの足跡、砂のお堀、お城のせいで、くぼんだり、穴があいたり、盛り上がったりした灰褐色の地表へと、巣づくりをしにやってきたのだ。鳥たちはそこに横たわり、それらを運んできたうるさい飛行機が騒々しかったのと同じくらい、静かになってしまった。

私たちの家の前では、子どもたちと親たちがいくつかの小さな群れをつくり、敵と戦っているかのように押し合いへし合いしていた。私たちの目は空じゅうを探索していた。だが、遠い地平線のちっぽけな黒い斑点は私たちの飛行機なのか、それとも夜を過ごすために帰巣する大きな鳥なのか、もう私たちにはわからなかった。

そのあいだにも、飛行機が産み落とした奇妙な鳥たちは、私たちの眼前で、そこらじゅうに横たわっている。数人の勇敢な者たちが、その大部分は少年たちだったが、思い切って前に進んだ。彼らは注意深く、鳥たちの方へと近づいていった。彼らが近づくにつれて、そこかしこで鳥の一部は羽ばたき、ぴょんぴょん跳ねて、まるで飛び立とうとするかのように振る舞ったけれど、飛ぶことはできず、心臓が一、二回鼓動するあいだだけ地面のほんの少し上の中空を舞って、それからなおも羽ばたき、羽ばたいて、もといた場所からほんの数センチ離れた砂の上へと舞い戻っていった。

鳥たちは安息の地を求めているだけだということ、そして私たちに危害を加える気はないということがわかって、私たちは大いに勇気づけられた。そこで、私たちの仲間からさらに数名が、安全な家から歩み出してきた。

「ただの紙切れじゃねえか!」こう叫んだのは、年長の少年のひとり、ルムコ。「見ろ、見ろよ!」ばらばらのチラシを何枚かつかんで、彼は言った。「見ろよ! 紙だよ、それだけだよ!」彼は興奮して、手当たり次第、両腕いっぱいの紙をわしづかみにした。

これを見た私たちは、放棄した遊び場へと先を争って戻り、腕いっぱいの「鳥たち」をすくい上げた。それらが私たちを噛んだり、窒息させたり、ナイフで刺したりしないことは、もうわかっていたから。「サパニ・シボーネ!(持ってきて、見せなさい)サパニ・シボーネ!」何人かの親たちが叫んだ。その声色にはまだ、一抹の恐怖感が残っていた。

しかし、飛行機が落とした静かな鳥たちを運んでくるよう、親たちが子どもたちに呼びかけたちょうどそのとき、年長の子どもたちの態度が急にまじめになった。子どもたちは長いこと、紙きれを見つめた。そのすぐ近くまで顔を突き出して、まるでブラウフレイでいちばん可愛い子の顔でも見ているかのように、真剣に吟味しながら、紙きれを凝視した。子どもたちの行動のせいで他の人びとは不安になってきた。何が起きたというんだろう。その紙の何が、こんなにあの子たちを引きつけるんだろう。

私はその紙を自分の手にとって、眺めてみた。大文字で書いてある。綴りの間違いがある。誰が書いたのか知らないけど、学校の成績はあんまりよくなかったんでしょうね、と私は思った。私はまだ三年生なのに、なんでまたここに書いてあるすべての単語を書けるのかしら。それに、私だったら正確な綴りで書けたはずよ。正確に直すと、その紙にはこういうふうに書かれていた。

ヨンキブラウフレイ・イヤフドゥスワ。イシワ・エニャンガ。クレ・ニャンガ・イザーヨ・1ジュライ。アバジチェレラーヨ・バヤ・クンチェディスワ・ンゲローリ。

メッセージは簡潔で、直接的だった。

「ブラウフレイは、まるごと場所を変える。来月七月一日をもって、ニャンガに移転する。希望する者については、トラックで引っ越しを支援する」

私の体は衝撃波で引き裂かれた。これは本当なのだろうか。ノンジャイカリ父さんの話が実際に起きるというのかしら。ノンジャイカリ父さんの言葉が現実になることにわくわくしたと言ったら、新しい冒険ができると考えたことで興奮と期待に満たされたと言ったら、嘘をついたことになるだろう。

なぜそうなるのか自問したりはしなかったけれど、私は即座に、あいまいな胸騒ぎに襲われた。この場所が愛しくてたまらないと思ったことはなかった。でも、私たちはここを離れるかもしれず、そうなることが以前よりもずっと現実的に感じられる。するとブラウフレイは、突然、私にとって重要で切実なものだと感じられるようになった。ここが私の世界全体であるという現実、私が知っている、私が家と呼んだ唯一の場所だという現実が、初めて私の胸を打った。このことを実感すると、すぐさま、寒々とした悲しみを感じた。ここを失うかも知れない、ここが自分のものではなくなってしまうかもしれないんだ。

遊び場に沈黙が訪れた。すべての遊びが、再び、だしぬけに終わってしまった。私たちが遊んでいた場所には、ゾンビたちが立っている。手を見つめながら立ちすくんでいる。それから、私たちが静かになったときと同じくらい急に、とつぜん大疾走がはじまった。すべての子どもたちが手に手にパンフレットを持って、家まで競争しはじめた。この駆けっこは、いまや新たな緊急性を帯びていた。

「母さん！」私は大声で呼んだ。「母さん！　母さん！　母さん！」空高く手を上げて、私は叫んだ。致命的な言葉が書かれた紙を手に持って、私は家まで疾駆した。

母は家のドアで私を待っていた。不安な気持ちが顔じゅうにあらわれていた。

「どうしたの？　飛行機は何を落としていったのよ」

「見て！」はらはらしながら、私は小声で話した。「見て、これよ」

母は、私の手にあったパンフレットを一枚ひっつかんだ。母は文章を読むのに慣れていないので、そのパンフレットにまるごと一分くらい視線を走らせて、それから背を向けて家のなかに戻り、こう言った。

「へ、タタ・カマンディーサ、カ・ウジョーンゲ・エリ・ペパ（ちょっと、マンディサの父さん、この紙を見てごらん）」。信じられないという思いで、母の声は低くなっていた。彼女は言った。「飛行機が何か落としてったって言ったでしょ。まあ、見てごらん。こんなもの運んできたのよ、わかる？」

「何だって」。父の目の上の芋虫が髪の毛の生い茂った森を追いかけ、ちっぽけな額は危険なくらいに狭くなってしまった。

「これよ」。彼女は父にリーフレットを手渡した。

「ティニ！［うへ！］」それを見て、父は叫び声をあげた。「ティニ！」もう一度叫んだ。「このボーアどもは、今度は何を言い出すんだ。何て恐ろしいことを言うんだろう」

兄や私が良いことをしたら両親は必ずほめてくれたものだけど、この日は、この紙を運んできたというのに、ひとことも私にありがとうを言ってくれなかった。だけど、自分のちっちゃな失望よりも両親の動揺の方がはるかに大きいことを感じ取った私は、両親の手落ちについてくよくよ考えたりはしなかった。そもそも、めちゃめちゃな大混乱のなかで自分が賞賛されなかったという事実に気がついたのは、それから何日も経ってからのことだった。

「あたしたちをどこに連れて行くんだって？」母が尋ねた。

「ふうむ！」父はこう言った。「あいつらがやってるのは、子どものおはじき遊びと一緒だ。俺たちゃどこにも行かねえよ」。だけど、父の眉毛のあいだを走る深い溝は、父の口から出た言葉を否定していた。私はますます心配になってきた。

ちょうどそのとき、太い木で中空の金属を叩くガンガンという音が鳴り響いた。巣からいぶし出された蜂の群れのように、ブラウフレイの父親や母親たち、それにお祖父ちゃんやお祖母ちゃんたちも、このロケーションで成人したすべての者が家から飛び出してきた。

ンコンコ！
ンコ・ンコンコ！
ンコ・ンコンコ！

すばやく猛烈な勢いで、木の棒で空の石油缶を叩く音がした。ブラウフレイの住民集会への招集の合図が、夕刻の中空を満たした。

それから、騒々しい空気のなかへと、見知らぬ女性の高く刺し通すような吠え声が響いてきて、うち鳴らされるゴングに唱和した。

イェイェーレ！　イェイェーレ！（溺れたよ！　溺れたよ！）
イェーイェレ！　イフナマドダア！（溺れたよ！　男手が要るわ！）

遭難信号のトリルは、ブラウフレイの全住民への呼びかけ。集会場所の、ダムの近くの空き地に集まるように呼びかけるブリキ缶を叩く音に、さらに勢いをつけるものだった。

親たちは集会場に群がった。足取りはけっして軽くはなかった。両腕は唐突に長すぎるくらいに伸びて、ぶらぶらと意味もなく両側に垂れ下がっており、みんなの肩は曲がって丸くなっていた。

母と父が集会に行ってしまうと、もっと愉快な企てが正面に出てきて、私の不安感は潮が引くように消えてしまった。太陽の影が長く伸び、部屋に入るように私に告げる時間になっても、私が家の中にいるか外にいるか調べるはずの母親はいなかった。私を家に呼び込む母は、いなかったのだ。自分が自由だということがわかった私は、もう一度、夕方の遊びという切実な世界に没頭した。

太陽は丘の向こうへと身を落とし、沈んだ。それは遠くの空を、燃えるような赤色、まばゆい黄色、そして焼け焦げた朱色に染めあげた。残照のなかで、あわてて招集された集会がはじまった。

私たちはダムからそう離れていないところで遊んでいたので、ときおり声があがったり、叫び声がするのまで聞こえてきた。私たちは遊びに夢中になっていたけれど、飛行機が落とした紙と交戦している親たちの怒りから逃れることは、できなかった。実のところ、親たちの憤激は、私たちが遊びの世界に没頭しながら身を隠していた空間にまで侵略してきていた。といっても、自分たちがまだ家に戻っていないということを親たちに思い出してほしくはなかったから、私たちはだいたい、集会から少しだけ距離を保ち続けていた。

気がつかないうちに、周囲の桃色はプラムのような深紫色に変わっていたが、これもまた成り行きが普通ではないことを示していた。通りというものがなく、したがって街灯というものもなかったブラウフレイの人びとは、太陽が明るいうちにやるべきことをやるという流儀をよく知っていた。ところがこの日は、集会を延期するとか、ましてや中止するといったことは、誰も考えなかった。そのかわりに、すぐに集会はろうそくの灯りのもとで続行されることになった。でたらめに散らばった腕のなかのろうそくは、空に向かって突き出され、人びとの奇妙な振る舞いをぼんやりした幽霊のような光で照らし出していた。しかし、夜が深まるにつれて、その青ざめた光はますます不十分で、虚しいものになっていった。

「こっちだぞ、少年!」マヴテンガチ父さんが、通りかかったサケレを声高に呼んだ。「これだ」。そう言って、鍵を渡した。「これで店の隣の納屋に入れる。少し木切れを持ってきてくれ」。彼は怒鳴った。「急げ!」

すぐに本格的な炎が上がり、その明滅する光のおかげで、大人たちは集会を深夜まで続けることができた。親の監視がなかったおかげで、私たち子どもは楽園のなかで過ごすことができた。この日、私たちは、夜更けまで蛍やコウモリを追いかけた。

この日曜日にそれを自覚していた者は誰もいなかったが、この集会が、ひと月にわたって続く集会の最初のものだった。ときには一日に三回か四回も集会がもたれることがあった。

この日の集会がようやく終わると、父と母は私たちを家のなかに呼び入れた。二人は機嫌が悪かったので、カヤは小声でこう言った。「集会がうまくいかなかったんだよ」

父のぼやきで、すぐにそれが正しいことがわかった。

「わからん! わからん、わからん、一晩じゅう!」父は明らかに腹を立てていて、吐き出すように言った。

「そうね!」母は同意した。「ほんとに、わからないことばかりだったわ」、と母は言う。「でも、答えがある人なんていたかしら」

「おまえの言うとおりだ。答えという奴らは、まったくもって非協力的で、手に負えない。あいつらはぜったい、姿を現さないんだ」。父は言った。

「たぶん明日になったら、やってくるわよ」。母は言った。

二人は私が眠りこけるまで、夜通し、移住について話していた。

次の日、親たちは、政府に代表を派遣した。政府は代表団と会うことを拒否した。

あの最初の集会から何週間ものあいだ、父は残業をせずに早く帰宅するようになった。その犠牲は実にすさまじいものだった。というのも、ケープタウン港のドックでの給料は高いものではなく、父は残業してそれを補っていたのだから。母がたびたび言っていたところでは、残業手当が父の本当の給料なのであって、仕事そのものでは何にもならないそうだ。だけど今、父は他のみんなと同じように集会に出なければならないから、残業なんてやってられない。

集会は次々と招集された。しかし、あれほど真剣な会議を繰り返したのに、議決は不明瞭で、弱々しい結論しか得られなかったので、親たちはスタンフォード氏やバリンジャー夫人といった白人の男女に助けを求めることにした。これらの人びとは、親たちが自分では参加できない国会の場で、正式な「原住民代表」を務めていた。

しかし、それも役に立たなかった。政府は誰の訴えにも耳を貸さない。政府はずっと前に決意を固めていた。ずっと、ずっと前に。黒人の移住という問題について。確かに一度か二度、政府が計画を延期したことはある。七月ではなくて、九月に移住するというふうに。だけど、結局のところ、私たちは移動したものだ。だって、政府がそうなると言ってたんだから。どんなに訴えても、代表団を送っても、意味がなかった。

「マンディサ！　カヤ！　マンディサ！　起きなさい！　起きなさい！」

熟睡していた私は、誰かが私の肩を乱暴に揺するのを感じた。

火事よ！　家が火事よ！

私はベッドから飛び上がって、ドアに走った。掘っ建て小屋の火事は、ブラウフレイではいつものこと。

誰かの手が私をつかんだ。滅多にないことだけど、煙草の臭いがする父の胸に、私は力強い腕で抱き寄せられた。

これは父さんかしら。父さんが私を抱きしめてるのかしら。家が一軒燃えているよりもずっと悪い状況だということが、私にはわかった。何か恐ろしいことが起きたんだ。

それから、私の意識が戻った。私は死んでたか、または死のうとしてたんだわ。そうでなけりゃ、どうしてまた、厳しくてぜったいに感情を表に出さない父が、私を抱きしめたりするもんですか。父は、子犬たちとじゃれ回る親犬みたいな人じゃないわ。

「マンディサ」。父は、まだ私の肩を揺すりながら言った。もう私は完全に目が覚めて、母とカヤが家のなかにいるのを見た。みんなが我を忘れて動き回っているというわけではない。火もなかった。そんなものはきっとなかったんだろう。だけど、だったら何が問題なのかしら。私は朦朧としながら自問した。

「アベルング・バヤジディーリジジンドル・ゼトゥ（白人たちが家を壊している）」。父の言い方は穏やかで、感情の高ぶりはみじんも感じられなかった。

私は母を見た。

「急いで荷造りをしないといけないわ」。母は言った。「役に立たないものはぜんぶ捨ててちょうだい！」母自身、すでにお皿が半分詰まった段ボール箱のうえに、かがみ込んでいた。

九月の一番目の日、夜明けのずっと前のことだった。四時半に仕事に出る父が急を告げ、ブラウフレイは目覚め、自分が包囲されていることに気づいたのだった。

「見にきてごらん」、と父は言って、カヤと私の手を引き、私たちを戸外に導き出した。

外の空気は鎮まり、一様な霧雨が静かな黒色の砂を叩いていた。曇った冬の日の夜明け前。灰色の薄明かりのなかで、見慣れない形のものが近くから姿を現してきた。脅すかのように。

薄明かりに目が慣れてくると、それらは私の気管を詰まらせ、息ができなくなった。侵略者の軍勢。警察の一団。ワゴン車、ブルドーザー、そして軍用トラックがロケーションを取り囲んでいた。完全に。その広大な広がりのなかで、ブラウフレイは包囲され、封じ込まれていた。

ずっと前から稽古してきた死の舞踏を演じているかのように、軍と警察のそれぞれの車両やブルドーザーから、ユニフォームを着た白人の男たちが飛び出してきた。何百人もいた。重たいヘルメットの下からのぞくピンク色の顔が、そして迷彩服から突き出す筋骨たくましい手が、大群をなしている。この白い男たちは、まるで乱暴者の子どもたちが蟻塚を壊すみたいに、ブリキの掘っ建て小屋に攻撃をしかけてきた。
恐怖で目を見開きながら、私は見た。白人の男たちが突撃する。掘っ建て小屋の住民のなかには内側で眠っている者もいただろうに、ブリキの壁が取り壊された。掘っ建て小屋は震えながら崩れ落ち、燃えるプライマス・ストーブや、別のところでは猛烈に沸騰するミリミール［トウモロコシ粉］の粥の深鍋がむき出しになった。

ブラウフレイのもっと不屈な住民のなかには、自分たちの体を家のドアに鎖でつなぎ止める人たちがいた。しかし、ドアの枠は、まったく同じように引き倒された。それらに鎖でぴったりつながれた、哀れな、やけっぱちの人間たちと一緒に引き倒された。

丘の頂上の近くに住んでいるムクベお祖父ちゃんは、そうした取っ組み合いのひとつで腕の骨を折った。一〇年以上たってお祖父ちゃんが死ぬ日まで、腕を元通りに使えるようにはならなかった。

無慈悲で冷酷な政府側の人びとの攻撃によって、ブラウフレイは行動へと駆り立てられた。親たちはうろたえながら、もっと現実的で、もっと攻撃的な行動をとった。敗北がはっきり見えてくると、親たちはあわてて、自分たちの掘っ建て小屋から、自分たちの家から、半端物をひっぺがし、できるだけたくさんの建築材料（ブラウフレイの家を建てるために最初に使ったときから新品ではなく、今では錆だらけで腐朽しているもの）を回収しようとしたのだ。これらの家は、彼らが攻撃から身をかわそうとしていたときにも、軍隊、警察、そして公共事業のボランティアをしていた大学生たちの手で、おもちゃのようにポキポキ折って壊されていた。

この日の異常な大慌て、大騒ぎのなかで、母は、父と他の何人かの男たちをなんとかして説き伏せ、ルル姉さんが身の回りのものと一緒に移動するのを手伝わせた。

「それぞれの家族が彼女のものを何か運んであげるようにしたら、夜までにほとんどニャンガに運んでしまえるでしょ」。こう言って母は彼らを説得した。ルルの引っ越しの責任をすべてかぶるよう頼んでも、誰も引き受けないだろうし、父でさえ引き受けないだろうということを、母は知っていた。

建物を壊そうとやっきになっている人びとにうち勝ち、掘っ建て小屋のなかから多少なりとも回収できるものを回収するために、親たちは自分で家を引き倒した。こらえた涙で目を輝かせながら、親たちは家を引き倒し、錆びた釘を新聞紙でくるみ、その包みを古い衣類やエプロンで包装した。段ボール、亜鉛、竿、厚板をまとめた。それらに紐を巻いて長く不格好な束にして、肩や頭のうえに載せて運んだ。

一世紀以上も前に帝王シャカから逃れたムフェツァネ［征服戦争］の人びとのように、親たちは移住の旅をした。落胆し、気力を失い、しかし新たに築き上げることを決意しながら、親たちはケープの低地を縦断する長い旅に出た。リトリートからニャンガまで、裏道、脇道、歩き道、ほとんど道らしい痕跡も残っていない草に覆われた泥道を歩いていく。砂だらけのフラッツを支配する、終わりが見えないほど広大な農場を通っていく。そこには鉄道もバスもない。クリプ、ビジーコーナーといった、ヒースフィールドの辺鄙《へんぴ》な集落を通って、ディプリヴァー、スチュールホフ、プラムステッド、ヴィテボム、ワインバーグ、およびその周辺地帯を食べさせる農場地帯を通って、みんなで歩いていく。何百人も。みんなが移住の旅をする。羊やトウモロコシを育てるオテリー農場の上を通り、ランスダウネの養鶏場を過ぎて、一歩一歩、足を運んでいく。疲れ果てた人間たちの長い行列、子どもたち、女たち、男たちが、勘を頼りに、見たこともない場所へと向かう。その場所が人びとを心待ちにしているわけではないことは、わかっていた。人びとは移動した。みんなの生命は打ちひしがれ、後には何も残っていない。政府の車両が彼らを追い立て、銃剣が背中をつつく。困惑し、よれよれになって疲れ切り、ついに人びとの目は荒れ野を見た。ここが新しい家だと政府が指定した、不毛の地。

着いてみると、すべてが変わり、みんなが変わっていた。とくに母。ググレトゥでは、新しい家が私たちを変えた。人びとは、自分たちの境遇はよくなったんだと信じ込み、その考えに自分の方をあわせようと懸命になった。木とブリキと段ボールでできた木の窓の家にいたときは、カーテンも、カーペットも、店で買った素敵な家具も必要なかった。タウンシップの新しい煉瓦の家には、ガラスの窓、コンクリートの床、むき出しの壁、飢えた部屋がある。新しい必要が生まれた。だけど、これらの必要をどうやって満たしたらいいんだろう。父たちの給料は、けっして上がらなかった。午後には毎日、学校から帰宅する私たちを迎えてくれていた母たちは、すぐにみんな、家から出ていってしまった。母たちは白人の女たちの家で働きはじめた。毎日、家に戻るたびに疲れている。疲れて、怒っている。

学校から帰ったら母たちが微笑みながら待っていたものだなんて、いつの間にか、私たちは忘れてしまった。

一九九三年八月二五日水曜日　午後一〇時五分

遅くなろうとしていた。とても遅く。家族の三人の男たちのなかで家にいたのは、まだルンガだけだった。私の夫であり、シジウェの父親であるドワドワも、いなかった。しかし彼については、私はあまり心配していなかった。彼はケープタウン港のドックで働いており、遅く帰宅するのは珍しいことではない。だけど、ムコリシはどこにいるんだろう。初めてのことじゃないけれど、あの子が他の二人の子どもとこんなに違うのはなぜなのかしら、と私は自問した。ほっつき歩きについて、私はいったい何度、あの子をとがめたことだろう。いちばん年長なんだから、他の子どもたちの模範にならなきゃいけないということについても。反抗ということになると、どうしてああも首尾一貫してるのかしら。

　私が帰ったとき、シジウェはムンクショ［挽き割りトウモロコシ］の鍋を火にかけていた。私は休んだ。夕方、自分の身にあんなことが起きたわりには、休まった方だ。ムコリシとドワドワがやって来て、みんなで一緒に食事ができるように期待しながら、私は待った。といっても、私はムコリシの方が最初に姿を現すよう望んでいた。昼も夜もググレトゥの道と街角をくまなく歩き回るムコリシの大足について、ドワドワが文句を言うのには、もううんざり。どうしてムコリシは、私のことを信用しなくなったのかしら。いったいいつから、私たちのあいだに、あの沈黙の壁がそびえるようになったのかしら。思い出せない。あの子は私に何でも話してくれたもの。ところがある日、目覚めてみると、あの子の行動や友だちについて自分が何も知らないことに気がついた。

　とりあえず息子のことを心配しなくてもすむように、私は汚れた衣類を仕分けし、白ものと色落ちしないものを石けん水に浸した。こうしておくと、次の土曜日に洗濯の仕事が減ることになる。ただし、そうすると明日の朝三〇分早く起きなければならないことになる。そんなのはかまわない。それに、私を包み込んでいる気が触れた感覚よりは、ずっとましでしょ。実のところ、襲いかかる不安感から逃れることができるんだったら、私はいま洗濯をやってしまってもいい。といっても、そんなことできないのはわかっていた。ただの空想。干した洗濯物は、目が覚めたらなくなっているはず。ググレトゥの泥棒たちは、夜のあいだ干してあるものだったら、死人の顔にかける布きれさえ盗んでしまう。それに私は、アイロンをかけなきゃいけない衣類を取り出し、その仕事にとりかかっている。夫が帰ってくるまでは、それだけでも忙しいだろう。

ドワドワは、大きな包みを抱いて帰ってきた。肉。脾臓。彼は、家まで一〇分もかからない、ググレトゥのこのあたりではいちばん近いネトレフ駅から歩いて帰ってきたが、このときは何の問題もなかった。列車から降りると、駅では確かに、警察のワゴン車が列をつくって待機していた。しかし警官は車両のなかにいて、誰かを困らせたりはしていなかった。ドワドワは確かに、家まで歩く途中に三、四台のワゴン車も見た。警察署の敷地の内側と外側にいたサラセン装甲車も。

「ここに着くまで、あたしがどんなに大変だったか、わかってないでしょうね」。私はそう言って、自分の話をしてきかせた。

食事の盛りつけを遅らせてよかった、と思った。毎日ムンクショばかりというのは、うんざり。私はいい稼ぎ手のドワドワに感謝しながら、「貧乏人のレバー」の表皮をむいた。日曜日以外の日にも肉を食べられる人は、ググレトゥではあまり多くはない。それどころか、週に一度だって食べられないという人びともいる。しかし私たちは、週に二、三回食べることができた。たいていは臓物。それでも、肉ではある。私は脾臓に味つけして、焼いた。ちょうどレバーを調理するように。ただし、こっちの方が厚みがあるから、コンロの上で一、二分だけ長く火にかけておく。

さあ、準備完了。でも、私はまだ盛りつけをしないでおく。もうちょっとだけ。万が一にでも、あの子が帰ってきてくれるんじゃないかと期待しながら。私はときどき台所の窓から外をのぞいたり、裏口のドアで耳をそばだててみたりした。しかし、そうするたびに、私の調査は頑固な静寂に出迎えられるのが常だった。これはルンガがまだ一人でいるか、または、本と一緒にいることを示す確かなしるし。どちらにしても同じこと。

「ルンガの母さんよ」、私が戻ってくると、ドワドワは不機嫌そうに言った。「俺たちに飯も食わせないで、そんなふうに音も立てずに自分の鼻歌を歌っとるが、それは、おまえの大足の息子が今日も家に帰ってないからだろう」

「シジウェ、お兄ちゃんたちが小屋にいるかどうか、見てらっしゃい」。私は言った。ドワドワが言い返した。「子どもの時間を無駄にするんじゃない。ムコリシがいないことはよくわかってるだろう。かわいそうな娘に無駄なことをさせるな」

「どうしてそんなこと言うの?」

「あの腸の長い男がここにいたら、肉の匂いがしてるというのに、こんなに長いこと鼻を近づけないでいられると思うか」。ドワドワはしかめっ面をした。「こと肉に関しては、あいつの喉は磁石みたいなもんだ。わかってるだろう」

私は台所に身を隠した。ドワドワによるムコリシの描写は、正確そのもの。だけど、あの子の貪欲さ、肉への愛といったものは、今はまったくどうでもいい。心配なのは、痛いくらいに心配なのは、あの子がどこにいるかということ。

私は食事をよそった。みんな黙って食べた。私はスプーン一杯の食べ物も、ほとんど飲み込むことができなかった。こんな日にムコリシのことを考えると、言葉が出ないくらい動揺する。私はすっかり取り乱していた。

寝る準備ができたとき、家から石を投げたら届く場所で起きた怖るべき惨事のことを考えて、私の心は重くなった。暴力のせいというだけではない。何年も、もうずっと何年も何年も、私たちは暴力とともに暮らしてきた。そんなのは目新しいことではない。新しいのは、今回の犠牲者が白人だということ。白い人が、ググレトゥで、黒人のタウンシップで殺された。誰に聞いても、殺される理由なんてなかった。実のところ、良いことをしていて、タウンシップの人たちを助けていて、殺された。だけど、それにしたって、まったく初めての出来事というわけじゃないでしょう。

ハイ、イリシュワ、エモンティ！［ああ、なんという災難、イーストロンドンで］
ハイ、イリシュワ、エモンティ！
ハイ、イリシュワ、エモンティ、エモンティ、エモンティ！

だけど、イーストロンドンであの不幸が起きたのは、ずっと昔のことよ。ずっと、ずっと昔。私は一度も訪れたことがない、遠くの街で起きたこと。

もっと家に近いところでの話。一九六〇年のこと、たとえ白人の一部が黒人たちの運動に共鳴したところで、黒人たちにはほとんど何の意味もないということを、私たちは知った。この国にきたばかりの三人の若い看護婦が、警察と軍隊がランガでアフリカ人に加えている虐待のことを耳にした。おそらく、その場に外部の者がいたら暴力を抑止できると考えたのだろう。彼女たちはやってきて、証人になろうとした。だが、「独身者たち」が収容されている集合住宅の近くで、棍棒や、神のみぞ知る他の武器を身につけたアフリカ人のグループが、彼女たちに襲いかかった。そして、彼女たちを殴打した。何の武器ももたない無防備な三人の女たち。一群の男たちに殴打された。一人は顎の骨が折れた。もう一人は、後頭部にいくつか深い傷が入った。最後の一人は走るのが速い人だったけど、足をくじいた。このかわいそうな女の人たちは、退院したらすぐにこの国を出た。ベルギーに戻った。

ときおり銃声がしたけれど、静かな夜だった。最近のググレトゥでは、銃声も特に珍しいことではない。ついにドワドワが尋ねる。「あの子はどこにいるんだ」

「どの子のことかしら」。ドワドワがムコリシのことを言っているというのは、私には完全にわかっていた。

ドワドワはわざとらしく咳払いし、何も言わなくなった。しかし、彼がたずね、私が答えをはぐらかした質問は、カーテンのように厚く私たちを隔てて吊り下がっていた。

「帰ってきたのかしらね、あたしは知らないわよ」。深い沈黙が不安になった私は、ついに思い切ってそう言った。

「ふ、ふむ」、ドワドワは咳払いをする。この音を聞いて、彼が自分で大事だと考えていることを話し始めようとしているのが、私にはわかった。ちゃんと聞いてもらいたいというわけね。私は緊張する。

見えない手が胃袋の中身をぐちゃぐちゃにつぶしている。

「気をつけなさい」、と夫が闇のなかで言う。私たちはすでにろうそくの灯りを吹き消していた。「あの子はいつでも夜中にさまよっているが、いいか、シジウェの母さん、注意して聞くんだぞ、あの子はいつか、君にたいへんな災難をもたらすことになる」。そう言って、彼は姿勢を変えて壁を向き、私に堅い背中を見せる。

日照りのときに子を産んだ雌豚よろしく、ムコリシがタウンシップじゅうを遊び歩くのは、私だってドワドワに負けないくらいに好きじゃない。最近になって彼の態度に入り込むようになった秘密主義は、好きじゃない。だけど私は、ここではムコリシを弁護してしまう。「最近の子どもは、みんなあんなものでしょ」

蛇が足下でのたうっているかのように、ドワドワは急に姿勢を正す。それから彼は考えを変えたらしく、口をつぐみ、深く思いを巡らす。一分ほどたってから彼はため息をついて、再び毛布の下にもぐり、こう言う。「おい、シジウェの母さんよ、自分が聞こえているか。自分の言ったことが聞こえているのか」

私は黙り続ける。彼の質問にどうやって答えたらいいのかわからない。

「言わせなさい。妻よ」。彼は静かに言う。とても静かに。「さっきお前が言ったことは、賢い母親の答えではない」

私はつい言い返してしまう。「どうしろっていうのよ。あの子はもう小さい子じゃないわ。そうでしょ」

「それでもおまえは、あの子の母親だ」

「じゃあ、あなたは?」こういうふうに口走ってから、すぐに私は後悔した。ドワドワは私の子どもたちに、三人の子どもたち全員によくしてくれる。ムコリシがあんなに反抗的なのは、彼のせいではない。ドワドワは、ムコリシを他の二人とまったく同じように扱っている。男の子たちはドワドワのことを、厳格すぎるだとか、ケチだとか、何とでも非難することができるだろうが、正直なところ、彼自身の子どもであるシジウェと自分たちが区別して扱われていると言うことはできないはず。私が感情をむき出しにした後、ぎこちない沈黙が訪れた。

私は謝ることができなかった。私にできたのは、彼が何を考えているか想像することだけ。それにしても、ムコリシはどこにいるんだろう。どこかにいるにしても、いったい何をやっているんだろう。どうして家に戻らないんだろう。何度も話して聞かせたというのに、どうして彼はこんな遅くまで家の外にいるんだろう。こうした疑問が一晩じゅう私につきまとい、眠れずに目をぱっちり開けたままでいる私の心のなかを駆け巡った。

私が学校に通っていたときのこと。学年末になっても、同じクラスの子どもたちの名前を覚えることができなかった。それは私たちの学校がどんなに超過密だったか、そして、当時すでにアフリカ人の子どもの教育がどんなにひどいものだったかを示している。学校監査官が年に一度の学校訪問をしたとき、こんなことがあった。

「ホッテントットとブッシュマンは、どちらが背が高いですか」。監査官の後ろの教員席に座って、先生がこう質問した。

私たちは手を挙げた。クラスの劣等生のメショでさえ、手を挙げた。

「はい、どうぞ」。マバンガ先生が生徒の一人を指差した。

「ホッテントットです」、という答えが返ってきた。

監査官は教室を離れ、私たちはみんな、試練が終わったという安堵のため息をついた。私たちに答えを示してくれた先生は、なんて賢かったんだろう。彼女はホッテントットという言葉を口にしながら手を中空に挙げ、ブッシュマンという言葉を口にしながら手を下ろしたのだった。

時間が経つにつれて、私たちの学校はどんどん荒れていった。一九七六年に学生反乱が起きて、やがてバンツー教育は完全に崩壊した。それは、名前だけの教育になっていた。

私の息子のムコリシは、いま二〇歳。だけど彼は、まだスタンダード六［中学二年生］。スタンダード六なのよ！ まるで一二歳か一三歳みたいね。だけど、あの子だけじゃないし、あの子がクラスでいちばん年長だというわけでもない。二〇歳。まだスタンダード六。あの子がクラスでいちばん賢いというわけでもないわ。

これまで二〇年のあいだ、ボイコット、ストライキ、無関心が学校をさんざん悩ませてきた。私たちの子どもたちが、その犠牲になったのだ。


そして、あなたの娘さん。娘さんは学校に行かなかったんですか。ここは黒人だけが住んでいる場所だということが、彼女にはわからなかったのですか。それだけじゃありません。ひとが自然に感じるはずの居心地の悪さは、どこにいったのかしら。娘さんはここで、陸に上がった魚みたいなきまりの悪さを感じなかったのでしょうか。その感覚は娘さんにとって、警告に、近寄るなという警告になったはずです。この場所は彼女のための場所ではないことがわかったはずです。彼女のような人びとには、安全な場所ではありません。ああ、どうして彼女は離れていてくれなかったんですか。どうして彼女は、離れていてくれなかったの。

ベッドに横たわり、この日に起きた出来事について、自分で理解できている限り思いを巡らせながら、普通の日が何の警告もなくどんなふうに滅茶苦茶になるものかと、私は驚いた。

昨日の夜、私は悪夢なんて見なかったし、前兆も、虫の知らせもなかった。朝になって何か予見できたわけでもない。この水曜日の日中を通じて、前触れなんて何もなかった。実際、奥さまの思いがけない帰宅まで、私の小さな世界はすべて順調だった。彼女がやってきて、私を台所から引きずり出し、まるで悪魔に追いかけられているかのように車を飛ばして、家に帰るバスに乗れるように駅まで連れて行ってくれるまでは。そう。そのときまで、今日は平凡な日だったのよ。かなり複雑でけっして平凡とは言えなくなった私たちの生活の文脈においては、平凡だった。

さあ、見て。子どもたちがやったことを見て！　かわいそうな、かわいそうな子。死んでしまった子。かわいそうな子。そして、その子のご両親。ご両親が気の毒だわ。私たちの子どもたちに殺された、かわいそうな女の子のご両親が気の毒。ご両親のことを思うと悲しい。お母さんのことを思うと。

子どもたちは、家庭をめちゃめちゃにしている。そのおかげで、あの子たちが、あの子たちをこの世にもたらした大人たちと一緒に住んでいる家庭は、地獄の穴へと化してしまった。我慢できないわ。新発見の知恵と栄光をそなえた子どもたちは、すべての親はその頭で脳みそのかわりにおが屑を運んでいる、というふうに決め込んでしまった。この新たな大混乱の世界では、子どもたちは私たちが指導者と呼ぶ人びとに支援され、煽動されている。コミュニティの指導者たち。私たち皆が尊敬している、または尊敬しなければならない、女たちと男たち。私たちがその言葉と振る舞いを模倣し、疑問を出さずに従おうとする人びと。

「この国を統治不能にせよ！」そう言ったのは指導者たちだった。統治してる政府のことなんて、私は知らないわ。政府とやらがこの国を治める仕事をうまくやってるのかどうか、私には何とも言えない。だけど、私たち親が歯の抜けた犬になって、いくら吠えても誰も気にも留めなくなったということだったら、私は知っている。

どういうふうにして、こんなことが始まったのかしら。どうやって起きたことなのかしら。初めて問題が起こったとき、私たちはどこにいたんだろう。私たちのあいだで、この問題が最初に姿を現したのは、いつだったのかしら。

これに答えるのは、とても簡単。でも、その背後にある「なぜ」と「なにゆえに」に答えるのは、簡単ではない。けれど、それにだって、そう、それにだって私たちは答えることができるわ。

まず最初に、子どもたちは自動車に投石した。私たちはそれに声援を送った。車は私たちのものではなく、近所の人たちのものではなく、友人たちのものでもなかった。それらは白人の車だった。

ハイ、イリシュワ、エモンティ！

ハイ、イリシュワ、エモンティ！
ハイ、イリシュワ！　エモンティ、エモンティ、エモンティ！
バムチスシスタ！　エモンティ！
バムチスシスタ！　エモンティ！
バムチスシスタ！　エモンティ、エモンティ、エモンティ！
（ああ、なんという忌まわしい災難、イーストロンドンで
彼らは修道女を焼き殺した、イーストロンドンで）

先生たちがこの歌を私たちに教えたとき、私はすごく小さかった。いまではとても昔のことに思える。だけど、この歌のもとになった事件のことをどうやって耳にしたのか、私は思い出すことができない。今だったらラジオやテレビがあるけれど、あの頃はどうやってニュースが届いたんだろう。あんなに遠いところなのに。イーストロンドンはケープタウンから千キロは離れてるわよ。

こうやって耳にしたに違いない、というのはわかる。いちばんありそうなのは、白人の家で雇われているメイドとか、そういう類の使用人を通じてニュースが伝わってきたというもの。雇用主が事件のことを話したのだろう。これは、白い女とか白い男とかが、自分の使用人にぜったいに伝えなきゃと思うような事件だったのだろう。あの原住民《ネイティブ》たち（当時はこんなふうに言っていたと思う）は何てことをしでかしたのよ。あいつらがやったことを見てみなさい。かわいそうな、自分の身を守る術もない女性を、

神に仕える女性を、殺したのよ。彼女は何をしようとしてたと思う。大声で叫んで、その原住民たちを助けようとしていたのよ。

だけど、私たちの学校では、遠く離れたイーストロンドンで殺された修道女についての歌を歌った。黒人たちに、アフリカ人たちに殺された、修道女。この歌を歌っていたとき、イーストロンドンの人びとはそんなことをやるべきではなかった、とわざわざ説明してくれる教師は誰もいなかった。


アマブール・アジジンジャ！（ボーアは犬だ！）今日の青年は、別の歌を歌っている。白人は犬だ！これはけっして、新しい思いつきではない。これについては、すでに事の起こりから語ったはず。私が覚えている限りのことを。誰かが職場から、怒気を発して戻ってくる。「アマブール・アジジンジャ」。というのも、彼らはその日、自分たちは不公正な仕打ちを受けたと思ったのだ。平手打ち。蹴り。給料の天引き。議論も説明も抜きの天引き。そうでなければ、怒鳴り声が説明代わりということになる。「お前はいつも遅い！」、「あなた、あたしのお皿を割ったわね！」、「僕のお母さんに何て態度だ！」というわけで、そう、私たちの子どもたちが育った私たちの家では、私たちは慣用句として白人を犬と呼んでいた。実感がこもった慣用句よ、ほんとに。辛い経験があるんだから。

アマブール・アジジンジャ！彼らはそう歌った。そして、自分たちの学校に火をつけに行った。それはやりすぎでしょ、と、私たちのなかの数人は小声でぶつぶつつぶやいた。とても小さな声で。たとえ小声であっても、すぐに叱責されたものだった。戦争なんだよ。それに加えて、あの雑なつくりの貧相な建物は、学校じゃなかった。そこでは教育なんて行われてはいなかった。

だけど、子どもたちはあっという間に、車への投石を、白人の車への投石を卒業した。投石したり、建物を燃やしたりするのを卒業した。それは誰もいない建物、公共の建物だった。いまや、子どもたちは黒人の車に投石しはじめた。そして、黒人の家を燃やしはじめた。

私たちは、そういうことをされる黒人は、そういう仕打ちにふさわしいことをしたのだ、というふうに判断していた。子どもたちは彼らを、ひとつかふたつの悪行のせいで罰していたのよ。または実際には、いくつもの悪行のせいで。この人たちは抑圧的なアパルトヘイト政府と協力していた。インピンピ(密通者)。私たちは、このあさましい連中をひとくくりにして、そう呼んだ。生徒たちの義憤にかられた怒りの行動の対象になる人びと。この人たちは、やられて当然なのよ。もっとやられてもいいくらい。インピンピ、と私たちは呼んだ。私たちの側に明確な理由がなくても、私たちはそう呼んだ。学生たちが、子どもたちが、私たちにあいつはインピンピだと言ったからよ。連中の車を燃やしたでしょ。もし悪いことしてなかったら、目をつけられてそんな仕打ちを受けるはずがないでしょ。私たちは、こうした子どもたちの行動が、呪術医がムタカティ(妖術使い)を嗅ぎ出すのに似ている、というふうには考えていなかった。

子どもたちは家庭を憤怒の対象にして、そこに計り知れない荒廃をもたらした。私たちのなかには、驚いて息を飲んだ者もいた。こっそりと。安全に。快適に家のなかに引きこもって。私たちは何をそんなに怖れていたんだろう。頭のなかでブンブン音をたてていたあの一連の質問を、どうして問うてみなかったのだろう。はっきりと心で自覚して。自分たちの注意を集めながら。答えを求めながら。自分たちからの答えを。自分の親たちからの、子どもたちからの、指導者たちからの答えを求めながら。それらは単一の同じ答えだったのだろうか。どうして問うてみなかったんだろう。大声で外に向かって。ああ、世論という裁判所の高潔さを、なんで私たちはあんなに信頼していたのかしら。私たちの大部分は、自分たちは安全で無傷だと考え、無罪潔白という薄い盾を身にまといながら、この昔の友人たちは、どうしてこんなに長いあいだ私たちをだましていたのかしらと思った。もちろん、この人たちは裏切り者だったのよ。学生たちがそう言ってたじゃないの。だからあの子たちは、この人たちの家を燃やしたんでしょ。

若き獅子たち！　私たちは彼らを賞賛した。子どもたちを賞賛した。インピンピをみんなやっつけろ！　私たちは、子どもたちが口から吐き出したスローガンをそのまま繰り返した。あの子たちの福音となったスローガンを。

若き獅子たち。すでに得意気になっている彼らの頭の上に、近くから遠くから賞賛が降り注いだ。彼らは、とても怖れられていた敵、巨大なホッハ［害虫］をつかまえたのだ。この虫は彼らの親たちを、その親たちを、そのまた親たちを、かくも長きにわたって虐げてきたのだ。

子どもたちは、あっという間に野蛮へと堕していった。何のとがめも受けることなく、彼らは古い伝統を断ち切り、人間と野獣を隔てる境界線を越えてしまった。ウブントゥ（人間性）は、逃げ去ってしまった。それは甚だしい冒瀆を受けた。それは衰え、自らを葬り、再び容易に見つけだすことができなくなってしまった。

そして、一人の男が石を投げられた。ググレトゥ出身の黒人の男。人間。自動車ではなかった。彼は投石され、蹴られ、殴られ、ナイフで刺された。意味もなく。彼はめちゃくちゃに殴られ、よろめき、手探りで前に進もうとした。子どもたちは、彼の首の回りに花輪をひっかけた。それは古い、すり切れたタイヤ。そして子どもたちは、タイヤの内側に液体を注ぎ込む。蒸気が鼻腔にしみる。男は喉を詰まらせた。

シュッと音がして、点火。フウーッシュ！

高く炎が上がり、男は地面に倒れた。

群衆から歓声が上がった。子どもたちはどんどん近づいていく。地べたでのたうちまわる人間の近くに。グロテスクな、黒くくすぶる磁石。見物人たちは、自分たちの作品の輝きに魅了され、幻惑された。力に酔う。

パチッ！　じっと立ちつくして、こんなに怖ろしい、骨の髄まで凍りそうな情景に焦点をあわせて写真を撮る力量が人間にあるなんて、信じられるかしら。写真を撮るですって。かわいそうな人間を災難から救おうともせずに。パチッ！　とシャッターを押す、ケープタウンの、美しい町ケープタウンのあちこちからやってきた、何人かはいろんな新聞社からやってきた、カメラマンたち。パチッ！　彼らはもっといい位置、もっといいアングルを求めて、押し合いへし合いしていた。

ネックレス。新しい語法がつくられた。動詞の活用。ネックレス。ネックレスする。ネックレスしている。ネックレスされる。新しい語法が生まれた。ぴかぴかに輝く新しい言葉、ネックレス。銃よりも、もっと破壊的。ザ・ネックレス。私たちのギロチンを、私たちはそう呼ぶことにした。ネックレス。なんて罪のない響きがする名詞かしら。その新しい意味なんて、誰が想像できるだろう。ネックレスをする人びとを私たちが「子どもたち」「学生たち」「同志たち」と呼び続け、そう呼ぶことにこだわっているのと同じように、私たちは野蛮な行為をネックレスと呼び、あまりにもおぞましくて聞きたくない事実から耳をふさごうとした。悪魔的な行為に純潔の衣装をまとわせるというわけ。

自分の立場を明らかにして、この行為を実際に非難してみせる指導者は、あまり多くなかった。それどころか、人間を殺害する、自分と意見を異にする人びとを抹殺する革新的なやり方を、この方法を、実際に賞賛する人びとがいた。この人びとが言うには、そうやって我々は自由になれるのだった。だけど、今日に至るまで、抑圧者がネックレスされたという話は一度も聞いたことがない。私たちみんなが求めている自由の前に立ちはだかっていたのは、私たち自身の同胞だったそうだ。そんなこと、私は知らなかったわ。

その間にも、他の人びとが、すぐに同じように花輪で飾られるようになった。選び抜かれ、こういう形で処刑されることになったすべての人たちは、そうやって、すばやく燃え上がる愛撫する彩色で飾られることになった。裁判の恩恵もなく、審判も陪審もない。適正な法手続もない。弁護を依頼することも、上訴することもできない。人間たちが、即決で惨殺された。いや、ネックレスされた。誰かが惨殺されたとか殺されたとかいうのとは、かなり違うわ。ネックレスされた。こっちの方が趣味がいいでしょ。

全能の警察も、無力に見えた。彼らはネックレス殺人については何もしなかった。あるいはほとんど何もせず、いてもいなくても一緒だった。裁判所はお休み。というより、もっと大切なお仕事にかかりっきりだった。なにせ、外国のおせっかい屋たち、とりわけ共産主義者にそそのかされたテロリストが、政府を転覆しようと計画していたんだから。それにもちろん、いつだってパス法違反というものがあった。

戦争中だ、と子どもたちは言った。彼らはアパルトヘイト政府と戦っていたのだ。

6

一九九三年八月二六日木曜日　午前四時

ベッドの隣に置いた目覚まし時計。輝く緑の針が、三時半を指す。私が起きる時間までは、まだかなりある。しかし、私は目をぱっちり開けていた。といっても、それまで自分が目を閉じていたかどうかは、神様しか知らない。夜はただ過ぎて、ドワドワと私は、最後には消耗し、神経をすり減らせ、むっつりした沈黙に入った。それも長続きせず、彼のいびきが聞こえてきた。いつもの夜。

私はろうそくの火を吹き消し、消え去ろうとする灯心の火照りを見つめた。それが最後の息を吐いたとき、空気の一部が濃くなったような気がした。燃える蠟の臭いが闇のなかをゆっくりと浮動して、ベッドにたどり着く。暗がりのなか、その中空の旅を想像しながら、私は部屋じゅうを跳ねまわる形あるものを見つめた。時間におかまいなく、私の夢想は続く。

そのときから今まで、私は少しは眠ったんじゃないかと思う。しかし、私が感じるところでは、最終的に襲ってきたのは眠りというより麻痺状態だった。窓のない小屋のなかで雨に濡れた木で火を焚き、夜通し料理でもしてたみたいに、私の両目がうずく。首を支える筋肉にいわせたら、私は一晩じゅう、頭を地面につけて逆立ちしていたことになる。月の青白い光に照らされて、薄明のなかに部屋が浮かび上がる。

なぜ私は目が覚めたんだろう。鳥たちでさえ、まだ朝のさえずりを始めてはいない。自分の心の霧深い内奥で、いつも少しだけ手が届かずに遠くへ飛んで滑っていくものを、もうろうとして探り、手を伸ばし、見つけだそうとする。どうしてまた目が覚めたんだろう。夢だろうか、それとも現実だろうか。何だろう。何だろう。

自分がそのなかで寝ていたタオル地のペティコートの上に、まるで石像みたいに座る。両足はベッドの脇にぶら下がっている。私の後ろから、ドワドワの規則正しく柔らかい寝息が聞こえてくる。生まれたばかりの赤ん坊みたいに静か。落ち着いた人もいるもんだわ。私はそういう人間じゃない。私は一晩じゅう、半分眠り、半分は心配で頭がおかしくなっている状態で、やきもきし、のたうちまわり、寝返りを打っていた。夫はそんなことはない。彼には素晴らしい眠る才能がある。あの人によれば、船の荷物を積んだり降ろしたりしているうちに、あらゆる力を搾り取られるそうだ。ベッドに崩れ落ちて目を閉じると、彼はすぐさま無知の海へと運び去られてしまう。私も同じくらいきつい仕事をしている。だけど、そんなにすごい睡眠欲がわいたりはしないわよ。

音がする。大きくはないけど、それでも音。ちょっと前までは死のような静寂が支配していた場所で。鈍い音だけど聞こえる。急に、わかった。

この音よ！　これで私は目が覚めたんだわ。まさにこの音。そう、そう。これよ。誓って言うわ。これは車のドアを閉める音。注意深く。とても、とても注意深く。人目をはばかってるのかしら。

私は耳をそばだてる。再び聞こえるのを待つ。秘密めいた、ものすごく微かにカタッという、鈍い、車のドアを閉める音。また聞こえるかしら。

ムコリシかしら。車で帰ってきたりするかしら。カージャック［車の乗っ取り］じゃないかという考えがわいてくる。とんでもない！　それに、そうだったら厄介なことになりかねない。だけど、ムコリシは悪い子ではない。ぜんぜん悪い子なんかじゃない。政治にかかわりはじめた、ただの若者よ。この二〇年かそこら、学生たちはみんなそうでしょ。

ほんの二週間前、男たちのグループにレイプされるところだった女の子を守ろうとして、ムコリシは自分の命を危険にさらしたわ。悪い子がそんなことするかしら。

私は耳を澄ませ、どんな音でも耳に入れようとする。静寂。だけど、私の心の目では、人びとが家の方に近づいてきているのが見える。彼らは、きしむ音をたてる門を避けて、低いフェンスを乗り越えてくる。私は、聞こえてくるはずの足音を待つ。いったい誰だろう。何をしたいんだろう。ムコリシなんてことがあるかしら。あの子は昨晩、帰ってきたのかしら。

私の半狂乱の問いかけに対する唯一の回答は、得体の知れない沈黙だった。それは夜明け前の空気を包み込んで、家の壁を内側へ、内側へ、さらに内側へと押してくる。この沈黙は、あの何かの音が耳に届く前の静寂とは、もはや同じものではない。この沈黙は、あらゆる可能性に満ちている。私たちの目が叫びだし、耳が引き裂かれずにはおかないような、暗くて不気味なできごとで泡立っている。舌が震えて何年間も休みなく喋り続けるようになるできごと、または、まるでイジトゥンゼラ［ゾンビ］みたいに舌が止まって動かなくなるようなできごと。

私の心臓が、呪術医の太鼓のように高鳴る。息苦しい沈黙。怖い。雷鳴とヒョウの嵐のあいだの、つかの間の小休止。

「クワア！（バアン！）クワア、クワア！」

ドア。窓。壁。いっぺんに敷地じゅうが活気づき、騒々しくなる。家の裏も、表も。寝室の窓ごしにたいまつの輝きが見える。そして、騒々しく荒々しい包囲網。拳骨と棍棒が熱狂的に振り下ろされているのが、音でわかる。他の部屋の方角からも同じ騒音が聞こえてくる。家は完全に包囲されている。だが、音そのものよりも、それが同時に起きているということ、そして攻撃の激しさが、私の骨の髄を凍らせる。

ドワドワがベッドから飛び出す。生まれた日と同じように裸。私の夫はパジャマを好まない。彼は下着を嫌悪していて、ズボンの下にはかざるをえないパンツのことを「女の引き出し」と呼ぶ。本当のことはよくわからないけど、彼の本性からすれば、服を着るという観念はまるごと呪われている。「人間が服を着ることを神様が望んだのなら、動物がそうなったみたいに、毛皮か何か被るものを与えてくださったはずだ」。この話題になると、彼は必ずそう言い添える。仕事中、彼はしばしば服を脱いで腰を出さなければならないが、それがなければ、わざわざパンツをはいたりはしないに違いない。

ドワドワが、昨日の夜に椅子の上に放り投げていたズボンをつかみ、そのなかに自分の足を蹴り入れたちょうどそのとき、とつぜんシジウェが部屋に突進してきた。それから彼女は、この部屋のベッドに、一瞬前に彼女の父親が空にしたばかりの場所に、這い上がる。獰猛な南東の強風に吹き散らかされた葉っぱのように、彼女はすすり泣き、震えている。

私は自分の手を彼女の口にあて、彼女に向かって首を振りながら、もう一方の手で彼女の背中を軽くたたいた。まるで小さな赤ん坊を眠らせようとしているみたいに、背中をたたいてあげた。

外側から新しい攻撃がはじまった。騒々しいどら声が要求する。「開けろ！　開けろ！」裏のドアから怒ったようなドシン、バタンという音がする。誰かが肩から力まかせにドアに突っ込んでいるようだ。押しまくる。無理やりドアを開けようとする。力ずくで侵入しようとする。

何年か前だったら、これは警察の手入れだと信じて疑わなかったことだろう。しかし、最近起きていること、最近起きるようになったことを考えれば、誰がそれに確信をもてるだろうか。悪党、ならず者、ふつうの犯罪人、それに同志たちが警察を装うというのも、聞いたことがないわけではない。それに、誰が誰よりひどい悪人なのか、区別するのが難しいことがある。生きたまま焼き殺されるのは怖ろしい。自分が属している、みんなの自由のために戦っているグループの手にかかって死ぬのだ。それがわかっていたところで、ほとんど慰めにはならない。

「いったい誰だ？」それまでにズボンとシャツを着込んだドワドワが、暗闇のなかで大声を出す。彼の声が響いて、騒ぎが止まる。

「警察だ！　開けろ！」

警察ですって。こんな時間に。新しい恐怖が私の心臓を刺す。ムコリシ！　あの子は昨夜、帰ってきたのかしら。私の子どもに何か起きたのかしら。心の奥で、私はわかっている。ムコリシの身に何かが起きたということを伝えるために、こんな夜中に、こんなふうに警察がやってくるなんてことは、ありえない。

「いま行く！」ふたたび家をガンガン叩く音がしはじめたのに応えて、夫が怒鳴り返す。どちらかといえば、さっきよりも今の方が、凶暴な叩き方。

私は枕の下のマッチ箱に手をやり、マッチを擦って、ろうそくに火をつける。そのときになって私は、自分が服を着なければならないこと、こんな状態だと見知らぬ男たちに自分の体を眺め回されるということに、気がついた。

弱々しく、不承不承に燃えているろうそくの灯りのもとで、誰も口を開かない。誰も語る言葉をもたない。だけど、疑問はどっさりある。疑問。不愉快な怖ろしい疑問が互いに追いかけあっている。私たちの目のなかで。私たちの目は恐怖と不安でぱっちり開いている。しかし、そこに答えはない。どんなに雄弁な目のなかにもない。あるのは疑問だけ。

ドワドワはかかとを軸にくるりと向きを変え、部屋を出ていく。すぐに、彼が台所のドアの鍵を開ける音が聞こえてくる。とつぜん大音響がする。

「おまえら、いったい何やってんだ！」怒ったドワドワの叫びが聞こえる。「ドアを開けてるのがわからんのか。何で俺のドアを壊すんだ！」彼は吠える。

メリメリッ！　木と骨をくっつける音。

「うわ！」

足音。台所の木の床を踏みつけて行進する足の群れ。ずうずうしい、怒った足音が台所に入ってくる。

「あいつら、あたしたちを殺すわ！、母さん、あたしたちを殺すのよ！」足音が近づいてくるにつれて、シジウェの叫び声が大きくなる。彼女の目は恐怖で錯乱している。

「シーッ！」ベッドのうえにかがみ、彼女を腕のなかに囲い込みながら、私は言う。「シーッ！」私は毅然と指を振り、それを尖らせた口の上に当てる。

自分のまわりの毛布をしっかり握りしめながら、彼女はうなずく。彼女の頭は、何度かすばやく上下する。彼女の目はサハラ砂漠よりも広く開いている。

「開けろといってから、もう一時間だぞ！」その声はラウドスピーカーみたいに轟く。私の心臓が止まる。家の壁が震える。ドワドワからの返事はない。

「どうしてこんなに長くかかるんだ。何を隠そうとしてるんだ」。ドスン！ 長靴で人間を蹴る音に続いて、すぐに、椅子か何か重いものがひっくり返って床がこすれる音がする。

少しばかり開いたドアを通じて、揺れ動く光線が後ろへ前へと放たれ、食事部屋の暗黒を照らし出すのが見える。稲妻の閃光が、漆黒の夜を突き刺す。私は叫びたい。しかし、喉に痰がからんで声が出ない。

私は燭台をつかむ。これは唐突な動きで、あらかじめ計算したものではなかった。そのせいでろうそくはぎょっとし、おなかをひっくり返し、炎を噴出し、灼熱した溶岩を吐き出し、私は手の裏にやけどする。刺すような涙をこらえながら、私は下唇を噛む。シジウェが鋭く息を吸い込む音は、鼻をすすっているように聞こえる。私は彼女をじっと見た。目つきをきつくして、動かないで！ というサインを送る。それから燭台を高く掲げて、私は表の部屋へと進んでいった。

大勢の警官が食事部屋を占領していた。これは警官よ。というのも、気まぐれに、変則的に光る明かりの下でも、真鍮の肩章の明滅と光彩は見間違えようがないから。かなりの男たちは警察の制服を着ていたが、同じくらい多くの者は私服だった。私たちの訪問者たちが、実は法の執行者だったということがわかって、どんなにホッとしたことか。

といっても、そうやって安心するやいなや、すぐさま不安がやってきた。そう、この人たちは警官。だけど、それはどういうことだろう。ググレトゥの私たちにとって、警察は安全を保障してくれる組織ではない。いやいや、正しく言えばそれどころではなくて、人びとが、子どもたちまでもが、警察に殺されるのだ。私は覚えている。ムザモだとか、ザジだとか。警察はスティーヴ・ビコのような偉い人たちまで殺したのよ。白人の偉い人びとさえ、ときどきやられる。そういうことらしい。私たちはそんな白い人たちの名前は知らないけれど、そういう人たちも殺されることは知っている。

恐怖の味は苦い。警察は何をしたいんだろう。なぜ、こんなにいっぱいいるんだろう。彼らは何をしたいんだろう。なぜ私たちの家に、夜明け前に手入れをするんだろう。

そこらじゅう警官だらけ。でも、ドワドワはどこにいるの。青い制服の足、妙に尊大な体、そしてピカピカ光る懐中電灯が林立するなかで、ドワドワは消えてしまったみたいだ。

そうするうちに、私の登場は、いま私が出てきたばかりの寝室への招待状だと受け取られたようだ。三人か四人の男たちが、私を不作法に脇に押しのけ、懐中電灯を振り回しながら寝室に飛び込んでいった。

私は向きを変えてその後に続いた。別の警官が私を押しのけたので、そのせいで燭台が床に滑り落ち、部屋が急に真っ暗になってしまった。懐中電灯の光を除いて、完全な真っ暗闇。

無意識のうちに、私は四つんばいになって燭台を拾おうとした。落ちたろうそくの火は消えていたから、そんなことできるはずがなかった。ろうそくに火をつける前よりも深い暗闇が、とつぜん訪れた。

ちょうどそのとき、ふたつの物音が耳に入った。裏庭からすさまじい大音響。私にはすぐわかった。誰かが掘っ建て小屋のドアを壊したんだ。そして、シジウェの叫び声。

私は自分がなぜ床にはいつくばっているのかを忘れ、微細な灯りに満ちた引き裂かれた暗闇のなかでめくらめっぽう手探りし、懐中電灯の怒りの叱責を避けながら、探し回る。一秒きっかりで、私はベッドにたどり着いた。

シジウェは、もうそこにはいなかった。かすかにちらつく落ち着かない光束の灯りだけでも、ベッドが空なのがわかった。しかし、私はベッドじゅうを手でまさぐった。

そのあいだずっと、邪悪な喧噪が空気を染めていた。ブーツが床を叩き、家のなかのありったけの家具を蹴り上げた。それらは壁に突っ込み、互いに衝突しあい、床に落ちてガタガタ音をたてた。厚板が軋んでうめき声を上げる。空気そのものがむっと温かくなり、壁が反響した。

巨大で非友好的な手が私の首をつかみ、肉と衣服をホチキス止めする。磁石に吸い寄せられたヘアピンみたいに、私はベッドからひょいと運び出される。そして、床に投げ出される。その同じ手（または、その兄弟か従兄）がさっと私の肩をつかみ、引っ張りあげて、床のうえをガタガタと引きずっていく。寝室を出て、食事部屋を通って、台所へ。ありがたいことに、いまや台所はすっかり明るくなっていた。しっかりと握られた十分な数の懐中電灯が輝いている。クロンプ（警官）が部屋に勢揃いし、懐中電灯をひたすら高く掲げていたのだ。

私は視線を放ち、娘を探す。ところが、男たちの一人がこう尋ねて、私の探索は中断する。

「あいつはどこにいる?」声は大きく、怒っている。醜怪でぞっとするような声。そこには人間的でない何かがある。そして彼の顔を一目見たらわかるけど、貧相なヒキガエルから何か……をぶんどったみたいに、そして首と両目は雄牛みたいに見える。

「あいつはどこにいる？」ヒキガエル顔が私にどなりつける。いや、どなるというのはまったく正しくなく、それは犬のうなり声とロバの鳴き声の交配種。声はほんとにロバにそっくり。

「誰が、どこにいるっていうんですか」。私はそう尋ねながらも、まっすぐ向かってくる懐中電灯の光から目を守るために、自分の顔に腕を当てる。

「お前らの息子だ」

「どっちのことですか」

「ヴァト・イス・ディー・ヨン・セ・ナーム、ヤイ（若い奴の名前は何ていうんだっけ、おい）」

「ムコリシですよ、奥さん」。アフリカ人の警官が私に直接答えた。

「彼はどこにいる？」ロバ声が私をにらみつける。

「知りませんよ」。私は正直に答える。

彼の筋骨たくましい手が、瞬きのように素早く、私に刺すような痛みを与える。顔がひりひり痛む。床の上に横たわりながら、それでも私は自問する。どういうふうにやったのかしら。あんな太っちょさんがこんなに素早く動けるなんて、すごいわね。こういう瞬間にそんなことを考えるなんて、気が変てこで、不条理。

灯りのない部屋の壁と天井の表面に、懐中電灯の不安定で明滅する光束が、薄く細長く、幽霊のように青白い人形を映し出す。それらの形は、襲うふりをして体をひっこめ、踊り、陽気に浮かれ騒ぐ。

この地点からの明るさに慣れてくると、そこにドワドワと子どもたちがいることがわかった。年少の方の二人の子どもたち。もちろんムコリシの居場所は、いまだに神様にしかわからない。愚かなことに、私はこのときになって初めて、光のプールのなかに横たわっている自分がフランネルのペチコートしか身につけていないことに気がついた。薄くすり切れて、夜はネグリジェ代わりに着ているもの。

まるで針を探すみたいに、警察は細心の注意を払った。彼らは本当に、家をばらばらにしてしまった。彼らはマットレスを裂き、枕を裂き、衣装タンスのドアを取り外し、タンスにかかっていたコートから裏地を引きはがした。彼らはベッドの中をのぞき、ベッドの下をのぞき、天井板を降ろして垂木《たるき》の間を調べた。彼らは床板を上げた。壁を叩いて壊した。戸外の裏庭では、息子たちの掘っ建て小屋をあっさりと解体してしまった。彼らは厚板をはがし、その一枚一枚を破壊した。もう組み立て直すことなどできないように、すっかり壊した。この掘っ建て小屋は最初から作り直さないといけない。新しい厚板と厚紙、それにたくさんの釘を手に入れるところから始めなければ。

ムコリシが家にいない、掘っ建て小屋にいない、そして庭にもいないことを十分に理解した警官たちは、ルンガを殴りつけた。この子はムコリシじゃない、あんたたちが探している男の子じゃないって、何度も何度も言ったんだけど。この子の名前はルンガであってムコリシではない、と言ったんだけど、彼らはルンガを殴りつけた。彼らがルンガを殴った理由は、彼らによれば、この子が兄の居場所を知っているはずだということだった。

「兄貴をかくまってるんだろ、この野郎！」騒々しく笑いながら、一人がそう言った。「そうでなきゃ、おまえはどういう弟なんだよ、え?」

「おまえらの『アンダス、アンダス(知らない、知らない)』は、もう飽き飽きなんだよ」。別の一人が口を挟み、それから彼らは去っていった。ついに。

彼らは行ってしまった。警官たちは行ってしまった。自分たちがいた場所に戻っていった。私たちは戻れない。私たちは違う。彼らがやってくる前の自分たちの姿に戻ることなんて、もう絶対にありえない。あの時間に、あの場所に、戻ることは絶対にできない。すべてが変わってしまった。私たちは、大暴れする嵐の中心部に頭から投げ込まれてしまったのだ。

あの子は最初から厄介者でしかありませんでした。だけど、あなたは、私の息子を理解しなければなりません。彼が生涯ずっと、どんな人たちのあいだで暮らしてきたかを。息子が何をやっても、私はもう驚きません。最初の信じられない衝撃、つまり、あの子が勝手に私の内部に着床した後となっては。あれが、あのときの私を、そしてその将来の私を、不合理に、完璧に破壊したのです。

苦難というものは、たっぷり餌を食べた犬の毛のように濃密になってやって来る、と私の同胞たちは言う。一九七三年に私が経験したのが、まさにそれだった。一五歳。私はたったの一五歳だった。だけど、その年に私の息子が生まれた。一月四日のこと。その一年前の時点で私が怖かったのは、担任になった怪物みたいな先生、厳しいヴァジ先生だけだった。

一九七二年の一月、私は一三歳、ほとんど一四歳になるところだった。小学校の最後の学年が始まろうとしていた。私は六年生になりかけたところで、その年の終わりには統一テストを受けることになっていた。母が私に毎日念を押していたように、それは重大なステップだった。つまり、遊ぶのはもうおしまい。

母は私に大きな希望をかけていた。私たち二人に、兄と私に。私たちの両親は、教育が私たちを奴隷状態から解放してくれると信じていた。両親は、教育を受けていない単純労働者として、奴隷の運命を甘受していたから。

そう。私たちの側には、私たちなりの計画があった。だけど、一九七二年という年の方にもあちらなりの計画があった。もちろん、私たちは何も知らなかった。

振り返ってみても、いったいどこから始めたらいいのか、私にはわからない。指さして、ここから物事のまとまりがほぐれて、私はあんなふうになっていったのよ、と言うことはできない。

しかし、確かなことが一つある。それは一九七二年に、予想もしなかったことが起きたということ。ただし、その前の一九七一年の二月、つまり私の初潮が始まったときから、事態はあらぬ方向に動きはじめていた。これが一番目の不運だった。私が妊娠するんじゃないかと母はいつも心配するようになり、私は憂鬱になった。混乱した一年がようやく終わりを迎え、長い夏休みに入っても、その憂鬱がやわらぐ兆しはほとんどなかった。母の心配の種になるようなことを、私がしでかしたわけではない。あの頃は私が何をやっても、母は狼狽したことだろう。

そして、私は親友と仲違いした。それも、その年の最初の日。一九七二年のお正月。これが二番目の不運。

当時は毎年のことだったけど、私たちは海岸に出かけた。クリスマスの休日を私たちは「ビッグデイ」と呼んでいた。十代の若者たちは、その季節になると海岸に群がったものだ。その日、私は、ノノがとてつもない秘密を隠していたことを知った。彼女は私の兄のガールフレンドになっていたのだ。私は、自分は騙されていたと感じた。あの二人はもう何カ月もつきあっていた。私の家に来るとき、ノノは私に会いに来るふりをしていた。私のいまいましいカヤ兄貴は、たまたまそこにいたというわけ。あぁ。それから何週間も、私はノノと口をきかなかった。私のことを、彼女は最悪のやり方で裏切っていた。よりによって私の兄と。だから、しばらくの間、私はひとりぼっちになった。というのも、学校の友達のなかで私の家の近くに住んでいたのは、ノノだけだったから。

ある日、母は私を、私たちが日用品の買い物をする白人住宅地区のクレアモントにお使いに出した。ここでブラウフレイの黄金時代の級友の一人に出くわしたわけだが、そのときの驚きと喜びを想像してみてほしい。そんなのはかなり珍しい経験で、しばしば、これからずっと連絡を取り合おうという約束が交わされることになる。「また会ったんだからね」。だけど、電話なんてなかったし、ときたまバスに乗ってお互いの家を訪問するようなお金もなかったから、絆を維持することなんて不可能だったし、実際にそうはならなかった。あさはかな空想として、また、困惑を隠すために不可能なことを希う弱々しい試みとして、そういうときは互いにこう言ったもの。「あたしの家に来てよ！」そう言ったところで、実現すると本当に期待していたわけではない。実現するなんて信じてはいなかった。これには同じように単純明快で、不可能な返答、「すぐにね」が返ってきたもの。「すぐにね！」または「もちろんよ！」

ステラと私は、初等教育の一年目にあたるサブ・スタンダードAのときから強制移住で離ればなれになるまで、机を一緒に使う仲だった。お使いの途中にメインロードを歩いていたとき、背後から呼ぶ声が聞こえた。時間が消えた。あのときの、あそこへと、私は放り投げられた。あの温かく心休まる場所へと。あのもう一つの時間、今よりもずっと甘美な時間へと。あの声は、いばっていて、同時にたくましい。まるで、声の主は一年中風邪をひいていて、だけどその肺は象みたいに大きいという感じ。オルガンを思い出させる声。そんなに澄んだ音色ではないけれど、けっして弱々しくはない。

私がぐるっと振り向くと、三、四メートル後ろ、道の反対側で、すごく重いものをふんばって持ち上げているかのように、両足を膝から後方に曲げて突っ立っている人がいる。彼女だった。

興奮した私たちは、通り過ぎる車と通行人の雑踏に隔てられて、お互いに手を振った。すぐにステラは、私に向かって動かないでいるように手で合図して、自分から道路を横切る意志を見せた。彼女に最後に会ったのはいつだったかしら。一年前かな。もっと前かな。心臓がドキドキしてゴム長靴ダンスを踊りはじめた。私は待った。

ついに彼女がやってきた。私のすぐ横。私たちは抱き合って、キスして、大っぴらに涙を流した。それから私たちは、お互いがもっとよく見えるように道の脇に退いた。手が届くところまで近づいた。お互いに覚えているときよりも、私たちは背が高くなり、骨に肉がついていた。肉体の大きな変化を認め合いながら、私たちは、わけ知り顔で微笑んだ。

自慢屋の少年みたいなやり方で、ステラは親指を肩に引っかけ、ブラウスの下を手探りして、引っ張った。パチリ！

私の口が開いた。「あなた、ブラしてるの」

彼女の眉毛が勢いよく上がった。「あたりまえよ」。そういう彼女の唇は、耳を追いかけるようにゆっくり両脇に広がった。

腕をぞんざいに互いの肩の上に置いて、私たちはそぞろ歩きしながら、母に競馬のカードを買うためにＣＮＡ〔文具店〕に入った。これが私の最後のお使いで、ステラの方はクレアモントでの用事はすでにぜんぶ済ませていた。来た道を戻り、今度はバス停に向かう途中、ステラは急に立ち止まり、おどけた様子で両目を開いて私の方を見ながら、こうささやいた。「あっちに行きましょ」。彼女はバスターミナルとは別の方向を指さした。

今度は私の眉毛がつり上がった。

「ここのおやじ連中はおせっかいだからね」。私が口に出さなかった質問に、彼女はこう答えた。大人はおせっかい焼きだと私たちはいつも思っていたけれど、昔の時代、自分たちが大人たちから本当に逃げようとしていたのかというと、そうは思えない。遊ぶのに忙しくて、家になかなか帰らなかったときは別だけど。彼女は、どうして今、大人たちを避けるんだろう。

「いったい、どうして」。私はたずねた。

「いいから、おいで！」

私の返事を待たずにステラは先に立ち、駅前通りを通って、商店街の裏の聖公会セントセイヴィア教会の方へと進んでいった。私はあとを追いかけ、一緒に道を上がり、歩いて教会の庭に入った。

ベンチを見つけるやいなや、私の友達は、ブラジャーの内側から小さなひと箱の煙草とマッチ箱を取り出した。

「赤ん坊じゃあるまいし」。びっくりした私が思わず息を飲んだのを見て、彼女はそう言った。

「あなた、吸うの」。愚かな言葉が唇の間から出てきた。あたしって馬鹿ね。口にフタとかジッパーとかついてたらよかったのに。自分の唇にはほんとに困ってしまうことがある。こういうとき私は、自分の唇にはぜったいにもっとちゃんとした見張り番がついてないとだめだ、と思ったものだ。

ステラは私の顔めがけて煙を吹きかけた。それが、間抜けな質問にぴったりの返答だったのだろう。

私は後方に動いた。ひとまたぎ分くらい彼女から離れるまで、ベンチのうえで後ずさりした。

ステラは、私が離れたせいでできた隔たりを埋めようとはしなかった。煙草の煙が渦巻き、顔の前にかすんだ煙幕をつくり、彼女は流し目をして泣き顔みたいになった。とつぜん、彼女がすごく大人っぽく見えた。

「トプトプのお腹が大きくなったの、知ってる?」と彼女が聞いた。

「え、そんなことないでしょ!」私は体を動かした。今度は彼女の近くに。「冗談はやめてよ!」私はこの友人に、鋭い、探り出すような眼差しを向けた。トプトプは私たちと同世代。赤ちゃんが生まれるなんてことがあるもんですか。

だけどステラは、ゆっくりと何度かうなずいた。「そうなの、本当のことよ」。また煙を吐き出しながら、彼女はそう言った。それから彼女は、私の方で尋ねようとは思いもしていなかった質問に答えた。「あたしのボーイフレンドが教えてくれたの」。それから彼女は、おもいきり煙草を吸った。

ステラは、ブラウフレイ出身の人びとが多く住む場所に住んでいる。初めからコンクリートの家々に入ることができた家族は、タウンシップのなかの飛び地のような、小さな街区を形成していた。この人びとは、ググレトゥのなかのその場所を、ブラウフレイとさえ呼んでいた。

延々と続く災難には、終わりがなかった。別のブラウフレイ出身の女の子のノマベルは父親と同じくらい年とった男と結婚したのよ、とステラは言った。そんな話ばっかり。耳にした話で楽しいものは何もなかった。愉快なこと、幸せなこと、呑気なことについて、ステラが私に提供できる話題は何もなかったようだ。彼女が私に話したのは、すべて問題ばかり。私はといえば、もっとひどい。私にはニュースが何もない。彼女の驚くべき打ち明け話と比べたら、重要な話なんてまったくないように思えた。

メインロードへ、そしてバス停の方へ歩いて戻るとき、私たちは二人とも黙りこくっていた。すぐに別れないといけなかったので、二人ともちょっと寂しかったんだろうと思う。私は、耳にしたすべてのことのせいで、自分が少しばかり沈んだ気持ちになっていることを自覚していた。

ステラが急に立ち止まって叫んだ。「あ、忘れるとこだったわ！」ひとしきり咳き込んで、ちょっと間が空いてから、彼女は続けた。「ルル姉さんが亡くなったこと、話したっけ」。彼女はふっと悲しい表情になった。ほんの短い間。その表情は一瞬だけで、消えてなくなった。私がそう思っただけだったのかしら。

胃袋が足下に落っこちそうになった。私の手の指は枯れた切り株みたいに無感覚になり、両腕は萎びてしまったので、運んでいた日用品の袋を下に落としてしまった。

「な、なに？」自分のものとは思えないしわがれ声が聞こえた。

ステラは肩をすくめた。「ほんとよ。彼女と、それから双子のなかのひとり。ググレトゥという名前の方。確かなことよ」。不条理にも、彼女は微笑んだ。つまり、彼女の唇が歯を内側に閉じこめて横に広がったのが私には見えた。しかし、彼女の目つきは、そこに何が潜んでいたにせよ、ほんの少しだったけれど私をぞっとさせた。それは、私がこれまでに見たもののなかで、いちばん微笑みから遠いもの。そのとき以来、私はそんなものを一度か二度しか見たことがない。強烈かつ切迫した憎しみが、彼女の目に焼きつけられている。ひとを殺す毒液。

ところが、次の瞬間、彼女の目つきはもとにもどっていた。獰猛な憎しみは消えていた。そして、混乱した頭の奥まったところで私が弱々しく理解を求めているうちに、彼女はこうつけ加えた。

「あなた、彼女に双子がいたこと覚えてる?」眉毛を上げ、両目を大きく開けて、彼女は尋ねた。

私はうなずくしかなかった。実際、私はとてもよく覚えていた。双子のあだ名はブラウフレイとググレトゥ。というのも、人びとは、双子のひとりはブラウフレイで、もうひとりはググレトゥで生まれたと断言していたから。もちろん、これは誇張。ググレトゥにやってきたとき、双子は生まれてから何時間かたっていた。でも、私が思うに、子どもが生まれてすぐに法律に従って移動しなければならなかったことを、人びとはこうやって記憶していたんだろう。ググレトゥとブラウフレイ。そして今、ちっちゃいググレトゥとその母親は、もうこの世にいない。

あとで私がルル姉さんのことを母に告げたとき、彼女はこう言った。「ああ! 私たちはこの場所で、こんなに散り散りになって、引き裂かれて、ばらばらになって、そのおかげで、ひとがお墓に入って何カ月も何カ月も過ぎてから、こんなに悲しい知らせを耳にするはめになったわけね」。母は話すのをやめて、私を見た。でも、彼女の目はもっと遠くを見ていた。

「あの子は若かったわ。かわいそうなルル」。母は首を振った。「子どもたちは、いったいどうなるんだろうね」。母の声は、年老いていた。それは母の母、お祖母ちゃんの声になっていた。かぼそく、あてにならず、遠く、焦点が定まらない。

悪い知らせを聞くと、私はいつも愚かになる。それはまるで、がまんできないことを受け入れるのを、心が拒絶しているみたい。ルル姉さんと赤ん坊はどうやって埋葬されたんだろうと私が自問したのは、翌日のことだった。私は知っている。その季節にはウィリー兄さんは海にいる。誰が葬式の面倒をみたのかしら。父親がいないのに、母親と息子を埋葬してもいいんだろうか。だったとしたら、それはどういうこと。彼は訃報を耳にしたのだろうか。どうやって。彼はある日、家に戻って、もう妻がいないということを知ったのだろうか。自分の三人の息子の一人も死んだということを知ったのだろうか。自分の家族の半分がいなくなったということを。

私は本当にステラの家を訪ねたいと思った。そうすればノノに対して、あなたはもう必要ないと示すことにもなっただろう。ところが奇妙なことに、ステラと私の出会いのおかげで、ノノと私が再び結びつくことになった。というのも、ノノの家と私の家、それに他の二件のご近所さんが共有している風呂場があったんだけれど、その近くで彼女をみつけたとき、私はこう口走らないではいられなかったのだ。「ちょっと、知ってる? あたし、昨日、クレアモントでステラに会ったのよ」。そしてそれが、私たちのばかげた喧嘩の終わりの始まりになった。それはやがて、私にとって素晴らしい幸運になった。会ったことのない男の子がカラの村からやってきたのだ。春の日のようにハンサムで、人気がある。ところが、そのチャイナがガールフレンドに選んだのが、なんと私だった。それまでの長い人生で、私に興味を示してくれる男の子なんていなかったのに。まるで天国にいるみたい。

唯一の問題があった。ボーイフレンドをつくることは禁止されていたのだ。母に見つかったら殺されていたかも。カヤがこのことを知ったら、母に告げ口していたかもしれない。ノノが私の唯一の味方だった。親切な、かわいいノノちゃん。そして、私は確かに味方を必要としていた。母はすさまじく理不尽になっていた。私の初潮のときからずっと。赤い訪問者が毎月やってくるようになってから。母は凶暴になった。誓ってもいい。

「近くに男を寄せちゃだめよ。聞いてるのかい」。彼女は言った。「そんなことしたら、お腹が大きくなるからね」

それから何カ月ものあいだ、私は男の子の体に触るのを、手に触ることさえも、避け続けていた。自分の兄でさえ。母が言っていたのがどういう意味なのか、説明してくれたのはノノ。母はあんなによく喋るんだから、あのことをきちんと説明してくれたら、その方がよかったのかもしれない。

だけど、母の流儀はそうではなかった。私が危険にさらされている限りにおいては。母は、私が家を離れるたびに、お腹を大きくして戻って来かねないと考えていたようだ。そんなことになったら、家族だけでなく、チザマ氏族全体の恥さらし。それに加えて、母は教会の「母親の会」の書記だった。そんな高貴なお役目についていたんだから、あの人は腐ったじゃがいもを育てたわね、なんて、誰にも言わせたくなかったわけよ。あらゆる手段を使って、母は自分のじゃがいもが絶対に傷ものにならないようにしようとした。

「ほら、こっちにきて横になりなさい」。母は初めて、こういうふうに言った。

私は困惑して、彼女の顔と、彼女が指さしている白いタオルの方を見た。なぜ彼女は床の上に清潔なタオルを広げたのかしら。私は不思議に思った。

「ブルマーを脱いで、タオルの上に横になりなさい」。母はパンティという言葉は絶対に使わない。ブルマーと言う。いつでも。母が私に説明してくれたところによれば、パンティが初めて母の村に登場したとき、それはブルマーと呼ばれていたのだという。ブルマー。だから母の心のなかでは、それはずっとブルマー。永遠に。

闘いがあった。短くて、私の側は弱々しい闘い。しかし、母が何かを望んだら、そうなってしまう。しかも彼女が望んだ通りのやり方で。私にとっては、それが数多くの試練のはじまりになった。母の言い回しによれば、彼女は私がずっと「完全」で「傷ものでない」までいられるようにしようとしたわけ。

「神様が母親というものを地上につかわしたのは、娘たちがずっと健康でいられるようにするためなのよ」。繰り返しやられるのに抵抗するたびに、私はしばしば、母がそう言うのを聞いた。私の体を調べた後、母は必ず手を洗う。でも、汚されたと感じていたのは私の方。だけど、このすさまじい秘密を誰に話すことができただろう。親友のノノに話せただろうか。死んだ方がまし。

三月の十日間の学休期間のあいだ、三番目の不運が私たちみんなを襲った。金曜日に学校が終わった。日曜日の朝、私たちが目覚めてみると、リバが死んでいた。彼女は私たちと同じ学校に通っていて、ノノや私よりもほんの二、三歳だけ上だった。

リバは、裏庭で、下手くそな堕胎の最中に死んだ。当時はそうするしかなかった。当時でも、それはいつでもあることではなかったし、やってもらうのは難しかったし、言うまでもないけれど、違法行為だった。

月に何度もあった検査は、月に一度、それと私が家に遅く帰ったときに行われるようになった。私がどこに行ったときでも、誰と行ったときでも、関係なし。次に母は、私のスカートとドレスの飾りの縁縫いを外した。母によれば、私が遊び回って厄介ごとを招き寄せるのはごめんなのだという。そのうえ、私はもう子どもではなくなっていた。私は女性になっていた。

ノノの母親は、ズボン、ミニスカートなど、ノノが着たがるものは何でも着させていた。ノノの母親は、娘を検査したりはしていなかったはず。もちろん私は、そのことについてわが友人に尋ねたりはしなかった。そんなことしたら、母が私にやってることがばれてしまうでしょう。母が私にやっていることが誰かにばれたら、私は死ぬわ。

でも、チャイナは知っていた。最初に会ったときから、彼にはわかっている。彼はそれを言い当てた。私たちが会った草むらで、「お母さんにばれちゃう!」と私が口走り、隣に座ることさえ拒否したとき。だけど私は、彼のことを心の底から愛していた。

幸いなことに、チャイナは、ものがわかった敏感な男の子だった。私を尊重してくれた。自分の父親を尊敬し、怖れていた。だから彼は、私や自分自身をその種のトラブルに巻き込むつもりはなかった。なんとかして二人で会える時間をつくるたびに、私たちはキスしたり、「セックスごっこ」をしたりした。挿入はない。母は私に、妻が夫とするようなやり方で男の子と一緒に寝ては絶対にいけない、と警告していた。ノノとチャイナが教えてくれたおかげで、ようやくその意味がわかった。そして、チャイナの完全な理解と支えがあって、私たちはそれを避けていた。

カヤとノノのことに母がどうやって感づいたのか、私にはわからない。母はノノに向かって、そしてノノのひんぱんな訪問について、文句を言いはじめた。だけど、何よりも母が気に入らなかったのは、私がそこにいないときでさえ、ノノがカヤの掘っ建て小屋に入っていったこと。私より一歳上のカヤは、母の愛情を一身に集めていた。カヤがだぶってノノや私と同じ学年になったとき、母はめちゃめちゃ動揺したもの。

　母がどんどんノノを嫌いになっていったことは、傍目にも明らかだった。というのも、ノノが来るたびに、母はあの女の子についてとてつもない汚い言葉を口にするようになったから。

「彼女が身につけてる短いものを見てごらん。あれは、いったいどういうことかしら。あの子は自分からトラブルを求めてるんじゃないの。あの子の母親は何を考えてるのかしら。娘を裸で家の外に出すなんて。あれまあ、あの子は自分の体を売るつもりよ。絶対そうよ。自分を売るのよ。鍬［売春婦］は刃が鋭く光ってるときに買うものだってことは、誰でも知ってるでしょ」

　ノノは彼女の母親に、私の母からどういう言われ方をしているか告げた。ノノの母親は私の母のところに文句を言いにきた。ノノは、私の母がノノに向かって、あるいはノノについて言ったかもしれないことに対して、反撃したのだ。母はそのことにショックを受けて驚いたふりをした。

　母は驚いた様子でこう言った。「お隣さん、私たちはもう、子どもたちをからかっちゃいけないのかね。そういう時期になったのかね」

　しかし、ノノの母親は、うぶな小娘ではなかった。二、三の選ばれた言葉が飛び交った。ノノの母親が帰るときまでに、ノノの母親とその良き隣人は、少しばかり不和をとり繕った。

　ところが、ノノの母親が帰ったとたん、母はこう言っていきりたった。「どう思われようが、何を言われようが、あたしの知ったこっちゃないよ。それにね、あんたとカヤがあのメス犬に会わないようになれば、それに越したことはないんだよ。あたしゃあの子が好きじゃない。絶対に好きになることなんてないよ」。彼女はそういうふうに言った。

母の無念を、母の苦い失望と怒りを、想像してほしい。二ヵ月ほど後、六月休みの二番目の週に、口を固く閉じたノノの母親がやってきて母に告げたのだ。ノノが妊娠しており、その相手はカヤだと。すでに心地よくはなかった状況は、いっそう醜悪になった。当然のことだが、怒り、失望したノノの母親は、カヤのことを呪った。そのうえ、ノノの母親は、カヤが属する氏族全体を呪った。

母は、私がノノと話をするのを禁止することで、それに仕返しした。

「あのメス犬と話してるところを見つけたら、素手であんたをぶっ殺すよ」。母はそう言って、すべてをノノのせいにした。

「ノノの方が、もっとちゃんとしてなきゃいけなかったのよ」。彼女は言った。「女の子の方の責任でしょ。あたしゃ知ってるよ。きちんとけじめをつけるのは女の子の方よ」

カヤを非難するかわりに、母はこう言った。「ノノの母親は鏡で自分の顔を見て、自分の娘に起きたことをどうして防げなかったのか、よくよく考えてみたらいい」

私は母が何を言ったのかよく理解できなかったが、ノノが妊娠したのはノノ自身のせいではなくて、ノノの母親が悪いという意見だったようだ。母は強調した。カヤには責任はない。「女の子が自分から男の子の方に行って、その下で体を広げたら、何が起こると思ってるのよ」

その意味では、私は幸運だった。すでに話したようにチャイナはとても注意深く、私たちがやったのはセックスごっこだけ。彼は私の太ももの真ん中より上には行かない。母がしょっちゅうぶつぶつ言っていた通り、「いい女の子は、妻が夫とやるようなやり方で男の子と寝てはならない」。そして私は、いい女の子だった。

当然のことながら、ノノが置かれた状況に私はものすごく同情した。さらに、彼女が妊娠したおかげで、私は脱出したはずの墓場に引き戻されるはめになった。母は再び、私に口うるさく要求するようになったのだ。検査が慣例になりつつあることがわかったとき、私は決然と拒絶したことがある。どんなに怒られても、体罰を与えると脅されても、私は変わらなかった。家の外に放り出すと脅されても、私は譲歩しなかったことだろう。結局、母はあきらめて、私にこう言ったものだ。「イサーラ・クティエルワ・シボーナ・ンゴロープ（助言に耳を貸さないものは、火傷しないとわからない）」

ところが、ノノが妊娠したいま、母は再び私に要求するようになり、あからさまにこう言った。「あたしに見られるのが嫌なんだったら、父さんたちを呼んで、あの人たちにやってもらうようにするわ。あなたにどんな厄介なことが起きても、私の知ったことじゃないわよ」

「私には何も起きないわよ、母さん」。私は言った。秘密の逢瀬のときにはいつも、彼のために私が体を広げることをチャイナが要求せず、期待もしなかったことに、私は深く感謝していた。

母と私のあいだの膠着状態は、一週間も続かなかった。週末には母が脅迫した通りの行動に出ることを、私は十分に予想していた。しかし、当然のことながら、私の予想とは逆に、母がおじさんたちを呼んで私の身体の検査をさせるようなことにならなければいいのに、と期待もしていた。私はまた、仮に母がそう行動したとしても、おじさんたちは私にある種の選択肢を、彼らなりの逃げ道を、必ず与えてくれることを知っていた。おじさんたちの一人が咳払いをして、こういうふうに言うのが聞こえてくるようだ。

「エヘン！　われらの娘よ。ゴホン。われらの妹よ。ここにいるおまえの母親がわれわれをこの家に呼んだのは、おまえの母親がおまえを愛しているからだぞ。この人は、おまえのためになることをやろうしているだけなのだ。ためになる、正しく、妥当なことだ。ぴったりのことだ。さて、おまえは無理矢理、わしらにそんなことをさせるのかな。それとも、おまえの母親の方に、彼女がやらねばならぬことをさせるのかな。これは、すべての母親の義務なんだぞ」

しかし私は、ノノの妊娠のおかげで母がどれほど完全な錯乱状態になっていたか、理解していなかった。金曜日に、母は私が思いつきもしなかったことを言い出した。

「マンディサ、学校の教科書と制服の準備をしなさい。日曜日になったら、あなたをグングルに連れて行きます」

私は叫び、母に哀願した。私はおりこうにする、すべての家事をやる、それも頼まれなくてもやると約束した。ぜったい学校をさぼりません。自分の洗濯は自分でやります。お兄ちゃんのもやってあげます。母さんのをやってもいい、と私は言った。それから父さんのも。父さんが海から帰ってきたときには。

だが、すべて無駄だった。何を言っても、何をやっても、母の気持ちを変えることはできなかった。牛か何かの動物が一頭死ぬまで、決して肉にありつけないような村。そんなところに追いやられなくても、追放されなくてもすむように、私は必死になった。私は憎い白タオルを自分で引っ張り出し、それを床に敷き、母に向かって私を見るようにせきたてさえした。私はまだ無傷な少女なのよ、完全で、手つかずのままなのよ、見て。

しかし、何をやっても助けにはならなかった。母は理性をすっかり失っていた。私が妊娠するのを避けようとすれば、村に行って私を隠す以外に方法がないと、母は思っていた。村では、「子どもたちはまだ行儀作法というものを知っている」というのだ。母が言うには、彼女は自分の目で見たことさえ信じることができないらしい。

私の一四歳の誕生日まで、あと二ヵ月。母は私を列車に乗せて、彼女が生まれ育った厳しい土地に連れて行った。グングルル村。そこでは子どもたちは、雨が降った年と年の間隔に応じて名前をつけられる。私はほとんど一四歳。遠く離れた砂漠に追放された。そこで一緒に暮らすことになったのは母の母、お祖母ちゃん。それまでお祖母ちゃんに会ったことなんてなかった。お祖母ちゃんの方でも、私を見たことなんてなかった。

グングルル　一九七二年九月

おんどりは、まだときの声を上げていない。私が横たわっていた草むしろの縫い目の列には、私が寝ていた側に細革が縫いつけてあった。一匹の鼠も動かなかった。円形の小屋は死んだように静か。鏡に映ったえたいの知れないものが、内側に向かって静かに壁を押し、私の方に崩れてきそう。一日のこの時間には、外はまだ夜明け前の真っ暗闇。不機嫌な夜は息を詰め、夜明けが攻撃してくる前にひとまとまりになって不可避の敗走をする準備をしながら、命あるものを包み込んでいる。私は闇のなかで仰向けになり、目をぱっちり開けて天井を見つめている。柱から周囲の壁に放射状に広がって、目の上の草屋根を正確に一二等分する眩惑的な垂木を見つめている。三ヵ月前にここに着くやいなや、眠れない夜になると私はその数を数えるようになった。長い三ヵ月。

瞬きよりも早く、私の心はケープタウンへと疾駆する。特別な人のもとへ。彼は目が覚めたかしら。チャイナ。いとしい顔がまぶたに浮かぶ。いつもの痛みから逃れるために私は毛布を蹴り上げ、小屋の外に出て、背後に回り込む。

ちょうどドアにたどり着こうとしたとき、背中にお祖母ちゃんの声が浴びせられた。

「ソウフキーレ？（もう起きているのかい）ウンジャヌクヴーヤ・ニヴァラ？（学校が終わってうれしいかい）」

「はい、お祖母ちゃん」、と私は答えた。両方の質問に答えるのに、この「はい」で十分だろうと私は考えた。私は起きていたし、学校が休みになって確かに嬉しかった。やっと終わった。

三学期の最後の日。この学期は、私にとって、家から何百キロも離れた新しい学校での最初の学期だった。私の心は、前の学校が終わったときへと向かう。あれは六月だった。そして、学校のまわりのできごと。学校に縫い込まれたできごと。それらは、今ではずっと昔のことに思える。しかし、それらの結果が私の毎日の糧。胆汁のように苦い。それらの結果が、私が今いるところにいる理由。グングルル村。母が少女時代を過ごしたところ。

私は母に向けた熱い約束を思い出した。だけど、おりこうさんにしますというその約束は、まったく聞き入れてもらえなかった。そのことについて考えると、私は今でも腹が立って、両目がずきずき痛む。

母を心配させることとなんてまったくしなかったのに、母は「自分にわかるたった一つの解決策」を追求することをやめようとはしなかった。母はトランスカイのこの辺鄙な村に私を追放した。私はこの村で死んでしまうんじゃないかしら、と思った。母の警戒心の副産物、チャイナとの別離は、耐えられないものだった。

チャイナ。もし彼がいなかったら、そして、彼ほどではないけれど、もしお祖母ちゃんがいなかったら、この学期が終わるときには私は絶対に生きていられなかったことだろう。愛しい、愛しいチャイナ。だけど、私が正気でいられただけでなく、肉体的に生きていられたのは、母の母、つまりお祖母ちゃんが、とくに最初のうち、毎日お世話してくれたおかげだった。お祖母ちゃんは私が食べているかどうか確かめ、間接的なやり方で私の好物を探り当てて、確実にそれをつくってくれた。あとでわかったことだけど、自分の食べるものはそっちのけにしていたこともあった。私が学校から帰ると必ず、彼女は「カロクママーコ・アカコ・アーパ（あんたのお母さんはいないからね）」と言ったもの。私が黒い体操服と白いシャツを脱いでふつうの服に着替えている間にも、お祖母ちゃんは、一杯のウムヴボ［とうもろこしのお粥とサワーミルク］か何かのおいしい軽食を、台所のテーブルの上にさっと置いてくれた。しかし私は、彼女の見せかけを見抜いていた。もし母がいないことが私のことをこんなに世話してくれる唯一の理由だったとしたら、母がいなくなったらすぐに、お祖母ちゃんの親切な行為は確実にすり減っていたはず。とはいっても、お祖母ちゃんの親切さ、彼女の優しいやり方も、私の別の飢えを止めることはできなかった。棄てられた子ども、追放された子ども、見捨てられた子どもの心に浮かぶ、かじかむような疑問。母が歩き去るのを見た日に、涙も流さず、川べりで魚を探すサギのようにじっとして、母が去っていくのを見た日に、私はいちばんの孤独を感じた。母がいなくなった。彼女が去ってぽっかりと空いた私の心の空間に、見知らぬ者が進入してきた。悲嘆。新品の剃刀のように鋭い悲嘆。

だけど、私はここにいる。私は最初の三ヵ月を切り抜けた。あと三ヵ月。そして小学校が終わる。次はどうなるんだろう。母はケープタウンで、どういう特別な拷問をたくらんでいるのかしら。私にわかる範囲では、二つの道があった。まずはケープタウン。そこでは、私は地元にふたつある高等学校のひとつに通えるはずだった。家で生活することになるから、こっちの方が安くつくだろう。または、寄宿制の学校に行くこともありえた。寄宿制学校に行くことになったらいいのに、と私は祈った。しかし最近、神様は私の祈りにまったく耳を貸してくれない。だからといって、神様を完全に見放したわけじゃないけれど、神様には全面的には頼らないのがいちばんだ、と私は思っていた。これまで私がどうなったか考えてみてちょうだい。

学校が終わる三週間前、帰宅の途中に、私は郵便物を見るために村の雑貨屋に立ち寄った。その店には地域まるごと、二十かそこらの村あての郵便物が届く。白人のセテニ主人が妻と一緒に店を経営している。チャイナからの手紙はなかった。店を出ると、そこまでの回り道が急にうんざりした、退屈で、長いものになり、私は鉛のような足取りで家に向かった。むなしいことに、私はお祖母ちゃんあての手紙を手にしていた。手紙なんて、お祖母ちゃんに何の必要があるのよ。

私が帰宅してみると、いつも通り、お祖母ちゃんは何か繕いものをしながら床の上の草むしろに座っていた。彼女は壁にもたれており、前に投げ出した両足は黒いスカートにゆったりと包まれ、身につけていた花柄のだぶだぶのエプロンの下からは足先だけがのぞいていた。

「どこから？」ちょっとした挨拶を交わしてから手紙があることを告げると、お祖母ちゃんはそうたずねた。彼女は目を上げなかった。

「イーストロンドンよ」

「イーストロンドンだって？」お祖母ちゃんはやめた。縫いものをやめて、目を上げた。「イーストロンドン！」お祖母ちゃんは繰り返した。しかし今回は、彼女が発したのは質問というより感嘆の言葉だった。

「そうよ、お祖母ちゃん。イーストロンドンからの手紙よ」。私は言った。

「急いで、外の生き物をなかに入れてちょうだい」。お祖母ちゃんは静かに言った。「その手紙がフニウェからだったら、雨どころか大洪水になるわよ！」同じ慎重な口調で、お祖母ちゃんはそう続けた。縫い物をまだ手に持ってはいたが、お祖母ちゃんはもう繕いを再開しようとはせず、私が言ったことがあまり信用できないといった様子で私を見ながら、そこに座った。フニウェおばさんは、母の妹。母の唯一の女きょうだい。男きょうだいのマルメは、この姉妹のあいだに生まれた。

「何を待ってるんだい」。とつぜんお祖母ちゃんがたずねた。「封筒を開けて、読んでおくれよ！」

「何だって？」私が途中まで読んだところで、お祖母ちゃんがさえぎった。「そこをもう一回読んでおくれ」。お祖母ちゃんは言った。「そのあたりをもう一回読んでおくれ」

私は読み直した。

お祖母ちゃんは、私を何度も何度も止めて、細部を繰り返すように言った。「ブリサ・クブーティ・ロウォ。イティ・ンディヤムクムブーラ、クムナンディ・ケ・クバシーザ・クボナナ・クンゲクダーラ（お兄ちゃんによろしく。私が寂しがっていると、そして、近いうちに会えたら嬉しいと思っていると、伝えてください）」。手紙の末尾にまでたどりついた。ようやく。

繕いものをぞんざいに脇にどかす。このときばかりは、お祖母ちゃんは、それをきちんとたたんで裁縫袋のなかに戻したりはしなかった。お祖母ちゃんは静かに座り、あごを落としたせいで口は垂れ下がったように開き、両目は遠くをぼんやりと凝視している。

「へー、ムンタノムンタナム（ああ、私の子どもの子どもよ）」。お祖母ちゃんは厳かに言った。それから彼女は続けた。小さなささやき声で、彼女の足元に立っている私の方には目も向けずに。「この手紙のどこに書いてあるのかしら、差出人がフニウェだって」。そうたずねたお祖母ちゃんの目は、彼女だけが見ることができる遠くの何かに焦点をあてている。

私はお祖母ちゃんに署名を見せたが、紙のうえの殴り書きを見ても彼女には何の意味もないことは、よくわかっていた。お祖母ちゃんは顔をもみくちゃにした。両目を切り込みのように細くして、私が指さした場所をのぞき込んだ。見せたのが最初のあいさつだろうと、本文だろうと、締めくくりだろうと、まったく違いはなかったのだろう。しかし、お祖母ちゃんがこれらの文字のうえに目を走らせたやり方は、私を少しばかり不安にさせた。まるで、これらの文字の謎を彼女が本当に言い当てることができるかのよう。

私はお祖母ちゃんは満足したのだろうと思った。彼女はうなずき、咳払いをして、繕いものを再開するようなそぶりを見せたから。でも、私が後ろを向いて、小屋の奥のテーブルで私を待っているお椀の方に行こうとすると、再びお祖母ちゃんの声がして、私は動けなくなった。

「あんたは言ったね、孫よ。手紙はフニウェが自分で書いたのよね」

「そうだよ、お祖母ちゃん」

「それで、あの子にはこれから赤ちゃんが生まれるって書いてあるんだよね」

「はい、お祖母ちゃん」

それで会話はとぎれたけれど、私は自分がいた場所から動かなかった。というのも、今の質問でおしまいだとは思わなかったから。私は正しかった。ただし、次にやってきたのは質問ではなくて、所見、黙想だった。

「セシカリズベティ・ワセバイビレーニ、ンディフングバウェコバンダーヨ！（「高齢で奇跡的にヨハネを身ごもったという」聖書のエリサベトのお話が、もう一回はじまるというわけね、すっかり初めっから）」もぐもぐとはっきりしないコメントが続き、それからお祖母ちゃんは、もっと聴き取りやすいやり方で、再び大声をあげた。

「フニウェだって？　あんたが生まれる前に結婚した、あの子かい。フニウェ？　赤ちゃんが生まれるって」。それからお祖母ちゃんは私の方に向き直り、もう少し静かな声で、もっと直接的に、私にこう言った。「あの子は赤ちゃんが生まれたといってるのかい、それとも、これから生まれるといってるのかい」

私は答えた。「お祖母ちゃん、フニウェおばさんは、ここに来て赤ちゃんを産むそうよ」

「ここで？」お祖母ちゃんはそうたずねてから、即座につけ加えた。「いつここに来るというのかい」

「正確にいつとは書いてないわ。学校が終わったらすぐに、というだけ。だけど、そうよ、おばさんはここに赤ちゃんを産みに来るのよ」

「学校、学校だって？　あの子が学校と何の関係があるのかい。あの子はいつ学校の先生になったのかい」

私はお祖母ちゃんに頼まれて、その手紙をさらに四回も読んだ。それから、書かれていることを彼女がついに受け入れ、ニュースを信じるようになると、彼女の両肩は落ち、長く柔らかいため息が不動の唇のあいだから漏れてきた。太ももの上に置かれた両手は開かれ、弱々しい。両目は閉じられている。まさに内部の見えない蛇口を開けるために。静かな涙が大きなしずくになってお祖母ちゃんの震える頬をつたい、しわだらけの顔を洗う。言葉にならない謝意、たいそう心のこもった謝意をぶちこわしにすることを怖れた私は、その場に立ちつくしたまま、動くことができなかった。

しばらく時間がたってから、お祖母ちゃんはわれに返った。手の甲で顔をふいた彼女は、微笑もうとした。しかし、結局は新しい涙がこぼれるだけだった。すぐさま彼女は前かがみになり、足先に手を伸ばしてエプロンの縁をつかみ、それを裏返して顔に近づけた。

その日の夜、横たわって、温かくぼんやりした覚醒と、完全な意識の崩壊、忘却の淵への最後の飛び込みのあいだでまどろんでいたとき、精神の内側の奥深いところで「ガーン！」と鐘が鳴った。その引き金になったのは、前にお祖母ちゃんがしゃべったこと。

そうだわ。フニウェおばさんに聞いてみなくちゃ。イーストロンドンに行って、そこで高校の勉強をしてもいいかどうか。彼女のところで暮らすのよ。赤ちゃんの面倒を見てもいいわ。おばさんにはお手伝いが必要でしょ。赤ちゃんがいる人は、手伝いなしでは済まないはず。いつだって助けが必要なのよ。赤ちゃんを育てるのは、ほんとに大変な仕事なんだから。

その次の日、私は、自分の戦略のあらましを伝える手紙をチャイナに送った。

それから毎日、ときには一日に何度も、お祖母ちゃんは私に手紙を読み返すように言った。朗報を完全に信じてはいなかったのか、または信じることができなかったのか、それとも、ときたま疑いの発作に襲われていたのか、私にはわからない。だけど、お祖母ちゃんの振る舞いのおかげで、まだ会ったことがないおばさんに対する私の好奇心は強まった。私が生まれる七カ月前に結婚したというおばさん。私の救い主になってもらうことに決めたおばさん。母からの逃亡。チャイナに近いという、よりよい状態への逃亡。チャイナは、シスカイの寄宿制学校への入学を申し込むべきだ。私はチャイナへの手紙に、そう書いておいた。

お祖母ちゃんの存在に新しい生命力が吹き込まれた。お祖母ちゃんは家事に精を出すあいだ、ひっきりなしに鼻歌を歌っていた。いつもの日々の仕事は、電光石火の早業で片づける。彼女は新しい仕事を見つけだしては、猛烈な意気込みで取り組む。「毛布を干しましょ！　お客さんのシーツは清潔かい。ポットは光るまで磨いてあるかい。シンダ！（牛糞を塗って床をきれいにしよう！）おばさんはあと二日で到着する。おばさんが到着するずっと前に、お祖母ちゃんは興奮して死んでしまうんじゃないかしら、と私は怖くなった。グングルルで暮らして三カ月になるけど、お祖母ちゃんがこんなに興奮しているのを見るのは初めて。何かに取り憑かれた女。私はフニウェおばさんの到来に向けた情熱をお祖母ちゃんと分かち合った。なぜ私もそうなったかというと、私の心臓の柔らかい肉を休みなく裂いていたノコギリ歯のナイフが、つらい流刑以来はじめて、小休止したから。だけど私は、あえて希望はもたないようにしていた。私はこの引っ越しのせいで、あまりにひどく傷ついていた。私は希望をもつのが怖かった。これほど貴重なものが打ち砕かれるなんて、耐えられなかった。しかも、二度も。

さて、目を大きく見開いて、私はベッドに横たわっていた。毛布を足の方に飛ばし、興奮で目はぱっちり。チャイナは私の計画についてどう思ってるかしら。今頃は、絶対に私の手紙を受け取ってるはずよ。フニウェおばさんは私の提案に乗ってくるかしら。ああ、神様、おばさんはどう反応するんだろう。おばさんは、正確なところ、いつここに来るのかしら。

外が騒がしくなった。ついに動物たちが目ざめた。いつも怒りっぽく文句を言いながら目ざめるガチョウたちの鳴き声に呼応して、羊たちがベー、牛たちがムーと鳴き声をあげる。屋敷の裏側では木々が活気づく。鳥がさえずり、チュチュッと声を出す。孤独なフクロウがフー、フーと鳴いた。このフクロウはのんびり旋回してから、昼間の巣へと片羽根で滑空していくのかしら、と私は想像する。カーテンの隙間から、なお暗い山の峰々の上方へと、険悪な赤い霞のぎざぎざの断片が上昇していくのが見える。夜が明けた。

制服を着た子どもはいない。その前の日、先生は私たちに、普段着で登校するように言っていた。終業の前の大掃除があるはずだった。周囲を取り巻くまだら色の子どもたちの群れを見ていると、ふだんよりも大勢の子どもがいると誓っていいくらいだった。子どもの人数が膨れあがって、増殖したということかしら。私たちが身につけている普段着のせいかもしれないわ、と私は考え直す。何にせよ、確実なことがひとつある。この日の学校は普通の日とは違うんだ、ということ。授業さえいつもより早く終わって、お昼休みになった。その後、集まりが招集された。

学校の中庭は堅固な開拓地で、私たちの教室の円形小屋の群れのおかげで、永遠に吠え続ける南東の風から遮られている。そこで私たちは、じれったくてたまらない様子で待っていた。しきりにやりたいことがあって、騒々しい。じっと立っていることも、静かにしていることも、できない。ふだんの登校日にいつもそこに集まるのは、黒い体操着と白いシャツを身につけたひょろ長い足の女の子たちと、灰色のフランネルと黒いブレザーを身につけた男の子たち。いま自分がその一部になっている愚かな集団と、いつもの女の子や男の子たちの整然とした行列がほとんど似ていないことに、私はあらためて驚いた。五人の先生がやってきて、机でできた講壇に登って私たちの前に立つと、ちょっとした短い沈黙が訪れた。ＡとＢ、一年と二年、三年と四年という最初の六つの学年は、一人の先生が担任している。スタンダード五と六にだけ、それぞれの学年にかかりっきりの先生たちがいる。

私たちはしばらく静かにしていた。先生たちは、私たちが済ませたばかりの学期末試験の結果を発表するところだった。

クラス別。低学年のサブ・スタンダードＡとＢからはじまり、スタンダード六まで上がっていく。先生は生徒の名前と、そのクラスのなかでの順位を発表する。サブ・スタンダードの二つのクラスが終わったら、スタンダード一。それからスタンダード二。それから三。一四歳の私はスタンダード六だった。長いこと待って、ついに私たちの順番がやってきた。ソンツァ先生が先生たちの列から前に出てきて、名前を呼んだ。

「シドニー・ソクイェカ！」私の心臓は追いつめられた氷の塊へと化し、私の内部の何かを血が出るまでかきむしった。私は一番になることを期待してはいなかった。というのも、私は前の学校ではすごくよくできていたけれど、七月の初めにグングルル上級小学校にやってきてからは、すっかり取り乱したとまではいわないものの、ちょっとばかり当惑していたから。この数ヵ月ずっと、自分がビリになるとは思わなかった。でも、その考えが自分の頭のなかに植えつけられてからというもの、それは虫歯みたいに固着してしまった。そんなことありえないと自分で自分に言い聞かせたけれど、その考えを払い除けることはできなかった。救いようのない人、ほんとの劣等生、勉強について私とか他の誰かよりいい点をもらうなんてことは絶対にありえないような人たちというのは、いるもの。それでも、疑念が残った。私はどのくらいひどかったのかしら。自分のクラスには三三人の子どもがいる。ビリになったことなんて、これまで一度もない。これが最初になるのかしら。とつぜん、口のなかが渇いてきた。私はつばを飲み込もうとしたけれど、何も飲み込めなかった。もう一度私は飲み込んだ。まるで確かめようとするように。私の喉は、それでも頑固に渇き切ったままだった。

ちょうどそのとき、先生が名前を呼んだ。

「マンディサ・ントロコ、二番！」私の口から、騒々しい耳障りな空気の破裂音が飛び出した。そのときまで、私は自分が息を止めていたことに気がつかなかった。待っていた。自分がビリッけつになるのが怖かった。そうなったらお祖母ちゃんは何と言うだろう。チャイナは何と言うだろう。ああ、私はとても恥ずかしい思いをしたことだろう。チャイナはほんとにいい生徒だった。彼は、私とほとんど同じくらいいい生徒だった。私の昔の学校、私の本当の学校、ググレトゥのヴャニ小学校では。

大掃除と最後の連絡が終わったあと、下校になった。家への帰り道、私はすぐに、自分のグループを後ろに残して走り出した。谷と学校の通学路を往復するとき、私たちは谷を囲む尾根を越えて、二十人のグループで通学する。今日の私は、学校の友だちや通行人と一緒にぐずぐずしたりはしない。

私の足取りは速くて軽い。胸が高鳴る。だって、試験の結果にすごく満足していたから。お祖母ちゃんもきっと喜ぶだろう。チャイナも。そして、私にとっていちばん大切なのはチャイナ。

チャイナのことを考えると、私の両手は羽根になる。といっても、私の胸が高鳴るのは、十日間の学校の休み、そして試験でいい成績をとったことだけが理由じゃない。私のフニウェおばさん、母のたった一人の妹がやって来るんだ。学校が終わったらすぐ。手紙にはそう書いてあった。

途中まで帰ったところで、私は村の雑貨屋で立ち止まる。お祖母ちゃんが「嗅ぎ煙草」と呼んでいるエクストラ・ストロングズ、三倍強力なミント［入りのキャンディ］を、彼女に買って帰るため。そして、郵便物を確認する。

二通の手紙があった。ひとつはトウモロコシ色の封筒だった。自分のじれったさと興奮を見せないよう心がけながら、私はセテニ主人の手から手紙をひったくった。回れ右をしてドアまで行ったとき、私を引き止める声がした。この手紙は、先週私が彼に出した手紙への返事がもうきたということなのかしら。来年の計画についての手紙への返事なのかしら。

「エクストラ・ストロングズ!」セテニ主人が叫んだ。カウンターをバンと叩く音。セテニ主人はそれをカウンターの上に置いた。

お店から離れると、私はお祖母ちゃんのミントをしっかり片手で握って、全速力で丘を駆け下りていった。前方には早足で歩いている人たちがいて、はっきりと姿が見えた。あまりに近すぎて好きになれない声のざわつき、がやがや声。とくにチャイナからの手紙をもっていて、心臓に穴があいているときには。

彼から手紙が来なかったら、何カ月もの流刑を乗り越えることなんて、できなかったかもしれない。お祖母ちゃんが親切じゃなかったというわけではない。だけど、どうやって母がケープタウンのググレトゥから私を引っこ抜いて、この辺鄙な村に連れてきて放り出したかを考えるたびに、私の喉にしこりができる。私が大切にしているすべてのこと、すべての人たちから、遠く離れて。すでに話したように、私が冷遇されたとか、そんなふうなことじゃない。学校も悪くはなかった。ここでのすべてのことについて、母を許してもいいと思っている。でも、チャイナのことは許せない。彼女が私をググレトゥから連れ出したというのは、チャイナと離れ離れになったことを意味する。試験の成績がよかったのは嬉しかったけど、今でも感じる怒りのせいで、それも台無し。私が試験に失敗してたら、母にはいい気味だったのにね。当然の報いよ。私を学校から、大好きな先生たちから、友だちみんなから引き離したんだから。そしてチャイナから。

背が高くてハンサムなチャイナ。小さいつり目。短い髪の毛には櫛が入ったことがなく、それは、ぞんざいに捲き散らかした胡椒の実に似ている。互いに補完的ではない特徴の決然たる組み合わせ。それがどういうわけか、最高に心地よい結果をもたらしている。そして、あんなに素敵なスポーツマン。生徒からも先生からも、とても好かれていた。チャイナがいなくて、どんなに寂しいことか。

だけど今、私の胸は高鳴る。私の足取りは速くて軽く、ほとんど地面に触りもせずに、これまでの三カ月わが家と呼んできた円形小屋の集まりの方へと疾駆していく。だけど正直に言えば、私は家路を急いでいたというより、急いで他の子どもたちから離れようとしていたのだ。

お祖母ちゃんの家の手前の小山にたどり着いた。私はユーカリの木にもたれて座り、手紙を取り出した。私は封筒をトントンと注意深くたたいて中の手紙を寄せ、封筒の端が空になるようにした。それから、ゆっくりと開封した。ゆっくりと、注意深く。

四枚の手紙。きちんと三つ折りにしてたたんである。いつも几帳面な人。

手紙を開いた。見慣れたなぐり書き。彼には仰天することばかり。チャイナ。あんなにハンサムで、あんなに気品がある。それなのにどうしてこんな汚い字を書くのかしら。まるで蝿をインク壺に浸して、それを釣り出して、便せんの上を気まぐれに隅々まで這い回らせたみたい。

満月でもない限り、村の夜は漆黒の真っ暗闇で、足を踏み入れることもできない。おばさんは月が見えない夜に到着した。お祖母ちゃんは円形小屋のなかで、すでに床に就いて待っていた。戸外の純然たる闇のなか、おばさんがお祖母ちゃんの小屋に入る前に、私はおばさんが少なくとも母と同じくらい大柄だということを、見えはしなかったけれど、感じた。彼女が小屋の中に入ってくると、ほの暗いろうそくの灯りに照らされて、ミルクコーヒー色の肌をしているのがわかった。彼女の姉の肌色は、イシピンゴ［食用の小果実の一種］のような青っぽい黒色なんだけど。もっとも、あんな時間であんな光の具合だったから、これは確実な判断というより、むしろ曖昧な印象にすぎなかった。

次の日の朝。おばさんは自分の母親の寝室で彼女と一緒に寝ており、私はそこにコーヒーを運んだ。恥ずかしかったせいで、私は正面から彼女を見つめて、もっと詳細に吟味して、昨夜の印象が朝の光の下でも正しいかどうかを確かめることができなかった。私が彼女をじろじろ見ているのに気づかれたらどうしよう。行儀が悪いと思われるんじゃないかしら。だけど、目というのはそういうもので、自分で抑えをきかすのはとても難しいから、私は二度、彼女を盗み見してしまった。そのたびに、彼女が当惑して眉間にしわを寄せながら私の方を見つめているのが、私にはわかった。

おばさんの眼力は何て鋭いんだろう。グングルルで暮らして二カ月以上になるけれど、年期を積んだお祖母ちゃんが気がつかなかったことに、おばさんは気づいた。とはいえ、もっとよく考えてみると、おそらくフニウェおばさんがやったのは、苦い事実をお祖母ちゃんに見えないように覆い隠していた愛のベールを、引きはがしてあげた、というだけのことなのだろう。

「このククワナの子は、どういう調子なの」。私が小屋から出るとき、おばさんはお祖母ちゃんに尋ねた。ククワナというのは、母の少女時代の名前。

「なんでそんなことを聞くんだい」。お祖母ちゃんがそう尋ねるのが聞こえた。おばさんの言葉を耳にした私は、小屋を出たところで立ち止まり、ドアを閉めて聞き耳を立てていたのだ。心臓の鼓動が速くなった。どうして二人は、用心深い、慎重な声で話しているのだろう。

「母親は、いつ、あの子をここにやったんだっけ」

「六月だよ」と、お祖母ちゃんは答えた。

「三カ月前ね！」おばさんの声が、今度は少しばかり大きくなった。まるで動揺しているように響く。

短い沈黙が続く。見つかることを恐れた私は退き、急いでドアから離れた。しかし、すぐさまおばさんが尋ねるのが聞こえた。「彼女は、あれになってた?」

何だったというの。私は心で、その問いの中身を探った。何だったのだろう。なぜおばさんは、こんなに心配しているのだろう。彼女の声は本当に、不安に彩られていた。

「そんなこと、あたしにどうやってわかるんだい」。お祖母ちゃんの今度は苛立った様子の声が、台所の外側、私がちょうど立ち止まっていた場所にまで届いた。

今や二人とも怒った様子で、声はどぎつい調子になってきていた。私が立ち聞きしているかもしれないなんて、どちらももう気にかけなくなったようだ。これは、二人が話している内容があまり重要じゃないということを意味するのだろうか。私の耳に入れないようにすべきことじゃないということかしら。別なふうに考えていた私が間違っていたということかしら。

安心した私は、つま先立ちで近くに戻った。話し声から判断すると、二人は私が小屋を出たときにいた場所、お祖母ちゃんのベッドからは動いていないようだ。

「母さん!」おばさんの声を聞くと、彼女が興奮しているのがわかる。「何言ってるのよ。あれ、見なかったんじゃない?」

「何を見るのよ」。お祖母ちゃんは鋭く、怒った答えを返した。「知ってるでしょ、最近の女の子はもう布は使わないのよ。あたしに何が見えるっていうの」

沈黙。

私はそこに、どれだけ長く立っていたのだろう。両足は鉛のおもりになってしまった。お祖母ちゃんの言葉は、私が無視してきた、むき出しの恐るべき事実を提示していた。グングルルに来てからずっと一度も生理がなかったことを、どうして私は自覚していなかったのだろう。

ああ、責め苦のような審問。逆上した、無益な否認。ついに私は、ヒステリックにしゃくり上げながら、その場に泣き崩れた。

「そうなの、お祖母ちゃん」。私は息を詰まらせた。「私にはボーイフレンドがいるのよ」

それでも、私は真実に固執した。ちがう、ちがう、ちがう！　どうしてお祖母ちゃんとおばさんは、私にそんなみだらなことができると思っているのよ。悪いことなんて何もやってない、と私は二人に言った。明白に、何の曖昧さもなく私の罪を指し示している証拠があるにもかかわらず、私は猛然と身の潔白を主張した。

「私を信じてよ！」私は叫んだ。「お祖母ちゃん、それに、おばちゃん、恥ずかしいことは何もしてないって私が言ってるんだから、私を信じなきゃだめじゃない」

「そうね、私の子どもの子ども」、とお祖母ちゃんは答えたが、彼女の声は悲しみで重かった。「だけど、この件については、あんたは完全に正直でなきゃいけないよ」

正直？　でも、私はずっと正直だった。正直。私はお祖母ちゃんを見た。彼女の目をみつめた。長い沈黙が続いた。何を言っても無理だろう。私は自問した。二人はすでに最悪のことを信じ込んでいる。二人ともすっかり。ついに私は再び議論の口火を切った。

いいえ、母は男の子とのつきあい方を教えてはくれなかった。絶対に男の子とつきあうなとしか教えてくれなかった。絶対に。そう。そう。その男の子はどうやったらいいか知ってたわ。どうやったら私が安全でいられるか。いいえ。いいえ。一度も。彼は絶対に私の中には入らずに、いつも外側で、太もの間でやった。そう。そう。彼は私を尊重してくれた。本当よ。彼も私も、自分たちの家族の面汚しになるようなことはしたくなかった。彼のお父さんは平信徒の伝道者だし。

おばさんもお祖母ちゃんも、この少年が誰なのか知りたがった。彼の名前を。

「チャイナ」。そう私は言った。

「チャイナだって?」問いかけたお祖母ちゃんの眉が折れ曲がった。「どの家の子どもだい」。自分はそんな名前なんて思い出せないと、彼女は言った。チャイナというのは誰の子どもなんだろう、と。

「お祖母ちゃん、チャイナはここには住んでないわ」。私はそう説明したが、私がこの村でボーイフレンドをつくったと二人が思っていることを知って、驚きで目がつり上がった。

「彼はケープタウンに住んでるの」、と私は言った。

チャイナはインプンドゥル(火の鳥)だ、と私が言ったとしても、二人が受けた衝撃には変わりがなかったことだろう。

「だから言ったでしょ」。お祖母ちゃんはフニウェおばさんの方に向き直った。「この子はね、学校や教会にいないときは、ずっと家にいたんだから。ここで私と一緒にいるときは、いつでもこの子がどこにいるかわかってたわよ。夜はどうだって?」ここでお祖母ちゃんは声を大きくした。「夜はね、そりゃもう、この子は死人みたいに眠ってる!」しばしの沈黙。二人とも、たったいま話されたことを吟味しているみたいに、どちらもひと言も喋らなかった。それから再び、お祖母ちゃんが口を開いた。

「それで、私はずっとこう思ってたのよ。老いぼれの目だし、これは見まちがいだろう、何かのいたずらだろう、そんなことはありえないってね」

再び彼女は黙り込み、それからつけ加えた。

「ちょっと思い出してごらん。母親がこの子を連れてきたとき、この子は無傷だって言ってたのよ。母親がね、この子を検分したんだって、自分で言ってたのよ。だから、あたしには他に考えようがなかった」

「そうね」。フニウェおばさんは答えた。「そうね」。まるで自分に言い聞かせるように、繰り返した。

「待ってから確かめようって、私は思ったのよ」。お祖母ちゃんは続けた。「時間が経てばね、これまわしたパン生地は必ず膨らむでしょ。つまり、私にはわかってたのよ。遅かれ早かれすべてが明らかになる、明白になるということ」

「そうね」。再びフニウェおばさんは言った。おばさんの声は、あいかわらず当惑し、混乱しているように聞こえた。

お祖母ちゃんとフニウェおばさんの討議のあと、お祖母ちゃんは村の産婆を呼びにやった。年老いて歯が抜けた女で、肌は乾いたしわしわの羊皮紙みたい。賢い目つき。嗅ぎ煙草の匂いが充満する歩く袋。母がやったのと同じやり方で私を見るためにやってきた、年老いた女。私が言ったこと、恥ずかしいことは何もしていない、というのが正しいことを、彼女は目で見て理解した。しかし、彼女は別のものを見た。私が知らなかったこと、私が理解していなかったことを。彼女が自分が見たものを言葉にしたときでさえ、私にはまだ、彼女が何を言っているのかわからなかった。

この老婆は、こう言ったのだ。「ウタケルウェ！（飛び込まれたんだね！）」

百歳まで生きたとしても、私は絶対にあの頃のことを忘れないだろう。あの老婆がたったひと言、「ウタケルウェ」と発したのに続く最初の日々。

産婆の言葉を聞いた次の日、マルメは町に行って、母を村に呼び戻す電報を打った。それは、私の内部の赤ん坊が自分の存在を告げた日でもある。とつぜん私のお腹のなかで、深い眠りから覚めた鼠が、ほんの少し、ためらいがちに動いた。ゆっくりと、徐々に、胎動は攪拌から激動へと変わっていった。同じくらいに当惑させられたのが、私の心の内部の呼応する感覚。それは正体不明の強力な感覚で、あまりに怖くて名前を与えることができない。しかし、私は全身が活気づいていた。そして私は、心のなかでにっこり笑ってしまうのを自分に隠すことができなかった。

その二日後、借りた車に乗って母がやって来た。運転手の男は私が知らない人。彼女は押し黙ったまま説明を受けた。何も見ずに目をかっと開いたまま、母は沈み込むようにお祖母ちゃんの肩にもたれ、耳に入る言葉が彼女にはほとんど、というよりまったく意味をもたないかのような様子で聞いていた。

そして、洪水がやってきた。涙の奔流が抑制なくほとばしり、頬を伝っていく。それから、むせび泣きが続く。愛する、栄誉ある親族の死を告知するかのように、母は慟哭した。

「教会の人たちは何て言うかしら」。母はむせび泣いた。「みんなはあたしのことをどう思うかしら」。家族の不名誉のせいで、自分は絶対に死ぬわ、と母は言った。

これは悲しい事故なのであって、家族には恥じるべきことなど何もない、とフニウェおばさんは母に念を押した。「この子はね、家族の名前を汚したわけじゃないのよ」

「ああ、あんたは何も知らないのよ」。母はむせび泣き続けていた。「あたしの敵どもは大喜びするわ。あの人たちはこれから、私を笑いものにするのよ」

「そんな了見の狭い、さもしい連中のことなんて、どうして気にするの」。おばさんは尋ねた。「笑わせておきなさいよ、次はその人たちの番よ。今やんなきゃいけないのは、この子の面倒を見ることでしょう」。おばさんは私の方に向かってうなずいた。「今はこの子を支えて、守ってあげなきゃ。この子がどう感じてると思ってるのよ」

感じ? 私はしびれて、何の感覚もない。母がやってきて、こんなふうに反応したことで、わずかに残っていた最後の感覚が枯渇してしまった。恐れ。恥。怒り。これらすべてのものと他のものがごたまぜになって、ひとつの強力な考える液体をつくり出し、それが血液の代わりに体を流れる。あのときの私よりも、死体の方がもっと感覚らしいものがあることだろう。それは確かよ。私が処女だということを産婆が確認したという事実も、母にとってそうであるように、ほとんど慰めにはならなかった。私は妊娠してるんだから。私はいったいどうなるんだろう。こんなに状況が変わってしまって、尊い処女性なんて何の役に立つのかしら。死ぬことができたらいいのに、と思った。すぐさま、その場で。それほど恥ずかしかった。それほど怖かった。私の世界はまるごと崩壊し、何も残らなかった。

だが、おばさんの懇願、お祖母ちゃんの助言と忠告にもかかわらず、母が慰められることはなかった。彼女の気持ちが動くこともなかった。言葉によっても、行為によっても、娘は罪のない犠牲者であって同情に値すると思っている、と母が示唆したことは一度もなかった。

どうしてこんなことになったんだろう。いったいどうやって、チャイナの「命の水」から出てきた

「おたまじゃくし」は、私に何も感じさせないままよじ登り、内側に入ってしまったんだろう。そうやって私の体内に入ることなんて、ありうるのかしら。

フニウェおばさん。私は彼女の訪問にたいそう期待をかけていた。大きな計画をたてて、彼女の善意をあてにしていた。しかし、おばさんが到着した日のまさに次の朝、これらの大きな計画がバラバラになっただけでなく、私の人生そのものが急停止してしまった。私の知っている人生が。私がそれまでに知っていたすべてのことがブルドーザーで押しつぶされ、消し去られ、木っ端みじんに砕かれてしまった。何も残らなかった。残らなかった。かつてそうだったもの、そう思えたもの、あるいはそうなろうとしていたもの。ほんの少し前まで。たったの数日前まで。

三人の子どもたちが、私の子宮から生まれました。三人とも母親は私だと主張しています。三人。ところが、あなたの娘さんの不幸な死のあと、私は他にも多くのものの母と呼ばれています。獣の母。蛇の母。パフアダー［毒蛇］の母。悪魔の母だとまで言う人びともいます。

私は知っています。刺すように痛む母親の心をもつ私は、知っています。これらの名前はすべて、私の子どもたちの一人を指しているのです。あの子は私の乳首にすがりついた最初の子ども。招かれてもいないのにやってきて、私の父の家に恥という報酬をもたらした子ども。母親の誇り高い心に痛恨の涙をもたらした子ども。

8

ケープタウンに戻る旅は、ほとんどの時間、緊張し、ぶざまで、悶え苦しむ旅だった。人通りの少ない長い脇道を、借りた車がガタガタ走っていくあいだ、旅は堅苦しい沈黙に満ちていた。私たちは幹線や大通りを避けて走ったが、運転手によれば、それは交通警官の嫌がらせを恐れたからだという。「当然だろ、黒人が運転する車を止めるのはいったい誰だと思う?」

運転手は腕は確かだけれど口数の少ない男で、カーラジオからパチパチと雑音混じりに聞こえてくる音楽にあわせて鼻歌を歌いながら、とても満足そうにしていた。交通警官について話をしたときの様子が、彼を見たなかではいちばん生き生きとしていた。どの道路をどんな理由で選ぶかという戦略が決まってしまうと、彼は滅多に喋らなかった。例外として彼の口から出た言葉は、母が何か食べ物をあげたときの「ありがと！」または、尿意をもよおして車を路肩に止めなければならなくなり、車の近くでそり返ったり、近くの茂みのなかに入ったりするときの「失礼！」

「見ろよ！」

叫び声で私は目が覚めた。ぎくっとして、自分がうたた寝していたことがわかった。

「見てるかい！」

何でまたこんなに叫んでいるんだろう。あまり関心を示さずに、私は窓の外を見た。何もない。牛たちが怠惰にかがみ込んで草を食べている。何百頭もいる。といっても、牛の群れなんてものは、みんなを興奮させるような風景ではない。

「この牛がぜんぶ一人のボーアのものだなんて、信じられるか？ 俺たちは一時間以上も、ひとつの農場のなかを飛ばしてきたんだぜ。その男がトランスカイの半分くらいの広さの土地を自分のものにしているんだ。違うか？」

驚き、驚き、驚き！ 口数の少ない運転手が突然すっかり多弁になった。彼はひたすらわめき続け、母はときどき「ふうむ」と声を出した。運転手（私は旅の間じゅう彼の名前を知ることがなかった。母は彼をムントゥウェンコシ、つまり「神の男」と呼んでいたが、それは意味のない言葉だった）は、どうやってボーアが一匹の動物も持たずに、ずっと昔にこの国に到来したかについて、話を続けた。

「動物たちを俺たちから盗んだんだよ。ぜんぶ俺たちから。こんな農場をどこで買うんだい。銅の腕飾りで買うのかね」

「ふうむ！　ふううむ！」

細長い洞窟のような車は、ガタン、バン、バン、バンと揺れながら走った。きゃしゃな骨格の運転手は、ハンドルにしがみついて体を丸めている。母は助手席のドアにくっついてうずくまり、私は二人の後ろに座っていたけれど、運転手の真後ろには座らないようにした。そうなったら母が座っているところの対角線上になって、母が振り返ったときに直接対面してしまうことになるから。同時に私は、母のすぐ後ろに座りたいとも思わなかった。そうなると母に近すぎて、気まずくなってしまう。私の勘違いかもしれないけど、母も私の近くにいたいとは思っていないような気がした。ラジオの音楽は静かじゃなかったけど、三人のあいだの沈黙はもっとうるさかった。ほとんど音楽を圧倒するくらいだった。それは濃厚で手で触れられそうな感じで、私たちにまとわりついていた。それは私たち一人一人を、恐るべき、耐えられない不安の繭のなかに包み込んでいた。

母がこの重く憂鬱な無言状態を破るときは、とりつかれたような声、自分が何か想像もできない苦痛を経験したと世界中に訴えるような声を出した。列車事故か何かで夫と両親を母が一度になくしたとしても、彼女がこんなに暗い顔をして、目をびしょびしょに濡らすとは思えない。彼女はあごをこわばらせており、ときおり歯ぎしりが聞こえるくらいだった。実際、帰りの旅は、拷問のような行きの旅のときよりも倍ぐらい長かった。行きの旅は、困難で苦しく、つらい旅だと思っていた。恐るべき旅だと。今の旅とくらべれば、あれは暑い夏の日の一切れのスイカみたいなもの。

ケープタウンでは、状況はもっと悪くなっていった。私をグングルルに送り出す前の母は厳しかったけれど、私が戻ったあとの母による拘束は、ほとんど笑ってしまうくらいだった。私は自宅で暮らす囚人だった。日没から数時間後の真の暗闇から、夜明け前のいっそう重たい闇までの時間を除いて、母は私がトイレに行くのも禁止した。昼間はしびんを使うよう強制した。ご近所さんとその噂話を母はそこまで心配していた。実際、母は私に、巣で卵を温める雌鶏みたいに私を保護していた。母は仕事にさえ行かなかった。私の早まった帰宅に続く一週間、母は、あとになって思えば、二週間の休暇をとっていたに違いない。あの長くて果てしない日々。拷問。食事中は静かで、ぎこちなかった。だが、たとえ食欲を失っていなかったとしても、食べ物を喉に入れるのは難しかったことだろう。

私たちがケープタウンに着いたのは土曜日の早朝。村の老婆マドロモがお祖母ちゃんに「ウタケルウェ！（飛び込まれたんだね）」と告げてから、一週間が経っていた。私たちが到着してみると、母がいない間にノノが赤ん坊を産んでいた。子どもにすでに名前がつけられているのを知って、母は激怒した。自分たちカヤの両親に相談もせずに名前がつけられている。そのうえ、その名前はノブルムコ（知恵の母）というのだが、母によればそれはカヤの一族への当てこすりだった。この名前は、私たちが狡猾かつ陰険に、器用に、あるいは賢明に、または賢明という言葉の悪い意味をとれば、ものがわかった偉そうなやり方で、ノノの一族を扱ったことを意味するのだという。

最初の日はずっと、私は父の顔を見るのが恐く、その一方でチャイナに会いたくてたまらなかった。少なくとも、私が帰ってきたことをチャイナに伝えたかった。事態の展開を伝えたかった。午後に帰ってきた父は、私の寝室には誰もいないかのように、まるで私は村から帰ってきていないかのように、家のなかを歩き回った。丸ごと一日、私は家のなかの寝室に閉じこめられていた。母の家事を手伝うことさえ許されず、私は寝室の端っこの、家に戻ってからずっと座っていた場所に、孤独に座っていた。長い車の旅を終えて体中の骨がずきずき痛んでいたけれど、恥ずかしくてベッドに横になることができないまま、私は部屋の端に座っていた。楽しそうにしていたり、自分が陥っていた不幸な状況をわずかでも利用したりしているというふうに見られるのが、恐かった。ああ、チャイナが来てくれさえしたら。しかし、そんなことはありえないということが、私にはわかっていた。自分の方からは会いに行けないことも、わかっていた。翌日は日曜日だったけれど、母は教会にさえ行かなかった。母の視線は南京錠よりも強力だったから。実のところ、私はどこにも行けなかった。だけど、母の存在にもかかわらず、母の不気味な行動にもかかわらず、何か奇跡が起こってチャイナが来てくれるかもしれない、と私は望みをかけ続けた。彼は聞いていないのかしら。母の警戒にもかかわらず、チャイナは私が戻ってきたことを知っている、とにかくそのニュースを耳にしている、と私は信じていた。電報みたいにすぐ伝わる居住区の噂話はそのくらい強力で、そう信じる私の気持ちも同じくらい強かった。そのうえ、私たちの家の壁はナイロンのように薄い。タウンシップの外からのお客さんが、家の主人に、ふつうの声で会話できるようにラジオの音を小さくしてくれと頼んでみると、この大音響はお隣さんのラジオですよ、と知らされるようなことがよくある。

しかしチャイナは来なかった。土曜日には来なかった。日曜日にも来なかった。私たちがケープタウンに戻ってから二度目の日曜日を含めて、次の週まるごと七日間、彼は来なかった。今回も、母は教会に行かなかった。

父は私の存在を完全に無視し続けた。私は自分が存在しないと思わせようとした。父が仕事から帰ってくる頃になると、すぐに私はさっと身を隠し、寝室の中に引きこもったのだ。父にとっても、これは都合がよかったようだ。父が私のことを、または私の所在を尋ねているのが聞こえてくることは、一度もなかった。

昼間は家に閉じこめられていたから、チャイナが彼の家の裏庭にいるところを目撃できる可能性は、これっぽっちもなかった。夜になっても窓は頑固なくらいに静かで、平静なままで、爪でガラスをひっかく音が聞こえてくることはなかった。こんなによく覚えている音なのに。あの音はとてもはっきりと心の中に残っていて、ものすごく明瞭なので、私はときどき音がしたんじゃないかと想像することがあった。そして私は、深い眠りから覚める。何度もあった。音が聞こえたと思ってベッドから起きて窓の方に行ってみるのだが、人気のない真っ暗な窓にあざけられ、笑いものになる。さらに悪いことに、室内に灯りがついていると、自分の間抜けな顔ににらみ返されてしまう。

母に課された行動制限のおかげで、ケープタウンに帰ってきてから二週間のあいだ、私はチャイナに会うことができなかった。チャイナが私にやったことの損害賠償について話すために、父さんたちがチャイナ側の人たちのところに会いに行くまでは、彼と会ったりしてはならないというのだ。母は私に単刀直入にそう命じた。母の言葉の背後にある理屈が、私には理解できなかった。

「彼は知らないままの方がいいのかしら」

「ああ、知ることになるわ、そりゃそうよ！」私にはわかった。母は、私の家族の男たちが私をチャイナの家に連れて行って、人びとの前で申し立てをするときの話をしているんだ。

「あたしの方から話した方がいいんじゃないかしら」。申し立てをする「前に」という一言を、私は加えなかった。

「どうして?」眉をひそめて、母が尋ねた。

「これって、あたしだけじゃなくて、彼の身にも起きたことなんだから」。そう私は言った。

「あの犬野郎に、いったい何が起きたっていうのよ」。母は唾を吐いた。

私は肩をすくめ、麻酔をかけられたように無感覚になって、私がそれまでやっていたこと、床のふき掃除を再開した。というのも、母は、私が外でうろつくのは望まなかったくせに、家のなかでさんざん私を働かせようとしていたのだ。

「あなた、体を動かさないとね」。母はそう言った。「あなたみたいな状態の人は、運動するといいのよ」。赤ん坊が生まれるまで、母はただの一度も「妊娠」という言葉を使わなかった。私が理解するところでは、これだけ遅い段階になってからでも、いまだに私たち二人は「状態」が消えてなくなったらいいのにと願っていたのだ。

その後、ある眠れない夜、私はチャイナに短い手紙を書きなぐった。それをどうやって彼に渡したらいいかよくわからなかったけれど、準備するに越したことはないと心に決めた。こうしておけば、いつ機会が到来しても、私は行動できるだろう。そんなチャンスは、まったく訪れなかった。母が自分から家に引きこもっていた一週間のあいだは。

しかし、ついに母は仕事に戻った。

「いいわね、覚えておくのよ」。彼女は言った。「あの男の子と接触しちゃだめ」。チャイナの家族の面前で申し立てをする前に彼に会うのは、得策じゃないし、危険だ、と母は私に何度も告げた。チャイナはあらゆる種類の口実を編み出し、たくみにごまかして責任逃れをしようとするかもしれない。彼には奇襲をしかけなければならないのだ。母によれば、そういうこと。

母が出かけたのを確かめると、私はすぐに食事部屋の窓のそばに行って、外の通りを見た。内側の分厚いカーテンと、外側の薄くて透明なレースのカーテンのあいだに入ると、外側からは気がつかれないままで、通行人を見ることができる。

私は待った。しかし、母は遅く家を出たので、学校に通う子どもたちはすでに通り過ぎていた。だから、絶好の機会が訪れたのは、ようやく午後のことだった。

ジーンとジョーン、近所の八歳の双子の女の子が通りかかった。他には誰もいない。

私は窓ガラスをコツコツと叩いた。手招きをする。唇に指をあてる。

二人は驚いて、いっせいに目をぱちくりと開けた。私が戻っていることを知らなかったのかしら。それとも、私に出会うなんて予想もしてなかったということかしら。

私がドアを開けると、二人がやってきた。

私を見て、二人はさらに目をぱちくりさせた。私の体まるごと、今では明らかに妊娠しているのを見て。

「おねがい、これをチャイナに渡して」。私はそう言って、手紙をジョーンに渡した。ジョーンの方が妹よりも状況を冷静に受け止めているように見えたから。

「いつ戻ってきたの」。彼女は腕を開いて、そう尋ねた。

「先週よ」

「へえ!」二人が声をそろえた。

「他の人に渡しちゃだめだよ」。私はそう言って、手紙を指差した。

「わかった!」そう答えたのも、ジョーンだった。ジーンは言葉を失っていた。責めることはできないわ。私のこと、どういうふうに聞いていたのかしら。

「あ、待って」。ドアの方に引き返そうとしていた二人を、私は呼び止めた。私は寝室に入った。それから戻ってみると、ジーンはドアのちょうど内側に立っていたが、ジョーンはドアと門の中間地点、戸口の段々のうえを選んで待っていた。そこで私は、ジーンの方に二〇セント渡した。

「フェトククか、甘いお菓子でも買ってちょうだいね」

「ありがと! ありがと!」二人は一メートル以上離れていたはずだけど、完璧に声をそろえて言った。


二人が視界から消えた後、まだ私は彼女たちが去っていった場所に立ちつくし、あの子たちはチャイナを見つけてくれたのかしら、と思っていた。すると誰かが裏庭のドアから騒々しく家に飛び込んできた。お兄ちゃん、カヤかしら。

「マンディサ!」

この耳ざわりな声。間違えようがないわ。

「マンディサ!」チャイナは台所から叫んだ。彼が私の目に入る前から、あるいは、私が彼の目に入る前から、彼は叫び声をあげていた。

「ここよ。お入りなさい」。私は言った。私は手紙のなかに、自分が一人だということを記しておいた。私がいる食事部屋まで、大またの急ぎ足で、つまずきながらやってくる。彼の足音が近づいてくるのを聞きながら、私の心は乱暴によろめき、あふれる興奮の波が打ち寄せてきた。彼がここにいる。ここにいるのよ。それから急に、冷たくてうんざりする恥ずかしさがやってきた。急に私は、自分がどんなに違って見えるか、彼の目に私がどう映るかということを、思い出した。チャイナが部屋に飛び込んできた。私は椅子から立ち上がった。準備はできている。あいさつ、抱擁、それともキス。

あいさつはなかった。まず私は、彼が何か言うのを待った。あいさつするだろうと期待して。彼が何も言わなかったので、私の方のあいさつは喉のなかで凍ってしまった。

チャイナの顔が、とてつもなく堅い木を彫ってつくった仮面みたいになったのを見て、彼の足音を耳にしたときに心に湧いたあいさつの言葉は、喉のなかで枯死してしまっていた。

心が沈んだ。こんな難事は予想もしていなかった。今さらながら、母の言葉を思い出した。結局、母さんが正しかったのかしら。チャイナには気をつけないといけなかったのかしら。彼を信頼したのは見当違いだったのかしら。彼は私に敵意をもつようになるのかしら。でも、どうやって。なぜ。

私が最初に口を開いた。彼にすべてを話した。この新しいチャイナの石のような沈黙の前では、これは本当に短い説明だった。話している最中にも、彼のみかげ石のような表情のなかに、私は抵抗を読みとることができた。自分が父親になるなんて聞きたくなかったということが、私にはわかった。初めて親になると知ったとき、自分がいかに当惑し、恐れおののいていたか、一週間以上たっていたおかげで忘れてしまっていた。なおも私はそのことと、いってみれば自分自身と、格闘していた。よろめき。ときどき私は、自分が空想の世界に入り込んでいるのに気づいた。すべてが恐るべき錯誤だったと信じ込む。そして、私は目が覚めて、すべてが悪夢だったことに気がつく。

「ちがう!」私が説明をやめたとき、自分たちが置かれている状況を説明するのをついにやめたとき、彼はそう怒鳴った。

「ちがう」。彼の声は低く、ひそひそ話と変わらないくらいになっていた。私がよく覚えていた最愛の瞳は、単なる裂け目へと化し、閉じているように見えるまで狭まっていた。だが、信じられないことに、これらのほとんど気づかれないような裂け目から、淡いけれど破壊的な炎の舌が放たれている。

「マンディサ」。チャイナは非難がましく、より大きく力のこもった声を出した。彼は歯を食いしばり、きっぱりとこう言った。「おまえにそんなことをした奴を、探し出して来い」

冷たい手が私の小さい心臓をつかみ、それから、絞りつぶした。

「チャイナ」。急にしわがれてしまった声で、私は彼の名前を呼んだ。

「チャイナ」。私は繰り返した。「ちょっと聞いて。お願い、お願いだから、ちょっと説明させてちょうだい」

「自分に向かって説明したらいいだろ、マンディサ! 自分の心に向かって説明したらいいだろ、俺じゃなくて!」チャイナはわめき、私に背を見せ、ドアの方に顔を向けた。

私はひどく驚き、彼の硬直した背中を見やった。この人は何を言ってるんだろう。どうしてそんなことが言えるの。何を言いたいの。どうして私に背を向けるの。去っていくつもりかしら。どうしてそんなことができるのかしら。しかし、チャイナの方はまだ終わってはいなかった。「君もよくわかってるだろ、俺は、君のお腹の中に入ってる奴とは何の関係もないんだよ！」彼は肩越しに、そう言った。

私の膝ががくりと折れた。前のめりになって、体を支えるために椅子の背につかまると、無意識のうちにあえぎ声が出た。ところが、私の動きは不格好で急なものだったために、椅子は床のうえで跳ね飛ばされ、私は酔っぱらいみたいに千鳥足になり、膨張したお腹を下にほとんどぺしゃんこにひれ伏すことになった。

騒々しい動きにチャイナはびくっとした。彼は完全にこちらを向き、再び私に顔を向けた。といっても、彼は、私とのあいだにつくりだした距離をまったく埋めようとしなかったのだけれど。

物理的な痛手、というより彼の言葉のせいで、私は息を切らせた。再び立てるようになった私は、彼の言葉と、その言葉が発せられたときの猛烈さに打ちのめされて、何も口にすることができないまま、チャイナが私から去った場所に立ちすくんだ。まるごと一分のあいだ、どちらも一言も喋らなかった。

「チャイナ」。いまや、いらいらと恐怖感がぶつかりあう。彼にわかってもらわなくちゃ。理解してもらわなくちゃ。「それは、それはそんなことじゃないのよ、ぜんぜん。ぜんぶ説明するわ、だから私に……」しかし彼は、私が言おうとしていたことを最後まで話させなかった。私の言葉をきっかけに、彼は瓶のなかから出てきたようだ。

「僕は来年、寄宿制の学校に行くつもりなんだ」。チャイナは言った。彼の声は単調で、喜びも悲哀も込められていなかった。そこに、悲しみや後悔の気配は感じられなかった。

私は目をぱっちりと開いた。驚いたわけではない。ただ私は、チャイナに涙を見せたくなかったのだ。私は目を見開いて、両目をふくらませる涙を散り散りにした。瞼のあいだの広がった空間がひりひり焼けた。

「マンディサ」。チャイナは言った。私の反応を読めないでいるのがわかった。私がまだ口をつぐんでいることがわかると、彼は続けた。

「先生たちが、僕が奨学金をもらえるように応援してくれたんだ。僕は賢くて、もっと勉強を続けるだけの価値があると思ってくれてる。それに、父さんもすごく協力してくれてる。父さんが、僕を全面的に支えてくれてるんだよ」

私には、チャイナの無神経さが信じられなかった。私が学校を中退しよう、赤ちゃんをつくろう、そうやって彼の妻、または誰かの妻になろうと望んだなんて、本当にそう思っているのかしら。勉強を続ける計画が、私のほうにはぜんぜんなかったとでも思っているのかしら。

私はそこに立っていた。足は一トンの重みを支えていた。私はそこに立っていた。重い石が飛んできて、私の心臓の内部に撃ち込まれた。チャイナが自分の計画、自分の難儀を忙しく説明しているあいだ、私は自分がほんの少し前まであんなに憧れていた少年の、別の一面を見ていた。チャイナはうぬぼれ屋。利己的。そして弱い。下劣な野良犬。

すべての鬱積した失望と当惑、そして過去十日間の恐怖がこみ上げ、すべてが勢いよく合流して巨大な怒りの波へと変わった。畏《おそ》るべき轟音に私の鼓膜は破れそうになった。

「なによ、あんた!」わざとじゃなかったけれど、私には自分が叫び声をあげていることがわかった。

チャイナの小さいつり目が飛び出した。両目がほんとに大きくなったので、これまで見たことがないくらい奇妙になった。こんなに激怒しているのでなければ、私は笑い出していたことだろう。

私は両手をいっぱいに広げながら、彼の方に、大またで歩いていった。

彼は後方に大きくジャンプして、ドアの取っ手をつかみ、ドアを開けて、外に出た。

息を切らせ、彼を見つめながら、私は食事部屋の中央に立った。私は唐突に、彼が開けっ放しにしたドアの方へと進んでいった。

チャイナは門の方へと飛び跳ね、猛烈に頭にくるくらい安々と、そこに着地した。彼は門のすぐ内側のところに立った。次に何をしたらいいか、どうやって前進したらいいかわからない様子で、そこに立っていた。数分のあいだ、私たちは互いに見つめ合った。愛情はなかった、私を見つめる目には。その瞬間、私は彼を殺していたかもしれないと思う。それが可能なことで、非合法じゃなかったら、そのせいで牢屋に入るようなことじゃなかったらの話だけど。そんな選択肢を考えることはできなかった。求めたわけでもないのに、もう十分に厄介なことになってるでしょ。

「もう嫌よ」。私はシッと声をあげ、それから黙り、また続けた。

「もう二度と、この家の敷居をまたがないでちょうだい！」それ以上言葉を続けることもなく、私は回れ右をして、ふらふらと歩いた。私のような状態では難しいことだったけど、ベストを尽くしてやりとげた。後ろを振り返ることもなく、私は歩き去った。彼が開けっ放しにしたドアを開けたままで。自分の妊娠を知るのは苦々しいことだった。でも、チャイナの裏切りは、丸々ふくれたアロエの葉っぱでつくった、腫れあがった濃厚なジュースみたいなもの。

怖れていた日がやってきた。すでに六カ月が過ぎ、私はチャイナの家に連れて行かれた。

それは行進というものとはちょっと違っていた。私は一、二メートルほど先を歩いた。三人の男、私の叔父たちが、ゆるやかな集団になってついてきた。そのうち二人は父の弟たち。つまり「真ん中の父さん」と、「下の父さん」で、パイプをふかしている。一方、「母の弟おじさん」は、両手をズボンのポケットに深く突っ込んで歩いている。

短い道を、チャイナの家まで下がっていく。私たちを待っている人びとがいた。

三人の若者。たぶん三十代だろう。そして白髪でスーツを着た、もっと年上の紳士。色あせているけど、それでもまだスーツ。ここはググレトゥだというのに。今日は土曜日だというのに。それと、何ともいえない資質。彼には何かがあるんだけれど、何だろう。この白髪の紳士は他の人とここが違うんだよ、というふうに指で示すことはできなかった。彼は学識があるように見えた。彼のすべての物腰が、彼を他よりも卓越した存在にしていた。準備段階のちょっとした会話、元気かね、どこから来たんだね、といった会話が交わされるあいだ、彼は沈黙していた。口を開いている人びとを順番に見やりながら、彼はときどき、鼻の横を指でさすっていた。

「どうしてあんたたちは、この娘をここに連れてきたんだい。いまにも生まれそうなのに」。私たちがここに来た理由を陳述すると、チャイナの側に立って交渉するように選ばれた若い男の一人が、そう尋ねた。私たちが来た理由は陳述されなければならなかった。私たちはすでにその内容を伝えており、だから四人の男たちがいて、待っていたのだけれど。

この質問を私のグループは予想していた。私の叔父たちの一人が、私の状況の特殊性を説明した。後になってわかったということ、母から遠く離れていたということ、そして大爆発。私が相対的に純潔であること。

「この娘が、いったい何なんだって？」

「この娘は入られてない。まだ無傷なんだ」。母の弟が説明した。

「誰がそのことを証明できるのだ」。四人のなかの年長の紳士が、怒ったうなり声をあげた。この人の声を聞いたのは初めてだった。深い低音。低いけれど雷鳴のよう。

「女たちがこの娘を見た。無傷だという話だ」。真ん中の父さんが、真面目な声でそう言った。

「だが、この娘はどこまでやったんだね」。年配の紳士が、低い声でそう尋ねた。再び指を鼻の横で忙しく動かす。両目が蟹のように飛び出している。

行ったり来たり、行ったり来たり。議論が続いた。最後になって、スーツを着た男が私の父たちにこう言った。

「すぐに結果を知らせよう。まずは、氏族がこの件について集まりをもつことになる。お答えする準備ができたら、お会いしよう」

帰りの道すがら、小さなグループの討論は、私たちは最悪の打撃を受けたわけではないというところに集中した。チャイナの側の人びとは、自分たちに責任はないと徹底的に主張したわけではなかった。

「傷ものになった」若い女性の家族が毛嫌いする言葉、「生まれてくる子を見たらわかる」という言葉は、出てこなかった。この言葉は女の子の振る舞いに疑問を投げかけるもので、その男の子だけが関係しているわけじゃなかろう、という意味である。そう。チャイナの家の人びとは、少なくともこの点では、私を思いやってくれた。とはいえ、彼らが懸命に責任を取ろうとしているというわけではなかった。彼らは、損害を賠償するのみならず私を嫁として引き取るとは、つまり、ベニュケ・ネンガーロ（手のところでは止まらず、腕のうえまで上がる）、とは、言わなかった。だから、叔父さんたちは少しばかり不満だった。私の不満は、チャイナをちらりと見ることさえできなかったこと。彼が二度目のチャンスを与えられるとしたら、私にもう一度会うとしたら、絶対に気分を変えるのではないか、というしつこい疑いが心に残った。とくに今だったら、すべてのことをじっくり考えて、予想できなかったことに適応するだけの時間が経っているだろうから。だから、へとへとになって家まで歩く最中にも、私はどれほどあの軽率な言葉について反省したことか。「もう二度と、この家の敷居をまたがないでちょうだい！」

私が次の機会ににチャイナに会ったとき、私は妊娠八カ月で、風船のように大きくなっていた。そこは司祭様の執務室だった。マーク・サヴェッジ師がこの件を自ら担当していた。彼は白人の司祭だった。したがって彼は、チャイナにも、その父親にも、その他の誰にも、彼の真実を納得させる必要などなかった。それは、ありのままの真実だった。彼が身にまとっていたのは二つのことだけ。白人。神に仕える者。単刀直入かつ無遠慮な言い方で、彼はこう言った。「息子よ、君はこの少女と結婚する。君は洗礼を受けた。君はキリスト者だ。キリスト者は正しいことだけを行う」。この状況のもとで正しいことというのは、私のお腹の中の赤ん坊の父親が、私と結婚するということ。

そのあとに残ったのは、形式的な手続き。何よりもロボラ［結納］。新婦のドレスも慌てて縫いあげなければならなかった。そして、新しい生活に必要な他のすべての家財道具。

チャイナも、身分を変える必要があった。少年が妻をめとることはできない。彼は割礼を受けに行かなければならなかった。そこで、彼はいなかに行った。少なくとも、まるごと一ヵ月。彼が戻ったらすぐに、私たちは結婚することになっていた。

自然は神の秩序に従う。予見できる。毎日、太陽の光線が暗い夜を貫通し、新しい日を絞り出す。それを止めるものはない。それを妨げるものはない。それを遅らせるものはない。二つの氏族が互いに論争し、戦い、非難し、貶めあっているうちに、私の予定日がやってきた。その日取りは、この頑固な子どもへと育った種子が私の子宮へと貫通してきたときに、運命づけられたもの。私がそう言ったわけでも、私か他の誰かが招待したわけでも、励ましたわけでもないのに。まだあちこちで、この子の両親の結婚に関する交渉が進行中だったときに、彼はやってきた。外の準備や都合にはまったくおかまいなしに、法的な、そして宗教的な取り決めをあざ笑いながら、彼はやってきた。

一九七三年一月四日、私の息子が生まれた。体重は八ポンド四オンス。妊娠の間じゅう、私は彼に複雑な感情を抱いていた。ときどき怒り、ときどき喜び。だが全体としては、いちばん優勢だったのは怒りだと思う。彼が実際に生まれたときも、いいことはなかった。たまらなく痛く、獰猛なサメの顎で体をばらばらに切り裂かれ、お尻から下の感覚がなくなり、死んだように麻痺する一方で、体の中央部が燃え上がり、熱い荒々しい火が体じゅうを引き裂いていく。私はこの子を憎んだ。彼だか彼女だか知らなかったけれど、死ぬこともできないくらいに強烈な毒液に満ちた子どもを。

しわだらけで何かを探しているような唇を私の乳房に当て、にじみ出る光冠を、貪欲に乳を吸おうとする口のなかに入れ、強く引っ張る顎の力を感じたとき、私は彼を許した。

許したのだろうか。たぶん、それは正しい言葉ではない。私が許さなければならないようなことを、彼が私に何かしただろうか。受け入れる。歓迎する。いや、こんな言葉を使っても、一体になったあの信じられない瞬間の私の感覚を表現することはできない。私が知っていること、私が感じたことは、この私の全身に染みわたった朦朧とする感覚。私の心は融解し、すべての痛みは失われ、すべての失望と苦々しさ、すべての恨み、否定的なすべてのことが、消え去ってしまった。純粋で単純な、喜び。私が感じていたことに言葉を与えるとすれば、これがいちばん近いだろうと思う。

そして私は、彼をシュメロと名づけた。というのも、彼の生誕が喜びとなった、私に誇りをもたらした、というふうに言ったら嘘になるけど、それでも私は彼から何かよいことが生まれるかもしれないと望み、考え、感じていたから。とりわけ、子どもたち。私の孫たち。シュメロ、その意味は「子孫」。予想もしなかったし、望みもしなかったけれど、今ではしっかり存在している。彼のことを、認めてあげなくちゃいけない。

そして最初のうちは、本当によいことが起こりそうに見えた。まもなく父が変心したのだ。ある日、彼はこう言った。「ソガウティ・ソディゴネ・レント・ヤーコ（お前のこいつを、抱いてやろうじゃないか）」。そして、それが終わりの始まりだった。それから父は、仕事から帰ってくるたびに、まず赤ん坊のところに行くようになった。

私の赤ちゃんが生まれて、まる一ヵ月以上が過ぎた。父が険しい顔つきでこう言った。「聞きなさい、マンディサ、私の娘よ」。彼は目を伏せて、自分の足を見つめていた。

私は黙っていた。気を失いそうだった。自分の耳が信じられなかった。父と母を比べると、父の方がずっと私の側に立ってくれていた。ひとたび衝撃、あるいは憤激を乗り越えた後となっては。

「残念なことだ、娘よ」。彼はそこで中断し、私が何か話すと思ったかのような様子で、私を見た。しかし、私は黙り続けていた。そこで父は、私の沈黙を横目に、話を止めたところから言葉を継いだ。

「私たちは法で治められているのだ。私たちは助言によって、話し合いによって生きている。多数派の声を承認し、それに服するのだ。多くの人びとの見解、つまり私の家族、私の氏族の見解よりも、自分の考えを優先するということは、絶対にできないのだよ」

そして父は顔を上げた。私を見た。父の両目は、まだ流れていない涙で輝いていた。そこには人の心を動かすものがあった。ほんの何日か前、私たちはすべてを切り抜けていた。チャイナとの結婚。交渉は、控えめに言っても、遅々としたものだった。私は父と母に自分の立場を説明した。父は私を支持してくれた。母はそれを悔しがった。母はまったく理解してくれなかった。

二月の終わり。シュメロ（母は私の赤ちゃんをマイケルと呼ぶべきだと言い張っていた）は、ほぼ生後二ヵ月になろうとしていた。その頃までに、私はもうチャイナと結婚したいとは思わなくなっていた。以前に母にも説明したように、チャイナと結婚すべき理由がすべて消え失せていたのだ。それは、もはや有効なものではなくなっていたのだ。

「もう赤ん坊がいるのよ」。私は指摘した。「それで、どうしてチャイナと結婚する意味があるの」

「あなたの子どもの父親でしょ」。母はそう言い返した。

「そうね」

「だったら、どうして議論しなきゃいけないのよ。どうして今、そんなこと言うの。あそこの家の人たちも理屈がわかりはじめたっていうのに」

「母さん」。私は言った。「あたしたちが結婚したことになってるのは、子どもを嫡出子にするためでしょ。私が未婚の母にならないようにするためでしょ。そんなことになったら、家族の恥だからね」

母は何も言わなかった。まるで、猫が室内に引きずってきた汚物を見るような目で、私を見ただけ。しかし、私は怖じ気づいたりはしなかった。

「じゃあ、もう終わったことよ」。私はそう言って、寝室を指差してから、続けた。「シュメロはベッドのうえで寝ているわ。そのなかよ」

母は私の手の方向に目をやった。それから母は視線を戻して、父の方を見た。父が何も言おうとしなかったので、母は言った。

「そうするのが、やっぱり一番いいと思うわ」

「どうして?」チャイナとあそこの人たちは、あたしに本当にひどいことをした。チャイナは結局のところ、臆病で軟弱な、責任逃れの犬野郎だということがわかった。そのおかげで私は、きっぱりと、あいつのことを愛してるなんて考えなくてもいいようになったのよ。

父を見ながら、母はこう言った。「この赤ん坊は、この娘が家に連れてくる最後の赤ん坊なのかしらね」。彼女は一息ついて、私の方に目を向け、眉毛を天井まで上げて、続けた。「それとも」、母は再び父を見て、挑発し、彼を議論に引き込もうとした。「ビスケットの詰め合わせを、まるごと一箱ここで育てるというのかしら」

父は咳をした。それとも、胸のなかの想像上の痰がからんだのだろうか。もちろんその咳は、古くて乾いた、もう使われていない井戸の底をさらっているかのような、うつろな響きがした。彼は重心を片方の足からもう片方の足へと移し、まるでドアがどこにあるのか忘れたみたいな様子で、家のなかをぐるっと見回した。

「ふむ、ふ、ふうううむ！」父はシャツの襟をゆるめ、首の横を掻いた。だが、父の口からは何の言葉も出てこない。

私は頑として譲らなかった。私は学校に戻りたかった。すでに私たちはこのことについて議論し、二人は同意してくれていた。しかし、それは、私がチャイナと結婚できるかということについて、先行きが暗いときにもちあがった話だった。交渉は醜悪になっていった。そして、チャイナの側の人びとは、きわめて邪悪な方向に進んでいるかのように見えていた。

「母さん、お願いだから考えてみて」。私は涙をこらえながら言った。「あたしとチャイナに、いったいどんな結婚ができるか考えてみて。彼は無理やり結婚させられるんでしょ。アシコクジボペレーラ・ネンジェンカンゲニ・オーコ（イラクサの布で犬に縛りつけられるようなものでしょう）」

母は、とつぜん私に角が生えてきたかのような目で、私を見た。しかし、私はしつこく食い下がった。「母さん、棘の痛みを感じるたびに、犬はどうすると思う？」こうやって激論がはじまった。母は父のことを、私の側に立っているといって責めた。もちろん父はやっきになって否定し、私はそうする父を助けてあげた。ついに私たち三人は同時に喋りはじめ、結局、大騒ぎになった。

私の情熱的な嘆願を経て、最終的に父が話した。

「この娘が言っていることには真理があるぞ、カヤの母よ」。父はそう言った。

「あなたがそう言うなら」。そのとき母は、コンロに何かのせていたことを思い出した。母は台所に行って、そのまま父が呼ぶまで帰ってこなかった。

「もう済んだのかな」。父が母に尋ねた。

「あなたと娘は、もう気持ちを固めたということでしょう」

「お前はどうなんだ」。父が尋ねた。

「言われたとおりにしますよ。そうしなさいって、私の父さんが言いましたからね」。母は言った。

「わしは、この娘と同じことを言ってるわけではない」。父が説明した。「あの連中は、わしらを卑劣なやり方で扱いおった。これにはお前も同意見のはずだ。何度も何度も、あいつらは約束を破った。あいつらは嘘をついて、言い逃れをして、そのくせわしらのことを詐欺師だとか、嘘つきだとか、もっとひどいとか言って責めおった。あんな奴らのところに自分の娘を嫁に出すのが道理にかなうとは、ますます思えなくなったんだよ。たぶん、この娘が言っていることは正しい。こいつは学校に戻るべきだろう」

母は口には出さなかったけれど、明らかに反対だった。それでも父は、私の提案に同意してくれたのだ。同じ週、父が私にお金をくれたので、私はランガの聖フランシス成人教育センターに行って、夜間学級への入学を申し込んだ。

ところが、今度は父。父さん自身が自分の言葉を裏切った。父の兄弟たち、そして氏族全体が、私が学校に戻るという考えに反対した。チャイナの側のテンブ氏族が私を妻にする準備を整えた今になって、そんなことをしてはいけないというのだ。

「私は両手を縛られているんだ、娘よ」。嘆く私を見ながら、父が言った。慣習によれば、父は氏族の勧告に絶対に従わなければならなかった。よい時代にも悪い時代にも、私は父の所有物ではなく、氏族全体に所属していた。そして、私の人生にかかわる決断を下すのは父ではない。父一人で決断してはならないし、集団の知恵が命じるものを排除するようなことも、するわけにはいかなかったのだ。


シュメロが二カ月と三週間のとき、私たちはあの子が知っている唯一の家を離れて、私たちを自分の家族として扱うと断言した人びとの家に移った。チャイナと私はついに結婚した。結婚の場所は教会ではない。地方判事の事務所でもない。それは、私たちそれぞれの家族の相互の合意のみによるものである。つまり、彼の側の人びとが私の側の人びとに「ロボラ」を与え、私の側の人びとは彼らを親戚と見なすことを受け入れた、ということ。彼の側の人びとは、この氏族の娘を彼らの側の子どもにしたのだ。

儀式はなかった。打ち合わせが行われ、日取りが決められ、私の嫁入り道具が買い求められた。その日、母は私にカバンを与えて、まったくさりげなく、こう言った。

「私だったら、下着くらいは持っていくわね。それとセーターと」。私の個人的な持ち物を多少はもっていってもいいんだな、と私は理解した。少女時代のものを、私は家に置いていこうとしていた。私には少女時代を楽しむどころか、それを経験する時間さえほとんどなかったんだけれど。

金曜日。夜の早い時間、夕食の少し後くらいに、借りたワゴン車に乗って、母の弟がやってきた。母の弟、父、カヤ、そして母の弟の友人で、車の所有者かつ運転者のドゥミサニが、車に荷物を詰め込んだ。

「カバンを忘れないで」、と母が言った。

「はい、母さん」

私が家を出るとき、母はとつぜん言った。「診療所に行くときは、私に知らせてくれるかい」

私は当惑して、母の方を見た。

「あの子には私が必要なのよ」。母は単純にそう言った。「あの子は私に慣れてるわ。それに、あの子をどうやって連れ回したらいいか、あなたにはちゃんと教えてなかったものね」。彼女は話すのをやめ、ゆっくりと首を横に振って、ため息をついた。「今からじゃ、遅すぎるし」

「知らせるわ」。私は言った。かわいそうな母さん。母は自分のマイケルを受け入れるようになっただけでなく、愛するようになった。私にはわかる。この子がいなくなったら、母は寂しがることだろう。

男たちは荷物を詰め終わった。私は動くことができず、食事部屋の中央に立っていた。自分がここを去ろうとしていると考えるのが、耐えられなくなってきた。我慢できない。こんなことしたくない。でも、これも同じ。遅すぎる。

「遅くなるわよ」。そう言う母の声が、私の心をつかんだ。母の言葉で、私の足が動き出す。

家を出るとき、私は母の目に光るものを見たような気がした。泣いているのかしら。でも、どうしてだろう。赤ちゃんを背負って出て行く私を見たせいかしら。そうね。私はひそかに思った。この光景は母にとって、何というか、凄まじいことにちがいない。最終的な承認。私に赤ん坊がいる。だれでもみな、明々白々にわかるでしょう。ほら。私は本当に赤ん坊を背中にしょっている。出産後の検診でシュメロと私が何度か診療所に行ったときは、母がシュメロを背中にしょって、私についてきたものだ。

大きくてぎゅうぎゅう詰めの二つの新しいスーツケース、そして二つの巨大な段ボール箱が、ワゴン車の後部の空間の大部分を占有していた。運転する母の弟は、私に隣に座るように言った。他にいたのはもう一人、外側に座る「真ん中の父さん」だけ。

私が赤ちゃんと一緒に寝るのは、これが初めてだった。シュメロと私が病院から帰ってきた後、添い寝をしていたのは母の方だった。

この子の到来が私の人生にどんな大動乱をもたらしたか、私はあらためて痛感していた。もしこの子がいなかったら、もちろん私は、まだ学校にいたことだろう。そうならずに、私は妻になることを、私の夢、希望、大志を永遠に捨て去ることを、強いられたのだ。永遠に。

私たちはトゥクシの家の門の外側に立っていた。その家で、チャイナは彼の叔母であるトゥクシの母親と一緒に暮らしていた。若い男がいたが、それは私たちが申し立てをしたときに私たちと会った三人の男のなかの一人であることが、私にはわかった。

「皆さん方、なかにお入り下さい、と伝えるように言われていますので」。彼は言った。

私の母の弟は彼に謝意を表し、私たちはぞろぞろと入っていった。家族が損害賠償を請求できるようにするために、私はこの同じ家に連れてこられたのだった。あの日のように、私が小さい集団の先頭に立った。

私たちがドアを開けると、一人が鋭く刺すような吠え声を上げ、私たちを歓迎した。ただちに他の女性たちが引き継ぎ、舌を震わせる吠え声はすぐさま家全体を満たし、路上へと広がっていった。

「キイイ・イイ・キイキイキイ！　ハララア！　ハ・アアラア・アアララア！」

この吠え声を受けて、好奇心いっぱいの人びとがのぞき込み、びっくりしたドアがとつぜんバタンと開き、左へ右へ、上へ下へと街路を飛び跳ねていく。そんな光景を私は想像した。

私たちは正面の客間にいた。これは四つの小さい部屋のなかでは一番大きい、食事のための部屋。四つの部屋のなかには、しゃがみ込むような狭い台所が含まれる。私の母の弟は、私の手をとって、若い女性の集団に引き渡した。そのなかにトゥクシがいた。この人たちが氏族の娘たちなのだろう。私に妻らしさの手ほどきをして、私をこの氏族の一部に仕立てあげようとする、新しい姉さんたち。彼女たちは私の手をとって、二つの寝室の小さい方へと連れ出した。

「ナンツィ・インパーシャ・エザ・ナーヨ（彼女はこれを持ってきたぞ）」。私が去ったあとの集まりに向かって、母の弟がそう言うのが聞こえた。

残りの夜は、ぼんやりしたものだった。すべての花嫁に期待される涙のせいではない。女性が涙を流さないと、彼女はウマヴェレサジ（生まれつき知っている者）、妻であることにかかわるすべてを完全に熟知したうえで結婚する者、という烙印を押される。それは義母にとっては呪いの種、夫にとっては確実に破滅のもと。そうなれば、神がずっとずっと昔に定めたように妻が夫に従うのではなく、夫が妻に従わなければならなくなってしまうというのだ。自分の肉体のすべての骨の髄が、干上がってしまったように思えた。そして骨の中空に詰め物をする。割れて亀裂が走りそうになるまで。私が近ごろ経験してきたすべての憤激と怒りと苦痛と恐怖を煮えたぎらせるまで。こうしたすべての活動が、私を無感覚にさせた。私に向けて言葉が発せられた。私にはそれらが聞こえた。しかし、ほとんど何の影響もなかった。それはまるで、他人に言われたことのようだった。または自分に言われたのだけれど、遠く離れた時、これから先、あるいはずっと昔に発せられた言葉であるかのようだった。

若い義姉たち二人が、着ていた服を脱ぐのを素早く手伝い、年長に見える義姉たちの方が着つけの作業を指揮した。それから私が身につけたのは、フランネルのペティコートと、青色でまだお店の匂いがする、くるぶし近くまでの長さのジャーマンプリントのドレス、そして黒色に灰色の縁取りをして、ほとんど目が隠れるくらいに深く被ったスカーフ。腰にタオルを、肩にもう一枚のタオルを巻き、それはもう片方の腕にピン留めされて、完璧な新妻風のスタイルになった。義理の親族たちに紹介される時間になった。ほんの少し前にこの家にやってきた少女としてではなく、一人の妻として紹介されるのだ。

「なんでまた」。私たちが食事部屋に再び入ると、誰か男が声をあげた。「ジャーマンプリントが彼女を呑み込んじまってるぞ」。妊娠中もその後もたいへんなストレスだったので、私はたいそう痩せていた。私は初めからけっして体重がある方ではなく、腰に巻きつけられたジャーマンプリントのドレスのせいで、今では本当に、ドレスの真ん中に縛りつけられた豆づるの支柱みたいになっていた。

「おまえたちは彼女を何て呼ぶんだい」。誰か他の人がそう尋ねたとき、私は部屋の隅っこの椅子に案内され、自分一人でそこに座ろうとしていたところだった。私は待った。というのも、私はこの儀式を知っていたから。誰かが私に一杯のお茶を持ってきて、名前を呼ぶのだろう。私は、自分が好きな名前が呼ばれるまで、お茶を拒否することができる。その一方で、義理の親族たちが私に意地悪をしたいと思ったら、どこかの時点で名前を呼ぶのをやめて、私に選択肢を与えないようにすることができる。こうなると、私は不快な名前を押しつけられることになるだろう。親族たちが私のことを好きでないとき、または、お気に入りの名前を私の方が拒否したと思われたときは、特にそうなりやすかった。

「ノヘハケ！」そう言ったのは、トゥクシの母親、チャイナの父親の姉だった。背中のくぼみを蛇が滑り降りていく。「ヘハケ」というのは、何か凄まじいもの、信じられない怪物、これまで聞いたことがないほど怖ろしいものに出会ったときの、極端な驚きを示す感嘆詞。

私の心は大揺れだったけれど、右手がひとりでにゆっくりと伸びて、一杯のお茶を受け入れた。私を迎え入れるにあたって義理の親戚たちが選んだ侮辱的な名前を、受け入れたのだ。

私は妻としての名前を期待していた。少女時代のものはすべて、名前も含めて、後に残してくるというのが習慣だった。しかし、親族たちが私の息子に新しい名前を与えたときは、本当に面食らった。

「彼には、もう名前が二つあります」。そう私は言った。

「義理の娘よ、あなたの家族には、私たちの子どもに名前をつける権利はありませんよ」。そうトゥクシの母親は言った。

「どんな名前なんだい」。チャイナの父親は知りたがった。しかし、私がそれに答えようとする前に、別の男が割り込んできてこう言った。「子どもに名前をつけるのは、遊びみたいなものだと思ってる奴がいるな。人間は一生涯、与えられた名前で知られることになるんだ。人の性格は、しばしば、つけられた名前を反映するようになるものなんだよ」

「もう一回、言ってみなさい」。トゥクシの母親が言った。「その名前というのはどんなものだい。あんたは、名前が二つあるって言ったね」

「私はシュメロと呼ぶけど、母はマイケルと呼びます」

「え、あんたが呼ぶって?」チャイナの父親が目をぱちくりさせて尋ねた。「あんたが自分で、赤ん坊に名前をつけたというのかい」

私はうなずいた。

「どうして」

「病院には他に誰もいなくて、看護婦さんが名前が必要だって言ったから」

そう私がうち明けると、長い沈黙が続いた。子どもたちに名前をつけるのは、たいてい祖父と祖母である。子どもの誕生にまつわる出来事が、その子にどんな名前が与えられるかを大きく左右する。戦争の最中に生まれた子は、ムファズウェ。飢饉のときに生まれた子は、ンドララ。豊作のときに生まれた子は、ンディエボ。ンツォコロは紛争。ムバレラは干ばつ。子どもが生まれたときに父親が出稼ぎ労働者として働いていた町も、ときには子どもの名前になる。ケープタウン、フナルヘニ(フェレニヒング)、ルハウティニ(ジョハネスバーグ)がたくさんいる。部族の歴史、氏族の状態、家族が抱く希望もまた、子どもの名前を決める。

「ところで、義理の娘よ」。またトゥクシの母親が沈黙を破った。彼女がグループの代弁者みたいだ。

「あたしたちは、彼をムコリシと呼ぶことに決めたわ」。グングルルの学校の生意気な同級生の姿がとつぜん目に浮かんだ。頭がガクンと落ち、目がひりひり痛む。お願い、神様。泣きたくないわ。いま泣くのは嫌。ムコリシですって。

「私たちのところに彼がやってきて、おまえがやってきて、論争と言い争いばかりだったけれど、彼が二つの氏族を結びつけることになるように、彼が傷を癒し、私たち皆に平和を運んできてくれるように、私たちは願っているのだ」。チャイナの父親が言った。

ムコリシ。彼はその晩、そう名づけられた。数週間後、彼は正式にムコリシという洗礼名をつけられた。やがて、私を含むすべての人びとにとって、彼はムコリシになった。もっとも、しばらくのあいだ、私は彼を単純にババ「赤ちゃん」と呼んでいた。しかし結局のところ、私でさえ彼をムコリシと呼ぶようになった。平和をもたらす者、と。

私が妻としてチャイナと一緒になる前の交渉は、嵐のような非難の応酬、たいへんな泥仕合だった。結婚と結婚交渉は、二つの家族あるいは二つの氏族を結びつけるものだけど、この場合それらは、私たちの家族を引き裂いて、不朽の憎悪の絆のなかに封印するものだった。チャイナの父親がそのもとで平信徒の説教師をつとめているサヴェッジ師が、チャイナは「キリスト者として正しいことを行う」べきだと主張しなかったとしたら、そもそも結婚の交渉が始まったかどうかも疑わしいと思う。しかしその後、彼らはどんなにずるずると交渉を引き延ばしたことだろう。そして奇妙なことに、赤ん坊が生まれると、チャイナの側の人びとは立場をひるがえし、今度は何よりも強く結婚を望むようになった。しかしそのときまでに、彼らが必死になって結婚を求めるようになるまでに、私の方はもうまったく興味がなくなっていた。私の大家族もしつこく結婚すべきだと言い張って、父に圧力をかけたから、その時点で結婚せざるをえなくなっただけのこと。

結婚の当日、私たちがついにベッドに入るときになって、私の疑念が再びすべて姿を現し、千倍も増幅した。シュメロに新しい名前がつけられたことで、気持ちが動揺した。ショックだった。まるで子どもを失ったようなものだった。死んだ子どもの代わりに別の子どもをもらって、母親にどんな喜びがあるというの。シュメロ。それともムコリシ？ 神に感謝します。誰も彼に学校向けの名前、キリスト教徒っぽい名前を与えようとしなかったことを。あの子が学校に行くようになったら、私は母さんがつけたマイケルという名前を使うわ。絶対よ。

嫁入りの儀式のときに私の頭上を飛び交った卑劣な言葉（頭上を飛び交うというのは、たぶんあまり正確ではない。私にしっかり聞こえるようにみんな声を張り上げていたから）が、就寝時刻になって突然よみがえってきた。

私の夫は言った。「お前とこの嫁入り道具は、なんであんなにしみったれてるんだよ。女の子向けのスカートの生地は、安物なんだってなあ。おばあちゃん向けのスカーフは小さすぎて、まともに何も包めないんだろう。樽のビールを入れる瓶なんて、一個だけだそうじゃないか」

私は言い返した。「勝手にして！ あんたのとこは、ロボラ［結納］の支払いだって終わってないんでしょ。あたしがここに来て、あんたの隣にいるっていうのが間違ってるのよ」。新婚初夜、私たちは互いに背を向けて眠った。

こうやって、おきまりのパターンができあがった。責めて、責められて、それが私たちの結婚の屋台骨をつくりあげた。翌朝、よき嫁がみんなそうするように、私は四時にベッドから飛び起きる。私の一日はもう始まっていた。三〇分後、それぞれの寝室にいるトゥクシの両親とチャイナの父親にコーヒーを運ぶ。チャイナと私は裏庭の掘っ建て小屋で暮らしていた。裏庭を菜園として使うかわりに、そこには掘っ建て小屋が二列に並んでいた。

辛い日常の仕事に、すぐに私は慣れっこになった。最後に寝て、最初に起きる。私はいつもくたくただったので、日中に昼寝をした。昼寝みたいなもの。座ったまま、赤ん坊におっぱいをあげるふりをしながら、実は二人ともぐっすり眠っていたのだ。赤ん坊を抱く腕は、疲れてずきずき痛む。結婚までに私は痩せていた。今では骨と皮。ある日、ここに立ち寄った母が、こう尋ねた。

「この人たちは、食事のあいだ、あなたを家の垂木に吊してるのかしら」。その次に母がやってきたとき、彼女は父からの伝言を預かっていた。「風が強い日には外出を控えろって、父さんが言ってたわ。吹き飛ばされるかもしれないって」

私たちは笑ったけれど、母はこう言った。「だけど真剣よ。父さんは心配してる。言ってたわ。いつでも家に戻れることを忘れるなって」

チャイナはケープタウンの食肉倉庫の仕事を見つけた。彼は朝の七時に出勤し、夜の七時に仕事を終えた。一二時から午後四時まで長い休憩時間があるので、彼の白人は、この昼休みのあいだに倉庫の裏で眠ってもいいと言った。彼は朝六時に家を出ていたから、その睡眠は必要だったのだけれど、チャイナは機会さえあれば職場の外に出ようとした。

「あそこにいると、服に血の臭いがうつるんだよ」。彼はそう愚痴をこぼした。というわけで、チャイナも睡眠不足になった。しかし彼は、仕事から帰ってきた後に仮眠をとることができた。実際にベッドに入ったり、床のうえにうつぶせになったりして、目を閉じ、お望みならイビキをかくこともできる。私は妬ましくてたまらなかった。

赤ん坊が生まれる前、アロエの木をまるごとつぶし、その樹液を巨大なバケツに入れたとしても、そのなかの苦さは私の体を流れる苦々しさの半分にもならなかったことだろう。苦かった。純潔を守っていたというのにお腹のなかで成長しはじめた、おたまじゃくしのせいだった。いまや、私は別の理由で苦々しく感じる。チャイナと私は、互いに消すことができない燃えあがる火によって苦しめられたものだった。いまや私たちは夫と妻になったが、これらの背信的で拷問のような火が消えて、私たちのあいだの他のすべてのことが妙な具合になってきた。死滅した。チャイナがどうなのかは知らない。同じベッド、私と同じベッドで、チャイナは私のすぐ隣で、死んだように横たわっている。そんな夜に私を責め苛むのは、私たち二人の秘密の夜の不道徳な記憶ばかり。今ではずっと昔のことのように思える。あの頃は、私が欲望するすべてのことが、彼の目のなかにあった。彼が渇望するすべてのことが、私の目のなかにあった。あの頃の私たちは、そんな感じだった。だから私たちは、互いの膝で、燃えるような渇きをいやすことができたのだ。

しかし、約束の地がまるごと私たちの前に開かれた今になって、私たちは急に、相手のなかにある美しさがまったく見えなくなってしまった。私はチャイナの硬直した背中に、すっかり慣れっこになっていた。

「息をかけないでよ」。彼が私に近寄ろうとするのを感じるたびに、私は怒鳴った。白状すると、ほとんどの夜、私はあれをまったく望まなかった。疲れすぎていた。とにかく、疲れすぎていたのだ。一人の嫁として私がやらされていたすべての仕事のせいで、私はへとへとになっていた。すぐに私たちは、そうやって二人で暮らすことに慣れっこになった。すっかり乾いた、二本の丸太ん棒。

六時に家を出ようとすれば、チャイナは五時に起きなければならなかった。彼らしいことに、間に合うギリギリの時間まで、チャイナはベッドから出ようとしなかった。たいてい、出発時刻の十五分前まで寝ていたもの。ある朝、赤ん坊の泣き声が聞こえたので、私は掘っ建て小屋に戻った。五時半になっていたので、私はチャイナを起こした。

「起きて！　起きて！」私はそう言って、彼の肩を軽くたたいた。

「黙れ！」チャイナはそう吠えて、ベッドの反対側へと寝返りをした。

「あら、ごめんなさい」。泣く子の面倒を見ながら、私はそう言った。私の声の調子が冷たかったから、チャイナはびっくりしたに違いない。彼は自分の顔にかかっていた毛布を引っぺがし、怒り声をあげた。

「俺はおまえのために働いているのか。俺が何時に起きようと、おまえに関係があるのかよ」

「役に立つかと思って」

「もう遅いんだよ、今さら」。そう彼は言った。「役に立ちそうなときは、わざとそうしないんだからな」。私は赤ん坊のおむつにピンを押し込んで、留めた。そして彼の方を見た。

「何を言いたいの?・」

「俺を見ろ！」チャイナが怒鳴った。ついにベッドから飛び起きた。握りしめた両手の拳の親指でむき出しの胸を叩きながら、彼は叫んだ。「どんなにむちゃくちゃになったか、見ろよ。俺を見てみろ！まだ二十歳にもなってないのに、もう学校をやめて、憎ったらしい仕事をしてるんだよ！」

彼は、私たちが子どもの親になったことについて話している。それはわかった。いや違う。彼は、自分が父親になって、夫になったことについて話しているんだ。イラクサの布で縛りつけられた犬。犬と私。でも、早すぎるんじゃないの。自分は人生を無駄にした、人生をずっと恨んでやる、と思いはじめたわけでしょ。でも、早すぎるんじゃないかしら。

「それと、自分が仕事に遅れることと、何の関係があるのよ」

「わからないのかよ。くだらない仕事して、はした金もらって、何で俺がそんなことしなきゃならねえんだよ」

「それ、私のせいなの?」

「堕ろしたらよかったんだよ！」掘っ建て小屋から出るとき、チャイナはそう言い放った。上着の袖に入れた腕を拳骨で叩きながら、彼はドシンドシンと足を踏みならして、外に出ていった。

驚いて、開いた口がふさがらなかった。まるごと一分、その格好。あんぐり口を開けて。しかし、叫び声は出なかった。

朝も昼も一日じゅう、リバの顔が目の前に現れて離れなかった。彼女がだみ声でクスクスッと笑うと、不ぞろいだけど妙に魅力的な歯がちらっと見えたものだ。気をつけていても呑気に見える歩き方。いつも靴をはいていた。いつも、すごくきれいな服を着ていた。リバ。死んでしまった。二十歳になるずっと前に、赤ん坊を堕ろそうとして、死んでしまった。あの朝、チャイナが私に言ったことを思い出すたびに、私は自分の歯を吸う。歯を吸って、首を横に振る。赤ん坊を腕に抱いて胸に寄せるたびに。死ぬだなんて。いったい、何のために。

チャイナは自分の運命にうんざりしていただろうが、私の方は、ウクホタ［妻になる手ほどきを受ける儀礼］の時期が終わるのが、ひたすら待ち遠しかった。この行事はふつう、最初の子どもが生まれるか、または重要だと見なされる期間、通常は一年という期間が終わると完了する。チャイナと私の場合は子づくりと結婚の順番がひっくり返ってたんだから、情状酌量で刑期を短く、もしかして半年という具合にしてもらえないものかなあ、と期待していた。

私の一日はチャイナの一日よりも長かったけれど、彼はその事実に気がついていなかったように思える。チャイナが家を出るとき、赤ん坊は最初のミルクを飲む。大人たちはすでにベッドのなかで朝のコーヒーを飲み終わっており、朝食の準備はできている。チャイナがベッドに入るとき、ムコリシは一日の最後のミルクを飲む。これと翌朝のミルクのあいだに、私は少なくとも三回、ムコリシに授乳する。昼のあいだ、私が疲れた骨を休めることはめったにない。一瞬の休息もない。早朝はコーヒー、朝食。学校に行く子どもたちと大人。年少の子どもたちを清潔にして、学校の準備をさせる。服を着せて、みんなの本を集めるのだが、それは部屋中に散らかっており、外の掘っ建て小屋にまである。大人たちが仕事に行ったら、寝室の便器を空にする。学校に行く子どもたちを見送る。あちこちにばらまかれた夜の衣類を片づける。ベッドを整える。家中を掃く。洗濯をして、昨日の洗濯物にアイロンをかける。赤ん坊の面倒を見る。軽い夕食の時間になる。そろそろ子どもたちが戻ってくる時間だから、軽食を準備する。ほとんど晩餐の準備ができる。そして、最初の大人が帰ってくる。お茶を入れる。そして、みんなが過酷な仕事場から帰ってくる。疲れ切った人びとに食事をとらせる。そのずっと後、チャイナが自分の仕事について、自分の足がどんなに疲れているかについて、毎週の給料がどんなに安いかについて、哀れな愚痴をこぼすのを聞く。

彼は幸せよ。お給料をもらってるんだから。彼には自分の銭がある。そして、一週間には初めと終わりがある。私の一週間はまったく休みがない、延々と続く雑事の円環。日曜日は最悪。少なくとも平日には、昼食をつくらなくてもいい。日曜日はそうはいかない。教会の執事をしている義父が家に戻るときには、食事の準備ができてなければならない。これは、しっかりした朝食のあと、みんなで教会に向かう前にやっておかなければならない。そして、義父のために料理をするのは、けっして簡単なことではなかった。この人はミュイゼンバーグのグランドホテルのシェフとしての自分の見事な腕前を、私に何度も何度も話して聞かせていた。でっかい白人が俺の料理を食べるんだよ。彼はしばしば、そう言って自慢した。

一年の終わりが近づくにつれて、私はましな気分になり、あえて希望を抱くようになってきた。来年はもっとましになるはず。ましになるに違いない。聖フランシス成人教育センターに通えるはずよ。そうなったら、私の義理の家族たちも家事を分担せざるをえなくなるだろう。それに、私の一年間の新婦としての儀礼は、そのときは終わっていることだろう。そうよ。心が躍った。来年は少しは安楽になるはず。そうなることが、私にはわかっていた。

一二月の初め、聖フランシスへの来年度の入学を申し込む前に学校が閉まってしまうことを恐れた私は、チャイナに学校の件を切り出してみた。

「父さんに話してみる必要があるよ」。チャイナはそう言った。私の父は、すでにこのことを彼の父親に話している。すでに、結婚の交渉の最中に。これ以上話す必要があるのかしら。

「あなたのお父さんは、私が学校に戻ってもいいと言ってくれたわ」

「そうか。だったら、知らせるだけでいいんだな」。チャイナは言った。

「義理の娘よ」。金曜の午後、私の義父が話しはじめた。彼は私のことを、トゥクシの家族全体が宗教的に使う名前、新婦に与えたノヘハケという名前では、ぜったいに呼ばなかった。「私の息子によれば、おまえは来年、学校に戻ることを考えているそうだな」

「そうです、父さん」。視線を落として、私はそう答えた。

「早すぎるんじゃないか?」私は急に顔を上げた。

たぶん私が狼狽しているのを感じ取ったのだろう、彼は急いで続けた。「つまりな、赤ん坊がまだ小さすぎるんじゃないか」。息子が学校に行きはじめるのを待ってから自分も学校に戻るというつもりなど、私にはまったくなかった。しかし、私の小さな人生にこれほど大きな力をふるうこの男に、どういうふうに言ったらいいのだろう。

「私が学校にいるときは、私の母さんが面倒を見てくれます」。自分の心臓が胸郭をトクトクと打つのが、私には聞こえた。痛い。あとで思いついて、私はつけ加えた。「それに、毎晩のことじゃないですから」

「そうか。じゃあ、考えさせてくれ」

その年は、母親が夜のあいだ外出するには、赤ん坊はまだ小さすぎた。赤ん坊はか弱いということを、私は理解しなければならなかった。夜になると、あらゆる種類の邪悪なことどもが辺りを漂泊している。私が外出したら、そんな悪の一部を赤ん坊にもたらしたことだろう。私があの人たちの子どもを殺そうとしていたというのだろうか。


私は待った。他に何ができただろう。ムコリシは一歳になった。ムコリシを憎む私がいた。彼自身を憎んだわけではない。彼の今の存在を、彼の過去の存在を、彼が私の人生に与えたと考えられる影響を、憎んだのだ。いつだって否定的。いつだって、私が心底望んでいるものをだまし取ってしまう。私は縮みあがった。彼がいたから。

あの人たちの子どもを殺すなんて、冗談じゃないわ。私が倹約しなかったら、残り物をあちこち探さなかったら、義父が非番のときにホテルから持ち帰った残飯に手を出さなかったら、あの人たちの赤ん坊は飢え死にしていたでしょうよ。どうして私は、ときたま自分の母親から、お金だとか食べ物だとか、その両方だとかを無心しなければならなかったのかしら。それは赤ん坊のためよ。


「赤ん坊のミルクを買うから、必ずお金を残してちょうだい」。ある朝、私はチャイナに念を押した。

「もう離乳したのか?」

「いいえ。どうして?」

「SMA「粉ミルク」がいっぱいあったのに、使い果たしたみたいだなあ。この前、二缶買ったばかりじゃないか」

「ちっちゃい缶を二つね」

「粉ミルクじゃなくて、母乳をあげるようにしろよ」。夫はそう言って、彼の父親は一週間にそれだけの分のお金しかくれないと念を押した。

慈悲深いことに、果てしない一年は終わりに近づいた。再び私は、自分の学校の話を持ち出した。今回は、お金が足りなかった。私の父さんがお金をくれるだろう、と私は言った。義父は、そんなのはだめだと言った。だめだ。プライドというものがある。新しい家で問題が起きるたびに、私は何度、自分の家に駆け込むことになるんだろう。それは、私の血族たち、彼らの義理の親族たちに対して、私の夫とその家族は、彼ら自身の子になったはずの新しい娘の面倒を十分に見ることができていない、と言っているようなものではないか。私の義理の親族たちの約束は、私の教育に関する限りまちがいなく、ざるに水を注ぐようなものだった。これらの約束は、引き延ばされ、後まわしにされ、破られるのだ。私の夢が最終的に忘れ去られるまで。夢が死んでしまうまで。

そして、ある暖かい日、警告もなく、さよならを言うこともなく、チャイナは突然、私の人生から歩み去ってしまった。それから現在まで二〇年、チャイナからは何の知らせもない。

新年、私たちはムコリシの二歳の誕生日を祝っていた。その二週間後、彼の父親が消えた。いきなり。ある月曜日、彼は仕事から帰ってこなかった。次の日の朝、みんなが私を、まるで私が何か悪いことをしたかのような目で見た。または、何が問題なのか私には理解できなかったけれど、やるべきことをやらなかったかのような目で。

「お父さんのところに行ったんでしょ」。トゥクシの母親が言った。彼女の弟はまだミュイゼンバーグのグランドホテルで働いており、非番になる週末に帰ってくる。金曜日、その義父が帰ってきた。自分の息子の失踪のことを私たちが連絡しなかったせいで、彼は激怒した。

「娘よ！」首を振り、私が立っている場所以外のあらゆる場所に視線を投げかけながら、彼は絶望に満ちた低い声で言った。「おまえは信用できると思っていたんだが」

私は啞然とした。チャイナは自分の行きたいところに自分で行ったのに、それがどうして私のせいなのよ。しかし、彼の父親は話をやめようとはしなかった。まったくやめなかった。

「わしはおまえと息子をここに残しておいた」。彼は言った。「それで、あいつは消えた。あいつはここにいない。それなのに、おまえはまだここにいる。おまえの息子も一緒だ。それなのに、わしの息子がいなくなったことを知らせようともしなかった」

「一緒にいらっしゃると思ってたんです、父さん」。私はそう言った。

「わかった」。しかし、彼はわかってないことが私にはわかった。何を言っても無駄。

その後、帰宅前に私がつくっておいた一杯のお茶に口もつけずに、彼は出ていった。チャイナの仕事場に行ってみるというのだった。そこで彼に何が起きたか見てみるというのだ。わかっている限りで、彼が最後にいなくなった場所がそこなのだから、義父はそこから調べはじめた。

チャイナが仕事場で最後に目撃されたのは、月曜日だった。いつもと同じように、七時に職場を出た。それから彼は、翌日も、その次の日も姿を現さなかった。木曜日になっても来なかったので、彼の親方がロッカーを開けてみると、そのなかは空っぽになっていることがわかった。親方はチャイナのかわりに別の人を雇うことにしたという。

チャイナの親方には明白なことも、チャイナの家族には自明とはいえなかった。しかめっつらをした義父は自分が発見したことを話し、こう告知した。

「そもそも、チャイナがロッカーに何かを入れていたことが、あの白人にどうしてわかるんだ」。本格的な捜索がはじまった。

たぶんチャイナは、パス法違反か何かで逮捕されたんだろう。彼の父親は警察署に行った。それから病院へ。黒人向けの病棟があるすべての病院に電話した。列車に乗って、ケープタウン近郊の病院に行った。フルート・スキュール、コンラディー、ワインバーグ。隅々まで、一日じゅうかけて隅々まで探した。チャイナはいない。跡形もない。義父はまるごと一週間かけて、息子を探しまわった。そうするために仕事を休んだ。その週は給料なし。いたるところでチャイナを探す。だが、大地が口を開けて、チャイナをまるごと飲み込んでしまった。

あれから二〇年近く経ったが、彼からは連絡がない。およそ二〇年のあいだ、私の最初の子どもの父親からは、何の連絡もない。私がまるごと妊娠三カ月になるまで、彼は自分が父親になるということを知らなかった。彼がそのことから立ち直っていたとは思えない。私がグングルに行ったおかげで、間違いなく、チャイナと私は完全にめちゃめちゃになった。たぶんそうでしょ。確実なことは言えないからね。これから先も決してわからない。だけど、そのことについて考えるとき、ときどき私はこう自問する。必要な警戒は怠らなかったというのに、私たちは親になろうとしていた。この悲しむべきすべての状況を、私たち二人が同時に、同じ場所で知らされていたとしたら、その後の事態は違っていたんじゃないだろうか。もっとも、いま言ったように、そういう仮定の話が正しいかどうかは私には決してわからないんだけど。

チャイナがどこかに行ってしまうと、私はすぐに、自分が仕事をしなきゃいけないことに気づいた。彼の父親はすっかり取り乱しており、もはやググレトゥに戻ってくることができなかった。彼は姉の家に寄りつかなかった。つまり、私たちは彼のお金を受け取れなくなったということ。そして、人びとは私を嫁と呼び続けていたけれど、すぐに明らかになったのは、私が誰の嫁なのかは謎だということ。重荷。

私は仕事を始めた。召使い。他に何ができるというの。住み込みの仕事ではない。仕事があるからといって、嫁の雑用を免除されはしなかった。だから私は、夜明けの二時間前に起きなければならなかった。仕事に行けるように自分と赤ん坊の準備をして、みんなが仕事に行く前に朝食を食べさせて、そして私は赤ん坊を背中にしょって仕事に出る。だが、この仕事をはじめて半年もしないうちに、私はトゥクシの家を出ることになった。そこでは、私はお呼びではなくなっていたのだ。そういうわけで状況は絶望的だったけれど、私は自分の家、少女時代の家には戻らなかった。そのかわりに私は、誰か他人の家の裏庭にある賃貸の掘っ建て小屋を探し、見つけ出した。自分の小屋。

ムコリシは、たっぷり雨が降った夏の苗木のように、ぐんぐん育った。彼は肉体的にも急成長したけれど、他の面での発達はもっと目覚ましかった。あの子は二歳で、母親だけでなく誰でも理解できるような口のきき方をした。その年齢までに、彼は自分の倍の年齢の子どもたちよりも多くの言葉を覚えていた。彼は、歩くことを覚えた日に走った。もちろん彼は、ハイハイなんてしなかった。ほんとに驚くべき子どもだったので、みんながムコリシを愛した。私の母と父は、彼を心から敬愛していた。彼が父親を失ったのに続いて、彼のもう一人の祖父であるチャイナの父親もまた、すぐに私たちの人生から姿を消してしまった。そんなときだったので、私の両親の思いはまた格別だった。

　そうなったせいで私が落胆したと言ったら嘘になるけれど、私は、自分の小さな世界が急に変化したことによるムコリシの苦痛も、感じとっていた。間違いなく私には、あの変な奴がいなくなったせいで彼が寂しがっているように見えた。チャイナが消えたあと長いあいだ、彼は私に、キックボールやコマまわしなど、チャイナがやっていたことをやるようせがんだものだった。さらに彼は、遊びのあいだ、タタ［父さん］、タタ、タタと、ひとり言を繰り返した。とくに私が掘っ建て小屋のまわりで忙しく働いていて、彼がひとりぼっちでいるときに。もっとも、時間がたつにつれて、次第に彼はそれを言わなくなった。だが、彼が父親について私に直接質問したことは、一度もなかった。彼が父親を最後に見た年齢の三倍の歳になるまで、そんなことは一度もなかった。

　そのあいだ、私たちは何でも一緒にやった。ムコリシは私の仕事場に一緒に行った。夜や週末に家にいるときは、私は彼と一緒に遊んだ。彼はいないいないばあが好きで、やがて隠れん坊が好きになった。彼にインフンバ［あてっこ］やカシカシ［なぞなぞ］を教えるのは、どんなに楽しかったことか。さらに後になると、私は小さい少年のゲームをたくさん覚えた。私たちはキックボールやコマまわしを一緒に覚えた。

ある日、ムコリシは、私たちが生活している裏庭の家の母屋にいた。外で仕事をしたり買い物をしたりするとき、私はたいていムコリシをその母屋に置いていった。彼をかわいがってくれる年長の子どもたちがいたので、彼はそこにいるのが好きだった。ザジとムザモという十代前半の二人の少年が、自分たちが行くところには必ずムコリシを連れて行ってくれた。彼らが行った野原では、ロケーション［居住区］の少年たちが集まってサッカーをしたり、ビー玉遊びをしたり、コマをまわしたりしていた。またば、この歳の少年たち、男へのドアをノックする歳になった少年たちが関心を持つことについて、長々とおしゃべりをしていた。

しかし、この日、少年たちはムコリシを家に残して行った。学校に行ったり、またはムコリシがいると厄介になりそうな他の場所に行ったりするときに、彼らはそうしたものだった。その頃はますますムコリシを置いていくことが多くなっていたが、それは学校のせいではなかった。学生たちは授業をボイコットしていた。過去五年ほどひんぱんに繰り返されており、何度目のことかわからないくらいだった。

とつぜん、銃声が響いた。

「ウンガニェベレゼーリ、クザ・クジャルワ！（怖がらないで、こんなの遊びだよ）」ムコリシは小さい声をめいっぱい張り上げて、大胆不敵に銃声を無視するよう呼びかけた。彼は挑戦的なポーズをとり、小さな拳を空中に突き上げ、闘争の同志がよくやるような攻撃のときの声を上げた。そんな声を聞いたら、みんな大爆笑しないではいられない。

いつものことだった。いまや四歳になったムコリシは、すでに銃声の「バン！」と、頭蓋骨が割れて脳みそが爆発する「グフッ！」という音の違いを、聞き分けることができた。

ところがこの日は、銃声が聞こえはじめてから数分後に、口から泡を吹いたムザモが家のなかに駆け込んできた。恐怖で目が飛び出しそうなったザジが、その後に続いた。

父親に助けられて、彼らはただちに家の裏扉を開け、ザジの上着を振り上げ、それを、いくつかの掘っ建て小屋を突っ切って裏庭のフェンスにまで通じる小道の奥の方へと投げ飛ばした。それから母親が少年たちを洋服ダンスのなかに押し込んで、鍵をかけた。

「動くな！　音をたてるな！」父親が少年たちに言った。

少年たちが逃げ去るのを目撃した「証人」になるために、みんなが裏庭に行った。

数分後、警官が家のなかに乱入してきた。焼けつくような視線を左へ右へ、その場にいた者の目のなかへと差し向けながら、彼らは家中を踏みしだき、寝室に、居間に、台所に侵入し、裏庭へと出ていった。

「あいつらはどこだ。何分か前にここに駆け込んだガキどもは、どこにいる?」彼らは大声で怒鳴った。家の裏庭にいた人びとは、悲しい恐怖で口を閉ざしながら、いやいやながらフェンスの方を指差した。警官はフェンスまで行って、少年たちがそれ飛び越え、隣の家の庭に走り去ったことを理解した。

「次は捕まえてやるぞ」。彼らはそう誓った。

ひとりの警官が、地面のうえの生命のない上着を、意地悪く蹴り上げた。蹴られた上着は空中に飛び上がり、空気が満ちて、ちょっとのあいだ袖が気球のように膨れた。そしてゆっくり空気を吐き出しながら、踊りながら降りてきた。ゆっくりと降りてきた。ついに上着は、ふにゃふにゃになって再び地面に落ちた。快活な生命らしさをすっかり失って。それを見た制服警官のひとりが、悪意を込めて上着を踏みつけ、両足で泥だらけの地面にねじ込んだ。まったく戦おうとも抵抗しようともしなかったというのに、徹底的に痛めつけた。

それから三人の警官は、筋骨隆々として肩章を輝かせながら、帰還するために家に入ってきた。

「俺たちは戻ってくると言っておけ。あいつら、次は逃げられないぞ!」指揮官は砂っぽく輝きのない目を細めながら、家の正面のドアのところに立ち、うなり声を出しながら、家のなかの人びとをにらみつけた。

三人の男の最後の一人がドアから一歩踏み出そうとしたとき、その男は急に向きを変えた。小さくかん高い声が聞こえて、彼はとつぜん立ち止まったのだ。

「ナバ!」「ここだよ!」山上の春の水のように澄んだ声が、再び興奮して鳴りわたる。

「ナベウォドロピーニ!(ここだよ、洋服ダンスのなかにいるよ!)」ムコリシはそう叫んで、洋服ダンスを指差した。ぽっちゃりした顔に、賢そうな小さい微笑みが満ちている。

この恐るべき言葉を口にした後、瞬きと同じくらい速やかに、ムコリシはその帰結を目撃することになった。少年たちは洋服ダンスから飛び出し、窓の方に突進した。しかし、彼らが裏庭に達したとき、そこには警官が待ち受けていて、その場で即座に少年たちを射殺した。警官が二人の少年たちに、大好きな友だちに、何をしたか。目撃したムコリシは声が出なくなった。そのあと、彼は自分の口を縫いつけて、まったく言葉を話さなくなった。それから二年間、一言も。

同じ週の土曜日、二人の少年が埋葬された。私たちはみなムコリシのことを気づかっていた。あの事件のあと、彼は毎晩、眠りながら手足をばたつかせたり、叫んだりするようになった。昼間の彼は、歩く死体のようだった。目を大きく開いて歩きまわるのだが、何も目に入らず、何も話さない。目を見開いてはいるが、とつぜん巨大になった空っぽの両目から、涙は出てこない。涙が出ないのだ。あの年齢の子どもも悲嘆に暮れることがあるのだろうか。葬式の日に彼が出した音は、いったい何だったんだろう。喉の奥深いところから出てきた音。どうして涙が出ないのかしら。私たちはみな訝《いぶか》しがった。なぜこの子は、あれから一言もしゃべらないんだろう。

葬式の前の数日間、私たちは待った。すべての悲嘆のただなかで、叫びと呪いのただなかで（少なからぬ人びとが、ボーア全体に対する、とりわけ政府に対するものすごい怒りの大言壮語を発していた）、ときおり私たちの心は、話すことをやめたムコリシの方に向かった。彼の口が発した言葉のせいで起きたことを目撃してから、彼は話すのをやめてしまった。

そして、葬式の日がやってきた。彼を墓地に連れて行くべきだろうか、それとも、そうしない方がよいのだろうか。あの子たちはムコリシの友人だよ、と何人かの者が言った。だから彼は墓地に行って、友人たちにさよならを言わなきゃいけない。もしお別れを言わなかったら、彼はあの出来事のせいで罰せられていると考えて、永遠に自分を呪うことになるだろう。そう言う者もいた。いや、違う。この意見に正面から反対する人びともいた。彼を連れて行ったりしたら、彼は自分が本当に罰せられていると思ってしまう。子どもは連れて行かないようにしよう、とまた別の集団が声をあげた。彼はまだ小さすぎて、こんな出来事の意味は理解できないだろう。

ムコリシを置いていくわけにはいかなかった。彼は、まるで溶接されたみたいに私の手をつかみ、石のような表情をして、目を大きく開けて、埋葬の儀式のあいだじゅう座っていた。多くの人びとの頬を涙が落ちていったが、ムコリシの両目は、顔の平面に深く掘られた涸れ井戸。彼の頬はナミブ砂漠のように乾いていた。

何日も、何週間も、私たちは彼が回復するのを待った。彼がどこに行ってしまったのかはともかく、とにかく戻ってくるのを待った。彼が私たちのもとにいないのは明らかだった。あの二人の少年たちが殺された日からずっと。私たちは待った。まるごと一カ月が過ぎた。しかし、この子の口からは何も言葉が出てこない。もうずっと話せないままなのかしら。

母は彼を仕事場に連れて行った。母の雇い主は機知に富む女性。もう何度もストレスを切り抜けてきた。それに、この女性と母は何年ものつきあいで、互いのことをよく知っていた。

「奥さまが言うには、ロンデボッシュ・イーストの小児科に連れて行かなきゃだめだそうよ」。母が戻ってきて、そう言った。母の白人女性がそこの医者に電話してくれており、私たちは次の週、ムコリシをその病院に連れて行くことになった。

私はカヤに頼んで、週末に家に来てもらうことにした。掘っ建て小屋の屋根が雨漏りしていたのだ。ある土曜日、彼は娘のノブルムコと一緒にやってきた。ムコリシは、自分の叔父さんが屋根の上に登っているあいだノブルムコを独り占めできて、とても幸せそうだった。黙るようになる前、ムコリシは、同世代の他の子どもたちと遊ぶのと同じように、彼女とも遊ぶのが好きだった。彼女はムコリシより七ヵ月上だったけれど、ムコリシの方が年長みたいに見えた。彼はかわいそうなノブルムコに威張り散らして優位に立ったので、しばしば、私が間に入ってあげなきゃいけなかった。

私は息を詰めた。ムコリシはノブルムコに何か言うかしら。言葉が戻ってるかしら。しかし、二人は遊びはしたけれど、彼の従姉は何かふざけて想像の世界でクスクスと笑ってばかりで、ムコリシの方は、午後のあいだずっと頑固に黙り通していた。

赤十字小児科病院では、医者も看護婦もソーシャルワーカーたちも、みんな親切にしてくれた。私たちは何度か通院した。この人たちは親切な心で、ムコリシにたくさんの賢いことをやらせたけれど、彼の口に言葉を取り戻してやることはできなかった。彼らは、警察が暴力的な行為によって焼き去ったものを、再び移植することはできなかった。

彼らはムコリシの喉を、耳を、鼻孔を見た。彼らはムコリシに絵を描かせた。中途半端な絵を完成させたり、ぬり絵に色をつけさせたり、完全に新しい絵を描かせたりした。動物たち、家畜や野生動物の鳴き声をまねさせたりした。子ども向けの映画を見せたり、他にもたくさんのことをやらせた。ひとりの医者は、なぜか彼を眠らせた。この男の子がぐっすり眠っているあいだに話しかけた。だが、眠っていようが目覚めていようが、ムコリシは医者に一言もしゃべらなかった。

ついに彼らはお手上げになり、ムコリシは病気だと言った。まるで私たちがそんなことも知らなかったかのように。しかし、彼らはムコリシは体の病気ではなく、内面の病気だと言った。内面ってどういうことだろう。精神がおかしいのだろうか。いや、精神じゃなくて、心だ。彼には時間が必要なのであって、その日になれば良くなるだろう。絶対に無理をさせてはいけない。彼が話さないということを無視しなさい。不都合なことは何もないかのように過ごしなさい。時間がたてば、彼は必ず治る。

そうか。それは初耳だわ。この子はもう何カ月も黙っている。どれだけの時間が必要なのだろう。いったい何年かかるのかしら。無理させてはいけないですって。ムコリシに無理させてはいけないですって。生まれる前から決意を固めていた子どもですよ。生まれてやるぞって決意した子ども。


ノノに会えたのは嬉しい驚きだった。彼女は学校に戻っており、勉強がとても忙しかったのであまり立ち寄ってくれなかった。

「ちょっと寄ってみないと、とは思ってたんだけどね」。ムポココ［とうもろこしの粉とサワーミルクのお粥］の深鍋をかき混ぜていた私を見て、彼女はそう言った。

「何を焦がしてるのよ。ひどい臭いね！」彼女はそう言った。自分が何をつくっているか告げると、彼女は潔くつけ加えた。

「ああ、そうなの！　これを焦がさないのは難しいでしょう」。結局、彼女は自分も少し食べると言った。それから、彼女はムコリシのことを質問した。そのとき彼は正面の母屋にいた。私たちの掘っ建て小屋はその裏庭に立っている。

「彼は大丈夫よ」。私は言った。「ただ、彼は話をしてくれないの。そういう意味では、赤ん坊と同じくらい扱いやすいんだけどね」

「聞こえてるの？」ノノがそう尋ねて、説明した。「あなたが話をするとき、その中身はわかってる感じなのかしら」

「ああ、そのことだったらぜんぜん問題ないわ。彼はわかってる。大丈夫よ。頼んだことはいつでもやってくれるわ」。ドアの方に向かいながら、私はそう言った。

「ムコリシ！」私は呼んだ。「坊や！　どこにいるの」。正面の家の裏側のドアが開いた。彼はそこで、ドアの取っ手に手をかけて立っていた。

「こっちに来てちょうだい。あなたに会いたがってる人がいるわよ！」そう言うと彼は家の建物から外に出て、背後のドアを閉めた。それからおずおずと何歩か進んだあと、彼は立ち止まって私の方を見た。能弁な目には質問が浮かんでいる。話すのをやめた今では、目が口の代わりをしているのだ。

「ノブルムコのお母さんよ！」ムコリシの目が輝き、顔全体でにこにこっと笑った。彼はがっかりするだろう。ノノは娘を連れてきていないんだから。

しかし、彼はがっかりしなかった。ノノは、彼の従姉の不在を埋め合わせる何かを持ってきていたから。それは、おもちゃの自動車。なめらかで、細長くて、黒光りする車。彼女は彼のためにゼンマイを巻き、リノリウムの床に置くと、車はブルルルルと音をたててジグザグに進み、それから走っていくうちにドーン、カーンと椅子にぶつかった。

ムコリシは上機嫌で手をたたき、床に四つんばいになって、迷走する自動車をつかもうとして手を伸ばした。ノノは甘いことを言ったり、挑発したり、わなをかけたり、いろんな策を弄して、ムコリシに言葉を、片言を、人間の発話に似た何かを、それに近い叫びを発してもらおうとした。しかし、彼は何でもやったけれども、言葉、叫び、あるいは言葉の一部を発することだけはしなかった。結局、おそらくノノに引っ張り回されて疲れ果てたせいだろう、ムコリシは眠りこけてしまった。車をしっかりつかんだまま。

少しして、ムコリシをベッドに連れて行ったあと、私たちは彼のことについて話した。しかし、最後に私たちは、別のことについて話すようになった。私たちのことについて。私たちは昔はどうだったか。それはいつのことだったか。どのくらい前のことだったか。

「最後に学校に行ったのは一九七二年よ！」そうノノが言った。

「やれやれ！」私が言った。「あれはほんとに、めちゃめちゃな年だったわ。おおぜいの友だちが、学校をやめなきゃいけなかった」

「女の子三人」

「リバはかわいそうだったわ！」

「あれはほんとに悲しかった。でも聞いて。あのとき私はね、リバは運がいいなって思ってたのよ」

「運がいい？」私は信じられなかった。あの子は、裏通りの下手くそな堕胎のせいで死んでしまったのよ。

「あたしたちがどんなに怒られたか、覚えてる？ そう。今から思えば愚かだったけど、あの頃の私は死にたいって思ってたのよ。ほんとに」

「今となっては、ずっと昔のことよね。こういう諺があるでしょ。『雷が鳴り、轟音をたてても、やがては過ぎ去る』ってね。ほんとに、その通りだと思うわ」。すべての記憶が押し寄せてきた。「あなた、最悪だったことって、何？」私は尋ねた。

「そりゃ、何といっても、見つかるのが恐かったことよ。それから、いったん見つかったあとの恥ずかしさ。親には立つ瀬がないもんね。取り返しがつかないことをしてしまったという感じ、恥ずかしさよ」。彼女は少し休んで、眉毛を上げて、私を見た。

「あなたはどう？ 何がいちばん辛かったの」

「うーん」。口を開きながらも、あの年月の記憶が急激に甦ってくる。「いま思い出してるんだけど、私の場合、ちょっと事情が違ってたから」

「そうよね」

私が妊娠したという事実、そしてそれを知ったことが、私には青天のへきれき、寝耳に水だったということは、私たちは両方ともわかっていた。私は自分が妊娠しているということをまったく知らなかった。それどころか、当時、私は処女だった。

「あれはほんとに辛かったでしょう。大変な時期だったわね」。ノノが言った。

「そうよ、ほんとに！」

チャイナの父親（私たちが彼の姉の家から出て以来、ほとんど関係はなかったが、私の両親は、子どもの災禍はチャイナの側の人びとにも知らせるべきだと考えていた）が、ムコリシをサンゴマ［呪術医］に連れて行ったらどうかと提案した。まるごと六カ月が過ぎたが、ムコリシはまだ言葉を取り戻していなかった。私はその提案に同意した。私は何でもやってみようという気になっていた。

義父が連れて行ってくれた女の呪術医は、私とほとんど同年輩だった。彼女は私たちを部屋のひとつに案内し、靴を脱いで床に座るよう言った。奇妙なことは何もない。すべて慣習通りだった。

彼女は山羊の皮をとり出した。それを床のうえに広げた。次に彼女は動物の骨を放り投げて、私たちが誰で何のために来たのか当てるのだろう、と思ったが、私の予想に反して、彼女は誰かに水を持ってくるよう頼んだ。水ですって。水で何をするのかしら。私たちを洗うのかしら。私たちに飲ませるのかしら。

私たちのサンゴマよりもずっと老けた女性が、透き通った水が入ったコップをもってきて、それをサンゴマに渡して、いなくなった。

彼女はコップを山羊の皮のうえに置いた。いっぺんに私たち三人を見た。彼女の目つきは熱心で、緩慢で、慎重だった。それから彼女は、コップのうえに静かに手をかざした。まるで蓋のようだが、完全にふさぐわけではない。続いて彼女は目を閉じた。その時はじめて彼女はゆっくりと手をおろし、コップの上部をしっかり押さえつけた。

コップの水の色が変わった。私は自分の目が信じられなかった。

ムコリシがあえぎ声を出した。

私は驚いて、彼の方に顔を向けた。これは二年間に彼が発した音のなかでいちばん言葉に近いものだった。私は再び女性の方に目を向けた。いまや水はひとりでに動きだし、あと一分もすれば沸騰しそうな勢いだった。しかし、そうなるかわりに振動する水は泡になり、サンゴマの手のひらの下からあふれ出し、山羊の皮に達し、コップの底のまわりに凝着した。

水がようやく落ち着くと、彼女は目を開けた。そしてコップに向かってゆっくりうなずくと、低いうなり声をあげて、射抜くような視線を子どもの方に投げかけた。

「イェボ、ンガネ・ヤミ！（そうだ、私の子どもよ）」彼女はズールー語で言った。神がかり状態になった彼女は、部屋に一緒にいるのはムコリシだけであるかのように、彼に向かって目の焦点を合わせた。声は軽く、柔らかく、不気味で、肉体から離脱してさえいる。彼女は続けた。

「肩はかくも柔らかく、まったく十分には出来上がっていないのに、背負っているものは重い。おまえは自分をそうしている。おまえには……」彼女は一息ついてから、言葉を続けた。「責任があるのだ」。彼女は、まるで初犯の若者に絞首刑を言い渡す裁判長みたいに、この言葉と一緒にため息をついた。自分を危険にさらしてまで無視しようとした、恐るべき、圧倒的な証拠ゆえに、被告を絞首台に送るかのように。

そして彼女は私たちの方に向き直った。どうして目が怒っているんだろう。私は後ずさりした。というのも、彼女の目は細められ、その視線は義父よりも私の方に据えられていたから。それらの目から輝き出ていたのは、煮え立つ怒り、それとも、哀れみだったのかしら。

「お母さん」。彼女は言った。再び彼女自身の声に戻っていた。「あなたは、このご自分の息子さんを自由にしてやらないといけません」

私は、わけがわからないと言った。

「私が何について話しているか、わかっているはずです。家に帰りなさい。子どものことについて考えてみなさい。子どもというものは非常に敏感なのです。子どもは、どんなときに私たちが子どもを憎むか知っているものです」。少し時間をおいてから、彼女は首を横に振った。「たぶん、私の言葉は強すぎるでしょうね。だけど、恨みは憎しみより始末が悪いことがあるものですよ」

今度は私があえぎ声を出す番。私の存在はまるごと氷へと化した。涙が目を刺す。私は義父の視線を感じて、彼の方を見返した。彼は眉を寄せており、その大きく開いた両目は問われざる質問に満ちている。しかし、サンゴマは話をやめなかった。

「しかし、なぜあなたたちがここに来なければならなかったか、という話に戻りましょう」。彼女が話し出したので、私と義父は互いに視線をそらせた。「この子はちっぽけな短い人生のなかで、巨大な悪を目撃しました。彼にはあらゆる愛と理解が必要なのです」

彼女は私たちに薬を与えた。根っこと粉末、そしてその服用法。私たちはお金を払って、そこを出た。ぎこちない沈黙。チャイナの父親と私自身のあいだで。ムコリシは何を考えているんだろう。サンゴマが言ったことを、ムコリシはどのくらい理解したのだろうか。

「義理の娘よ。この子のことで何か進歩があったら、教えてくれないか」

私はそうすると言った。そして私たちは別れた。

サンゴマを訪問してから二、三週間後、カヤが二人の子どもと遊び戯れているあいだに、ノノと私は、一部屋しかない私の掘っ建て小屋の台所スペースで、食事の準備をしていた。

「それで?」誘惑的な目つきをしながら、ノノがそう言った。

「それで、何よ」

「いつになったら、このムコちゃんに、赤ちゃんの妹をつくってあげるのよ」

「そんなこと言っちゃって。ノブルムコの弟はどこにいるの」。そう私が尋ねると、彼女は自分のお腹を前方に出し、エプロンドレスの肩のベルトの下に親指をひっかけ、袚ったスカーフのところまで眉を上げ、まつげをぱっと上げ、白目が青くなるまで目を大きく見開いてみせた。そして、ドナルドダックのくちばしにみえるくらいに、唇を前に突き出した。

「なるほどね」。私は言った。そうやって、彼女は少し前にしゃべったこと、彼女と私の兄が結婚するということを演じて見せたわけだ。双方の両親がよくぞ同意したものだ、と私は思った。でも、私の場合はちょっと違っていたでしょ。「私には、ちょっと難しいんじゃないかしら」

「どうして?」

「最近、チャイナを見た?」私たちは二人とも大笑いした。それから何時間かして、私がこの小さなおしゃべりを忘れてしまっていたとき、ノノはこう言った。「だけど、真面目な話なんだけどね、チャイナが行方不明になってから、ええと、一年以上になるでしょう」

「二年以上よ」

「だから……」

「だから何よ」

「あなたに誰か探してあげなきゃ」

「助けてくれなくても結構よ」

「あたしが知らない誰かさんがいるわけ?」

「あの人のこと、あなた知ってるかしらねえ」。これはまったくの嘘。何が問題なのよ、マンディサ。私は自問した。誰をとっておくというの。チャイナかしら。まだ彼が必要なのかしら。彼のことを待ってるのかしら。それとも、体面が気になるわけ。もしかして、処女性が気になるのかしら。あの頃に戻れると思ってるのかしら。そんなことでくよくよしているのかしら。だまし取られたものを、取り戻すつもりなのかしら。

そのとき、サンゴマの言葉が私を打ちのめした。母親であったすべての年月、私は、自分が厳重に警戒していたにもかかわらず母親になったということに、こだわり続けてきた。私の処女性をもぎ取ったのは、恋人ではないし、夫でさえない。そうじゃなくて、自分の息子なのだ。この事実、私の同胞たちが事故と呼んだものは、常に私を引き裂いてきた。少なくとも私自身の精神を。私は、ノノや、さらにはリバとも違って、ふしだらな女の子ではなかった。

今になってはじめて、等式の逆さ読みが私に衝撃を与えた。女性は処女を与えた相手の男性に弱みを感じ続ける、と言われるのをしばしば聞いたことがあるけれど、自分の息子に対してそういうふうに感じるということはないだろう。実のところ、彼が別なやり方で生まれてきていたら、彼に対する感情はどんなに違っていただろうと、私はしばしば自問した。彼が泣くとき、私はときたま、彼ではなくて自分の方がかわいそうだと感じた。彼の涙の原因になっていることよりも、彼がこの世に生まれたことの方が深刻なのだ。私は息子を憎んでいるのだろうか。やめて、やめて、やめて！ どうして彼を憎んだりできるのよ。わざとじゃなかったということは、十分によくわかっているはずでしょう。坊やは私を破滅させようと企んだわけじゃない。たまたまそうなっただけ。彼は存在さえしていなかった。まだ坊やでも、マイケルでも、ムコリシでも、シュメロでもなかった。

彼女のお腹はまだ目立たなかったけれど、サンゴマを訪問してから数週間後、ノノとカヤは結婚した。ノブルムコが花をもつ役で、ムコリシが結婚指輪を運ぶ役だった。私はサンゴマが処方してくれた根っこと薬草をきちんと使ったけれど、ムコリシはまだ話す力を回復してはいなかった。彼の声を最後に聞いてから、もう一年以上になる。

結婚式で、私はルンギレに出会った。見栄えはよくないけれど、話せる相手だった。背が低く、ずんぐりして、肩幅が広く、首が短い。髪の毛は濃い。おでこが広い。そして鼻は、アフリカの地図を思わせる。口のなかに何か入っているみたいに、唇は分厚く、すぼんでいる。結婚式のあいだ彼は何度も私に顔を合わせたので、私に接近したがっているということがわかった。心臓がどきどきしはじめた。ああ、マンディサ、ノノの言ったとおりね。こんなことでどうして興奮するのよ。彼を見てごらんなさい。小屋の脇に置いた薪の束までの小道みたいに背が低いじゃないの。

その夜遅く、家に帰る途中に、彼がいた。彼は明らかに、私を待っていた。

「家まで送りましょうか」

「大丈夫です」

「話があるんですよ」

「明日じゃだめですか」。私は再び、ノノの言葉を思い出した。そしてサンゴマを。私はいつまで退屈な人生を送ることになるんだろう。

「それじゃ、一緒に行きましょ」。彼が私に道を譲ろうとしなかったので、私はそう言った。彼はムコリシをひろいあげた。そうやって彼に坊やを抱いてもらったまま、私たちは掘っ建て小屋に歩いて帰った。私の子どもはとても満足そうで、頭をしっかりこの男の胸にくっつけている。この光景に私は心を動かされた。

私たちは一緒に一夜を過ごした。そして九カ月後、ルンガが生まれた。父親のルンギレは私の家に欠かせない存在になっていった。もっとも、その最初の夜、私は結婚するつもりはないと念を押していたのだけれど。

「ドアのうしろの釘を見てちょうだい」。私はそう言って、指さした。

「え?」

「ここに来るときは必ず、あそこに上着を掛けてね。ここを出るときは、上着も一緒に持ち出してほしいの」

ルンギレはおもしろい人だった。最初は抵抗したけれど、ムコリシは彼のことが大好きになった。ルンギレはムコリシと辛抱強くつきあった。ムコリシが話せるとしたら何というか、ルンギレは常に理解しようとした。子どもが言葉を使わずに新しいやり方で伝えたがっていることがあって、それがわからないときに、ルンギレがうんざりしたり、急がせたり、あきらめたりすることは絶対になかった。

ルンギレが私たちの生活に入り込むやいなや、この二人は私を家に置いて、一緒にお店に行ったりラグビーの観戦に行ったりするようになった。彼らはクレアモントに、一緒に食品雑貨の買い物に行った。そして、ルンギレの友人たちが掘っ建て小屋に来ることが何度かあったんだけれど、そんなとき彼は、少年を膝の上に座らせて、何か言葉をしゃべらないか耳を傾けたものだった。ただし、そうはいっても、ムコリシと私はまだ、私たち二人だけの秘密の瞬間と私が見なしていたものを、共有していた。言葉を発するのをやめる前、彼は、自分が話していることを他人に聞かれたくないときには、私の耳にひそひそ話をするのが好きだった。これが始まったのはまだおっぱいを飲んでいたとき、人びと、とくに私の母親が、彼はもう大きいから授乳してはいけないと言っていたときだった。おっぱいを飲みたくなると、彼は私の耳にささやいてから、私をぐいぐい引っ張って、知りたがりの人びとの目が届かないところに連れて行くのだった。授乳の段階が終わり、彼が言葉を話すのをやめ、自分の言いたいことを説明する別の信号を発するようになってからも、この習慣は続いた。そういうわけで、私たちの「ひそひそ話」は形を変えて続いたのだ。

それから赤ん坊のルンガがやってきた。しばらくのあいだ、ひそひそ話は止まった。最初のうち、私はそれに気がつかなかった。実をいうと、後になって起きた事件を経てはじめて、私はそのことに思い至ったのだ。

赤ん坊が三カ月になろうとしていたとき、ムコリシはおねしょを始めた。一歳の誕生日にはおむつがいらなくなっていた子どもなのに、おもらしを始めた。私は叱りつけ、侮辱し、あざ笑ったが、すべて無駄だった。

ルンギレが、鼠を使うことを思いついた。民間伝承によると、子どもに鼠を食べさせるとおねしょが治るという。手始めに私たちは、ムコリシに向かって、もう一度おねしょをしたら、鼠を捕まえて、火で焼いて食べさせるぞと言った。全員が、彼の友人たちみんなが見ている前で。

ムコリシは目を大きく見開いた。私たちは、彼を十分に恐がらせることができたと思った。さあご覧あれ。まさにその次の朝、私たちの鼻孔は、前と同じ酸っぱい臭いを感じ取ったのだった。ルンギレは脅しを実行した。

そのあいだずっと、ムコリシは息を詰まらせて、吐きそうだった。しかし、ついに彼は焼いた鼠の肉のかけらを飲み込んだ。彼はちらちらと、弟の方に目をやった。どうして僕だけなの、この子はどうなの、と言っているかのようだった。もちろん、次の日の朝、ベッドは濡れていなかった。ところが、私たちが計画の成功を得意になって祝っているあいだに、もっとすごいことが起こった。

「ウポワムタータ？（僕の本当のお父さんはどこ）」だしぬけに、私の息子がこう尋ねたのだ。

私は自分の耳を信じることができなかった。手に持っていた皿を床に落とし、あっけにとられたまま、凝視した。それから、「何て言ったの」と尋ねた。

「ウポワムタータ？」再びムコリシが言った。これ以上ないくらい明瞭に。聞きまちがえるはずがない。ほぼ二年間も言葉をしゃべらなかった彼が、話したのだ。私は本当に嬉しくて、彼が口に出した言葉の意味がわからなかったくらい。

そう。これがムコリシ。彼は二年近くも沈黙していた。そして、彼が再び口を開いたとき、彼は私には答えようがない質問を発した。私は答えなんて知らない。

「ウポワムタータ？　僕の本当のお父さんはどこ」

しかし、毎日休まずに私の胃袋のくぼみを齧っているのは、彼が言ったことではない。そう、私の心に残り続けているのは、その日に彼が言ったことではなくて、むしろ彼が言わなかったこと。彼が尋ねなかった、いまだに一度も尋ねていない質問。当時から、今日という日のずっとずっと前から心に残っていること。いや、彼が尋ねた方の質問も、心に残っている。彼がそのときだけ、一分のあいだに二回尋ねた質問。その後は二度と繰り返さなかった。そのかわりに彼は前かがみになった。彼が急に老人のように背を曲げた姿は、言葉にならないくらい私を驚愕させた。

「僕の本当のお父さんはどこ。僕の本当のお父さんはどこにいるの」

おねしょはその後すぐに止まった。しかし私には、彼が恐るべき罪を背負い続けていることがわかった。ムザモとザジ。しかしムコリシは、彼らについては一言もしゃべらなかった。彼が小さかったときの友だち。かわいそうな子どもたち。犬のように死んだ。警官に撃たれて。誰もムコリシを責めたりはしない。あのとき彼は赤ん坊だったから。彼を責める人なんて誰もいやしない。これだけ大きくなって、ムコリシが誰かのことを告げ口するんだったら、とっちめたらいいわ。自分の罪を、彼はすすんで白状するでしょう。人を陥れるのはだめ。そんなことするくらいなら、たとえ自分が責任をかぶることになっても、ムコリシは嘘をつくでしょう。しかし彼は絶対に告げ口なんてしない。自分の姉妹のことでも。絶対に。若き獅子たちやネックレスにかかわることでも。彼はもう長いこと高校生で、とても熱心に左翼政治をやっているけど、自分とネックレス殺人との関係は何度も繰り返して否定してきた。ある日、こういうたまらない方法で人殺しをしてるのは学生たちじゃないか、とドワドワと私が指摘すると、ムコリシはこう言ったものだ。「僕じゃないよ！」彼が言うには、確かに彼の友人のなかにはかかわっている者もいた。「だけど、僕は人殺しじゃないよ」。その友人たちは、自分たちの親に何て説明してるんでしょうね。コーサの人びとが言うように、「イティヤラリンゴマフータ・アリタンジスワ（罪を頭に注いでも、神聖になることはできない）」

他にもいろんなことが起きて、時間がたって、ムコリシの顔に明るさが戻ってきた。抱擁とキスも戻ってきた。私たちのひそひそ話も。チョコバーみたいなお菓子を食べ終わるまえに、ムコリシは必ず私にもひとかじりするように言う。今日にいたるまで、私の三人の子どもたちのなかで、彼がいちばん感情を表に出す。だけど、あれからの年月、彼をどこにでも連れて行ってくれた二人の少年のことを彼が一度も尋ねないのが、私には気になる。彼が言葉を取り戻したときにも、彼は尋ねなかった。ムザモはどこ？　ザジはどこ？　彼がずっと昔にまる四歳だったときから、彼は一度も、どちらの少年のことも尋ねていない。なぜ彼がそうなのか、私は何度も自問した。なぜだろう。まるで、二人には会ったことがないかのように。彼らの名前を呼んだことなどなかったかのように。自分を置いていかないよう泣き叫んだことなどなかったかのように。夜中に起きて彼らと一緒にいたいと泣いたことなどなかったかのように。彼が、「ナベウォドロピーニ」という怖るべき言葉を発する前のこと。

しかし、彼が無防備になった瞬間、彼の傷ついた目をのぞき込むと、彼が知っているということがわかった。焼きごてで焼いたように知っているということが。

ムコリシが話しはじめたのは、あと数カ月で学校がはじまるというときのこと。ところが、いったん彼が話しはじめると、それはまるで、話す力を失ったことなど一度もないかのようだった。学校での彼の進歩は期待通り。ムコリシはいつでもクラスで一番だった。小学校での唯一の問題は、授業料を払わなかったという理由で彼が体罰を受けた日に起こった。当時、彼はスタンダード五だった。鞭で打たれたムコリシは動揺して、学校に行くのを拒絶したのだ。私は彼をおだて、懇願し、約束する筋合いのないものを与えると約束した。結局のところ、彼は学校に戻ることに同意した。

ところが、その数カ月後、自由の戦士としての訓練を受けるためにルンギレが国境を越えた。ふたたび私は一人になった。違いはというと、今度は二人の子どもがいるということ。それからしばらくして、私はムコリシが学校に行っていないことを発見した。ある金曜日、私が仕事から帰ってみると、私のベッドのうえに茶封筒があった。そのなかには二枚のパリパリの二〇ランド札が入っていた。

「どうして、こんなものがあるのよ」。自問しながら封筒をひっくり返してみた。するとそこに、大きな黒い手書きの文字でムコリシと書いてある。彼にお給料を払った会社の名前も。

先生たちに理由もなく鞭で打たれるのが、嫌でたまらなかったのだという。ムコリシは、先生たちに言われた本をぜんぶそろえていなかった。さらに、学年の初めに私たちが購入した何冊かの本は盗まれていた。わが息子が言うには、「それにね、父さんがいなくなって母さんがどんなに大変になったか、僕は知ってるよ」

その夜、私は彼にじっくりと話をして、働くにはまだ若すぎることを説明した。私が何とかする。召使いの仕事を辞めて、商売するとか、雑用をするとか。ひとりの白人女のために働くほど安定した仕事ではないだろうけど。学校に行かなくちゃ。私は彼にそれを納得させることができた。高校を卒業する前に中退したら、彼は一生後悔することになるだろう。昼も夜もタウンシップの路上をあてもなくぶらつく、数千人の若者の一人になってしまう。そうやって、ムコリシは高校に入るまでに、長いこと学校にとどまることになった。

不運なことに、この高校生時代に深刻な問題がはじまった。ムコリシが政治にかかわりはじめたのだ。ボイコット、ストライキ、在宅ストなどなど。すぐに彼は学生運動の指導者になり、たくさんの人びとが、ムコリシの顔は知らなくても名前は知っているようになった。

この子どもたちは大声を張りあげながらタウンシップをうろついた。今こそ解放を！　教育は後だ！一人の入植者に一発の弾丸を！　彼が政治に巻き込まれる分だけ、家で彼を見ることも少なくなった。

女の子のシジウェが生まれたので、いま私には三人の子どもがいる。私はシジウェの父親のドワドワと結婚した。家庭的な人。もっと若い頃の私たちだったら、おのぼりさんであること、遠く離れた都市での生活に適応する訓練を受けていないことを軽蔑して、笑い飛ばし、イムルフだとかスコム・ファン・フェル！　だとか呼んでいたような種類の男だ。しかし経験上、私が人生においてもっとも必要としていたのは、まさにこういうタイプの男だった。地の塩。きまじめで、手堅く、太陽の動きのように予見できる。ときどき雲がかかったり、熱すぎたりするけれど、いつでも決まった時刻にそこにいる。

そこで、太古の昔から常に行われてきたこと、やるはずになっていたことをやるのだ。ところが、私たちがムコリシを家の近くに引き戻そうと試みれば試みるほど、ムコリシはますます懸命に走ろうとする。しかし当時、彼と同世代の数千人の学生たちが彼と全く同じことをやっていた。国じゅうそうだったように、ここググレトゥでも。

そして、そういう政治にもかかわらず、二、三週間前に私がセクション3を歩いていたときには、いたるところで人びとが私を止めて、ムコリシを口をきわめて誉め称えたものだった。誰にとっても、彼は英雄。石鹸と区別できないような赤の他人の人びとも、私を足止めした。若者も老人も路上で私を止めて、こう言った。

「ムコリシのお母さん、ほんとに自慢できるお子さんがいらっしゃいますね。今どきの子どもたちは、まともなことなんてやりゃしませんよ。あなたがいてよかったって、神様に本当に感謝しているんですよ。そう。神様に本当に感謝してるんです。神様があなたにお与えになった息子さんのことですよ！」

このムコリシ！　ときどき彼のことがとても誇らしくなる。前の日、彼ははるばるＮＹ１１０の店に行って、ドワドワに何か果物を買おうとしたようだ。長いこと帰ってこなかった。ほんとうに長かった。彼がようやく戻ってきたとき、当然、私たちは彼を叱った。彼が遅く帰ってきた理由を知ったのは、次の日の朝のことだった。

翌朝の五時、ドアを叩く音がした。男と女が入ってきた。どちらも見知らぬ人。この人たちが誰なのかわかる前に、この二人は神様とムコリシ、そしてムコリシの両親である私たちのために、祈り、感謝しはじめた。

店の近くまで行ったとき、ムコリシは、見物人たちの視線のせいで、建物の裏で何かが起こっていることに気づいた。好奇心をそそられた彼は、見物人の一人に何が起きてるのか尋ねた。

「男の子たちが女の子を引きずって、あっちに連れて行ったんだよ」。その男は彼にそう告げた。だけどその子は叫んでなかったよ、とその男は言った。したがって、誰も干渉しようとはしなかった。女の子が叫んでなかったから。その娘は確実にレイプされるところだったが、ムコリシのおかげで逃げることができた。「そんなとき、連中が彼女に何をするつもりだったかなんて、誰でもわかるでしょう」。母親はそう言った。

「あなた方のお子さんは、勇気があります」。少女の父親が言った。涙があからさまに彼の頰を伝わっていった。彼らはムコリシにお金をあげたがったが、ドワドワはそれはよくないことだと思った。ムコリシは、誰でもやったかもしれないことをやっただけだ。

「いえいえ」。女の子の母親が静かに言った。「たくさんの人がいたんですよ。見てました。笑ってた人までいました。誰も犯罪を止めなかったんです。誰も。息子さんがそこに通りかかるまでは」

しかし今、その同じ人びとのなかに、私があなたの娘さんを殺したかのような目で見る人たちがいる。

または、私がムコリシに、彼女を殺しに行くよう公然と指示したかのような目で。

9

八月二六日木曜日　午前六時

警察が出ていったあと、いくつもの疑問が私たちに襲いかかった。どうして警察は、こんなとんでもない時刻に家宅捜索に来たのだろう。ムコリシに何の用なの。彼はどこにいるのかしら。どうして彼は一晩じゅう家に戻ってこなかったんだろう。こんな大騒ぎになって、ご近所さんはどう思うかしら。

それから、こうした恐るべき疑問だけでは十分に人騒がせではないかのように、その後すぐに解答の大群がやってきて、私たちを心の麻痺状態へと押し流していった。私たちには、いきなりすべてがわかった。すべて答えがある。それを知っていることで、私たちは絶望の淵へと投げ出された。というのも、私たちが知っているすべてのことは悪いこと、なおいっそう悪いことばかりだったから。

もちろん、警察は何も言わなかった。連中が私たちの息子を探しているのはなぜか、説明してくれるなんてことがあるだろうか。ググレトゥの警察は、いったいいつから、丁寧なだけでなく道理がわかる警察として有名になったのだろうか。礼儀正しいですって。ハ！　笑わせないでよ。

私たちが新しく得た知識のせいで、私たちの口から噴出する際限のない洞察、暗示、提案、推測のせいで、まだ悩まされていたあいだにも、朝早くから心配そうな隣人たちが押しかけてきた。

「どうも、ご近所さん。真夜中にいったい何の騒ぎだったの？」スコナナの眼球がぴょんと飛び出してきた。

「あんたが見てた通り。警察が来たんだよ」。ドワドワはぶっきらぼうに言った。

「へえ」

「そういうことだ」。ドワドワが厳しく言い返した。

スコナナが一歩退いた。

「あいつらはここのムコリシを探していたという話だけど」。スコナナがさらに続けるのを遮って、ドワドワが言い添えた。「俺たちもそのくらいのことしか知らん。だからもう邪魔しないで、そっとしておいてくれんか。あんなことがあったら今日はもうそれだけで十分だよ。そう思わんかね」

「お呼びでない、というわけね」。スコナナはむっとして勢いよく出ていこうとしながら、肩越しにこう言い放った。「外でみんなが何て言ってるか、教えてあげようと思って来ただけなんだけどね！」

「スクムホーヤ！（この人のことは気にしないでね）」退却しようとするスコナナに向かって、私はそう叫んだ。しかし返事らしきものはなかった。スコナナは立ち止まったりよろめいたりはしなかった。

彼女は振り返らなかった。まるで糊で固めたように背中をこわばらせながら、彼女はひたすら歩き、ドアにたどりつくと、それを開け、ものすごく静かに、柔らかく閉めた。彼女は特別に丁寧に振る舞うことで、あんたたちみたいなレベルに身を落としたりはしないわよ、という意思を示したわけだ。

私はドワドワに食ってかかった。「あんな失礼な言い方しなくてもよかったわ」

彼は言い返した。「おまえのご近所はしゃくにさわるんだよ、ときどきな。それにしても、あの女は何がお望みなんだ。もうちょっと待ってくれても、時間をくれてもいいだろうに、まったく！　警官どもだって、まだ警察署に戻ってないぞ！」

「あの人は何を言うつもりだったのかしら」

「何のことだ？」ドワドワが不機嫌そうに尋ねた。

「みんな何て言ってるのかしらね」

「あの女のところに行って聞いて見ろよ。つまらん噂話を本気で聞くつもりがあるんだったらな」

私は口をつぐんだ。私の夫はこんなもの。でも、「おまえのご近所」という一言は不愉快だった。子どもたちの場合もそうだけど、友人や近所の人たちがドワドワをうるさがらせるときは、彼はすぐさまその人物を私に差し出す。「おまえの子ども」、「おまえの友だち」、そして「おまえのご近所」。彼の冷淡な背中が、私をますます不愉快にする。私を不愉快にした張本人が、私が怒っていることを忘れて攻撃を仕掛けてくる。そんなときほど腹立たしいことはない。いまドワドワは忙しそうに自分のすべきことをやっているが、私は頭に血が上ってきた。

「あの人は、あんたのご近所でもあるでしょ」。口論していた部屋を離れながら、私は彼に言葉を投げかけた。私は子どもたちの面倒を見なければならなかった。

ドワドワは私の挑戦を受けようとはしなかった。そして私の心は、今すぐにでも両腕で抱きしめてあげたい一人の子どもの方へと向かう。彼はどこにいるんだろう。ムコリシはどこにいるの。彼に何が起こったのかしら。警察は彼に何の用があるのかしら。


神様ありがとう。ルンガの切り傷と打撲傷は、そう深いものではないことがわかった。厄介だが致命的ではない。唇は切れ、歯はぐらつき、おでこのコブは私が見ているあいだにも赤や青に色を変え、目の周りは数時間たったら確実に黒アザになりそうな感じだ。しかし肝心なのは、彼は骨折もしておらず、生き残れることが私たちにはよくわかっているということだ。

それでシジウェの方はというと、警察はほとんど手を出さなかったというのに、生きる屍になってしまった。彼女を一目見たドワドワは、ルンガの面倒を見るという、より簡単な方の仕事を選んだ。といってもドワドワ自身、右腕の下方、肘のほんの少し上に、ひどい傷がのぞいているのだが。頭を狙った一撃から身を守ったときにできた傷に違いない。

シジウェの面倒を見る準備を整えていたとき、ノックする音がして、声が聞こえてきた。「ヴーラ・ンディム！（開けて、私よ）」

ドワドワが苛立った太い声で尋ねた。「私って、あんた誰だ？　寝てる者を起こしてまわるなんて、あんたの家が火事なのかい」

「寝てるの？」すぐに返事が返ってきた。声から判断すると、その女性はまぎれもなく驚愕していた。その声を聞いて、私はそこにいるのが誰なのかもわかった。別のご近所さん。クワティ。

ドワドワがドアを開けて彼女をなかに入れた。両足や体のあちこちに絆創膏を貼っている。「寝てるとは思わなかったわ」。彼女はゼイゼイしながら入ってきた。

クワティは六十代の前半。長年の苦労が彼女に遺産を残した。網のような静脈瘤がくっきりと広がっているため、彼女の両足は老いた樹木の幹のように見える。捻れて節くれだった根っこに生命力を奪われているのだ。静脈は常に破裂寸前で、だから絆創膏を貼りつけている。煙草の吸いすぎと酒の飲み過ぎのせいで、健康は一向に回復しない。クワティはとても愛想がいい女性で、自分が糖尿病で喘息もちだということを認めている。私たちはみんな、彼女はアル中でもあるとにらんでいる。

「シジウェの母さん！ 私の妹よ。こんな早い時間に何の騒ぎだね」。私たちが答える前に、彼女はおしゃべりを続けた。「ニバンジジェルワ・ントーニ・ンゲンジククーカ（犬が歯を磨く時間に、どうして逮捕されたんだい）」

ドワドワはスコナナにはぶっきらぼうだったかもしれないが、クワティに対しては露骨に無礼にふるまって、こ・ん・に・ち・わ！という時間も与えないうちに彼女を追い出しにかかった。このかわいそうな女は、ほとんど最初の質問に答えてもらうこともできなかった。おせっかいな隣人に対するドワドワの厳しい対処の仕方に、私は必ずしも同意しているわけではないけれど、彼のやり方が効果的であることは認めざるをえない。ムコリシがいない、そして彼が警察に追いかけられているというだけで、私たちの重荷がすでに十分に重いことは確か。

私は彼女と一緒にドアまで歩いて、こう言った。「午前中もうちょっと遅い時間に、また来てくださいね、クワティ。ご覧の通り、ぜんぶ片づけないといけないんですよ」

「わかったよ」。そう言って彼女は立ち去った。私はドアの脇に立ち、彼女がゲートから外に出るまでドアをつかんで開けたままにしておいた。私は目の前の仕事に戻り、二人の子どもの面倒を見て、家のなかを再び整頓しようとした。片づけられるもの、つまり、修理のしようがないくらいに壊れてはいないものを、整頓しようとした。

ドワドワは台所でルンガの面倒を見ていた。シジウェは食事部屋にいたので、私はそっちの方に行くところだった。

水がなくなった溝のおたまじゃくしみたいにまんまる開いた両目を突き出しながら、シジウェは床の上にうずくまっている。そこはドアからいちばん遠く、寝室の壁と隣り合わせの内壁に面した、部屋の隅っこ。彼女は両ひじを膝にまわしてかがみ込み、喉の奥深くから、怯えた鳩のようなクックッという恐怖の声を出した。高い音程の震え声ではない。それは盲目的な絶望に満たされた、深くて鈍いうなり声、臆病なため息だった。不明瞭な怖《おそ》ろしい声が止まらず、両肩は上下にすさまじく揺れている。しかし、グロテスクに突き出た両目から涙は出てこない。

私は彼女を腕のなかで抱き起こし、なかば引きずり、なかば担ぎ上げながら、寝室まで連れて行った。そこで彼女は、どさりとベッドに崩れ落ちた。私は彼女の両肩をゆすり、憑かれたような涙のない叫びを止めようとした。しかし、それは止まらなかったし、私の呼びかけに彼女は答えようともしなかった。

「シジウェ！　シジウェ！　聞こえるかい」

彼女から返答はなかった。震えながら、ベッドに横たわっているだけ。部屋はけっして寒くなかったけれど、私は分厚いショールをもってきて彼女にかぶせ、台所に行って濃いお茶を一杯つくった。

彼女はお茶を受け取り、火傷しそうに熱かったのに、それを一気に飲み干した。まるでぐっと冷えたお茶を飲んでいるか、または、彼女の喉は燃焼するような生命ある組織ではできていないかのようだった。

それから彼女は、きちんと座り直した。何か言うだろうと思って、私は待った。彼女を子細に観察しながら、待った。

しかし彼女は、まばたきもせず、舌を失ったかのように沈黙して、目を見開き続けるだけだった。何分かすると彼女は再びベッドに崩れ落ち、手足をめいっぱい伸ばして、目を閉じた。彼女が眠ったのかどうか、私にはわからなかった。

私は彼女の額に手を当ててみた。熱はない。ほっとした。しかし、私はこの場から立ち去って彼女をひとりにすることはできなかった。私はその場に立って彼女を観察し続けた。まるで彼女が生後数時間の赤ん坊であるかのように。

しばらくのあいだ、眠ったのかどうかよくわからないまま、彼女は発作的に寝返りを打ち、もぐもぐとつぶやいていた。しかし、すぐに彼女の息づかいは落ち着いて、筋肉もゆるんできた。ようやく彼女が、穏やかに、慎重に眠りに落ちたことに満足した私は、部屋からそっと出ていった。しかし、ドアは少し開けておいた。

「母さん!」しゃがれた叫び声がして、私は急に振り返った。私は言葉が出なくなった。彼女を見た。なぜ彼女は叫んだんだろう。どうしてああいうふうに、あんな声色で叫んだんだろう。たいそう心の重い叫びだった。お先真っ暗な絶望の叫びみたいに。

「何よ、何があったのよ?」私は吠えた。

「ああ、母さん!」豊かにほとばしる涙があふれ出し、一瞬のうちに頬を伝わって、追跡し合うように顎へと落ちていった。

「シジウェ、何が起きたのよ」。私は大声で叫んだが、答えは得られなかった。私は不安でたまらなくなった。なぜこの子は私を呼んだんだろう。何が彼女を苦しめているんだろう。

彼女は首を横に振った。そして、自分の手がぼろ布か何かみたいに、それで顔をごしごしぬぐった。まず片手で、そしてもう片方の手で。まるで最初の手が涙でずぶ濡れになったので、もうひとつの手を使わなきゃいけなかったみたいに。

私は待った。何をやったらいいのかわからず、途方に暮れながら。ついに彼女が口を開いた。

「警察が……ムコリシはここに、こ、こ……」。そして彼女は口をつぐんだ。目を閉じて、話すのを止めた。その間にも涙があふれて、顔じゅうを濡らした。

ふたたび私は待った。息を止めた。息をすることができなかった。そんなことをしたら、彼女が考えていることが、恐がって逃げてしまうかのようだった。私はせいいっぱい意志を強くして背筋を伸ばした。しっかりしろ！　私は自分に向かってそう言った。口を開かず、静かに。しんぼう強く待って、この子が言うはずのものに耳を傾けるよう、私は自分に言い聞かせた。実際、しばらくしてから、彼女は言葉を続けた。

「母さんが帰ってくる前に、お兄ちゃんがここに来たのよ。大慌てで入ってきて、自分の小屋に行って、それから出て行っちゃった。小屋に行ったのは何かを隠すためだったと思うわ」

「何を？」

「知らないわ、母さん」

「どうして？」

シジウェは黙っていた。

「誰と一緒にいたの？　あの子は一人だったの？」

シジウェの顔面に、何かシャッターのようなものが下りてきた。彼女の目の表面に。いまや、別の顔の別の目が私を見ている。彼女は動かなかった。座る姿勢さえ変えなかった。しかし、いま私を見ているのは別の女の子。狐のように用心深い。

彼女が急に乗り気じゃなくなったこと、会話を続けたくなくなったことを感じて、私は重要な手がかりに近づいてるんじゃないかと思った。

「あの子は誰と一緒にいたの、シジウェ？」私は甘い声を出した。

「母さん、私は知らないのよ」。涙が乾いていることに気がついた。私は何も言わなかった。黙って彼女を注視した。しっかりと。そうやって長いこと、私たちは互いの視線のなかに閉じこめられたままだった。どちらも一言もしゃべらなかった。

ついに彼女が、不安な沈黙を破った。

「そう。言いたくても言えないわ。私、そこにはいなかったから」

彼女からは何も聞き出せないということがわかった。彼女が何を話そうとしていたのか、私は自問するだけだった。それは明らかに、そのせいで彼女がとても気まずくなるような、怯えてしまうような何か。私は、しばらくはわからないままにしておくことに決めた。そのままでいいというわけじゃない。シジウェの言葉のせいで、私の心の奥深いところに虚ろな感覚が残った。しかし、私を地獄に真っ逆さまに突き落としたのは、彼女が言ったことではなく、彼女の目を覆った用心深さの方だった。

台所の方からドワドワが、自分は出かける準備ができているぞ、と大声を出した。

私はシジウェを自分たちの寝室に残した。彼女の寝室にはルンガを入れることにした。ルンガが寝泊まりしていた掘っ建て小屋は、もはや修理不能。彼は父親と一緒に台所にいた。

「母さん、八時に起こしてね」。そう言ってから、ルンガは寝室に入ろうとした。

「どこに行こうっていうんだい」

「学校だよ」

「学校ですって?!」何を考えてるのかしら。学校なんて。こんな状態で。「自分がどういうありさまか、わかってるのかい」

ルンガはうなずいただけで、寝室にゆっくり歩いて行った。

「たまには、あたしの言うことを聞きなさいよ」。遠のいていくルンガに向かって、私はそう叫んだ。

彼は立ち止まりもせず、ふだんは姉が寝ている部屋へと足を引きずっていった。

「あたしにはわかるわ、あんた、どこかに行ける状態じゃないのよ!」私はそう言った。

「はあい、母さん!」彼は静かにそう言って、ドアを閉めた。

ドワドワは自分の傷口を洗ってから、そこにクリームを塗っていた。子どもたちの世話は両方とも終わった。もうみんな大丈夫だと思う。みんな。もちろん、ムコリシを除いて。しかし今、私は、警察がやってきたときにここにいた三人のことだけを考えている。とつぜん、あの連中が来てからずっと抑え込んでいた恐怖と怒りがこみあげてきて、それは、シジウェが私にほとんど話してしまった何か、シジウェがしゃべってしまうんじゃないかと私が恐れ、受け止めることを拒絶した何かがもたらす新しい恐怖と、ごたまぜになった。すべての謎が私の骨を消耗させ、私の心をずたずたに切り刻んだ。私は、食事部屋で奇跡的に立ったままになっていた椅子のひとつにドサリと座り、テーブルのうえで頭を抱えた。そして、そのときまで抑えつけていた涙が顔を濡らし、その下の堅い両腕の方に落ちていくのを感じた。羽毛のように軽い手が、私の肩に落ちてきた。

「大丈夫だ」。夫がやさしく耳打ちした。「泣かないでおくれ。そのうちうまくいく。成り行きを見ようじゃないか」

ほんの少しあとで、背中に触れていた手が離れた。足音。特徴がないくらいに柔らかく、静かな足音。去っていく。台所の方に動いていく。すぐに物音がした。ドワドワが仕事に行く準備が整ったということを知らせる物音。

「おまえは大丈夫か」。少しあとでドワドワはそう問いかけて、私の肩を軽くゆすった。私は目を開けようとした。しかし、瞼は協力してくれなかった。まつげが縫い閉じられていた。まるで、誰かが私のまつげを接着剤で封印し、乾いて永遠に糊づけされたような感じがした。

「そんなに疲れているのか」

「ええ」。私は声がする方向に向かってうなずき、雄々しく努力して、まつげの一部をこじ開けた。

「そうなの」。彼が何かを訊きたそうに眉を上げるのが、うっすらと、ぼんやりと見えた。

「私は家にいなきゃいけないと思う。もしかすると……」今度は私の舌が動かなくなった。それとも、私が話したかったこと、話さなければならなかったことが口に出来ないほど重たいものだということが、舌にはわかっていたのだろうか。

「もしかすると、家に帰ってくるかもしれない」。必死に努力して、私は一息で言葉を押し出した。

「あいつが帰ってくるなんて、どうしてそう思うんだい」

「知りませんよ。だけど……」彼は私に最後までしゃべらせなかった。

「あいつが帰らなかったら、どうだというんだ」。そこで、私の目が大きく開いた。どういうことかしら。この人はいったい何を言いたいんだろう。

「ムコリシはいつだろうと家に帰ってくるわ」。私は信念をもって言い返した。もっとも、その信念はすみやかに私を見捨てようとしていたのだが。

私は、彼が投げかけた視線の意味を解読することができなかった。

「昼食までに戻ってこなかったら、探しに行くわ」。心に浮かぶやいなや、このせりふが口から出ていった。それは私の口から飛び出して、ドワドワより以上に私自身を驚かせた。

「俺に言わせたら、時間の無駄ということだ」。何かを聞こうとしているかのように耳をそばだてながら、彼は話すのをやめた。それから、こう続けた。「どっちにしても、おまえより早く警察があいつを捕まえるだろうよ。確実だ。だからあいつはここには戻ってこない。どこにいるにせよ、今ごろは知ってるはずだ。警察が自分を探してるってことをな」

「なぜ？」私はドワドワに飛びかかった。彼は私が知らない何かを知ってるのだろうか。それを私に隠そうとしているのだろうか。

「なぜって、何のことだ」

「どうして警察が彼を探してるのよ」。私はドワドワを信頼していた。彼は、狡猾なことをしない、私が知ってる数少ない人のなかの一人。

「俺に聞きたいのか」。彼の眉毛が飛び上がり、髪の生え際に迫る。彼は繰り返した。「俺に聞きたいのか。この子は長い足のせいで、いつかたいへんな厄介ごとをもちこむだろうと思ってたんだ。おまえには十分に話して聞かせたじゃないか?」

私は何も言わなかった。私に何が言えるだろう。私が何か言えば、彼はますます腹を立てるだろう。夫がどんな人か私は知っている。私たちはしばらく、互いに見つめあった。彼は片方の眉毛を上げて、私に答えるよう促した。そうね、その質問への答えを聞きたかったら、好きなだけ待ったらいいわ。私は絶対に答えてあげないわよ。

私は、肩をすくめてこう言った。「だったら、他の二人がどんなふるまいをしてるかも考えてみなきゃいけないでしょ」。これは、私自身の耳にも下手ないいわけに聞こえた。夫の視線は、彼が私の嘘を見通していることを示していた。

彼は言った。「いや、俺のことは、俺の愚かな問いのことは、もう気にしないでくれ。どっちにしても、俺はもうすぐに出ないといけない」。彼はすっかり忙しくなり、その間ずっと、もぐもぐと独り言をしゃべっていた。「俺が言わなかったとは言わせんぞ。このおまえの子どもは、ある暖かい日にな、注意して聞けよ、ある暖かい日のこと、待って成り行きを見ろ、あいつは棘だらけの薮みたいなスキャンダルを引きずってきて、おまえは自分で何をやったらいいかわからない、自分の目をどこに隠したらいいかもわからない、てなことになるってな」

自分が生まれたときから知っていたことがある。または、とても小さいときに身につけたせいで、そんなふうに思えること。私は自分自身を、自分が存在することを知るようになった。私たちは、少なくとも母の乳房からそれを吸収した。空気そのものから吸い込んだ。たいていの人は。学校に行くずっと前から、父が昼間、仕事場でつらい思いをしたときは、私にはそのことがわかった。父はこう不平をこぼしたもの。「あんな犬どものために働いてんだよ!」文句を言いながら歩き回り、ぐびぐびっと酒を飲んだ。

父の給料日には、母自身がボスたちと喧嘩することがよくあった。何か理由があったのだろう、母は金曜日になると、父の仕事の条件に対する不満が激しくなるように思えた。

ある金曜日、母が爆発したときのことを覚えている。

「セシランバ・ンジェ・ベブムシャーバ・ウェトゥ・アベルング!(あたしたちが飢えるようになったのは、白人があたしたちの土地を盗んだからだよ)」。そして、軽蔑的に手首でパシッという音をたてて、封筒を床に投げつけた。後になって、私はますますひんぱんに、こうした言葉を耳にすることになる。「白人が私たちの土地を奪った。白人が私たちの家畜の群れを奪った。いま私たちには牛がない。何も持たずにやってきた連中が広大な農場を手にして、そこには丸まる太った牛があふれている」

こういう言葉が何を意味するのか、母に尋ねたことは一度もなかった。そもそも、母親が青い空の丸くて黄色い目玉を指さして、「イランガ（太陽）だよ！」と教えてくれているときに、その意味を尋ねる子どもなんてどこにいるだろう。

そして、お祖母ちゃんが亡くなったとき、お祖父ちゃんがやってきた。年長の息子のところに来てくれたのは、私にとって幸運だった。

ちっちゃくて痩せた丸顔に、小さな目。お祖父ちゃんは、いつも微笑んでいた。しかし私たちのところに来て間もないある日、お祖父ちゃんは私に、学校で何を勉強したか尋ねた。

「ヤン・ファン・リーベックと、彼の三つの船。彼がどうやって、嵐の岬（ケープ・オブ・ストームズ）に中継基地を建設しにきて、そこを喜望峰（ケープ・オブ・グッド・ホープ）と呼ぶようになったか！」

いつもと同じように、私は威張って、厳密に要求されている以上の知識をひけらかした。

お祖父ちゃんの笑顔が消えた。「嵐の岬！　嵐の岬！」お祖父ちゃんは咳払いしてから、こう続けた。

「あっちで着替えて、何か食べなさい、孫よ。ここに来てくれたら、お祖父ちゃんが本当に起きたことを教えてあげよう。そうだ、希望の岬なのだよ」

お祖父ちゃんは何が気に入らなかったのかしら、と怪訝に思いながら、私は言われたとおりにした。勉強ができたら普通はほめられるわけで、それで嘲笑されることなんてない。とまどいながら、私はあわてて普段着に着替え、一切れのパンと一杯の生姜ビールをひっつかみ、ぜんぶ飲みこんでから飛び出した。

「使ったお皿を洗いなさい」。私が家を出るとき、母が念を押した。

母にやり直せと言われないですむように気をつけながら、私は大慌てでコップとお皿を洗い、片づけた。私は家から這い出して裏庭に行った。お祖父ちゃんは、兄の掘っ建て小屋の脇にある横木に座って、日なたぼっこをしていた。お祖父ちゃんのお膝元で受けたたくさんの「授業」の、それが第一回目だった。

「嵐の岬というのには、どういう意味があったのだ」。お祖父ちゃんが聞いた。

「たいてい海が荒れてて、船が難破したんでしょ」

「だったらどうして、連中はそれを喜望峰と呼ぶようになったのだ。海は彼らを殺さなくなったのかい」

岬の名前が変わった話をしたとき、先生は海のことには言及しなかった。お祖父ちゃんは私が口ごもっているのを見た。お祖父ちゃんは続けた。

「海はもう、連中にとって重要ではなくなった、ということなんだよ。あいつらは、ここで暮らすことに決めた。あいつらは、もう船で旅をしたりはしなくなったのだ」。さらにお祖父ちゃんは続けた。お祖父ちゃんの声は柔らかくて遠く、まるで多くの人びとの前で話していて、聴衆の耳はお祖父ちゃんの声だけに満たされているみたいだった。

お祖父ちゃんは始めた。「昔々のこと。われわれのご先祖様の時代。白人が初めてこの国に来たとき、あいつらはここを嵐の地と呼んだ。なぜそう呼んだかといえば、果てしない巨大な青い川があいつらの船を飲み込んだからだ。三百年以上も前の話だ。手下を従えてやってきた白人の頭《かしら》、ヴァスコ・ダ・ガマと呼ばれていた男が、そういうふうに呼ぶことにしたんだ。嵐の地、というふうにな」

「いちばんの大嵐は、その人たちが勝手に運んできたんでしょ。そんなこともわからなかったのかしら」

「連中は食べ物と水を探しに来た。それで、食べ物のことがすごく気に入ったから、ここで暮らすことにした。あいつらは、ここにはもう人がいるのを見つけた。しかし、だからといって居残るのをやめたりはしなかった。そして居残って、ここで見つけた人びとから土地を奪いはじめたというわけだ」

お祖父ちゃんはため息をついた。「そうなんだ、孫よ。いちばんの大嵐は、まだここにある。それはわれわれの心のなかにある。この土地の人びとの心のなかにな」

「というのもな、まあ、聞きなさい。ここの憎しみの根っこは深いんだよ。深い。深い。深い」。ここまで言って、お祖父ちゃんは黙りこくった。とても長いこと沈黙していた。そこで私は、あえて口を開いた。

「どうしてなの、お祖父ちゃん。どうして人びとの心の中に憎しみがあるのよ」。しかし、お祖父ちゃんは口を開かなかった。ただ、私の頭をなでただけ。母が私にお手伝いを命じる前に、そして太陽が家で眠りにつく前に、友だちのところに行って遊びなさい、と言った。

「このあいだ、おまえに言ったことを覚えているかね、孫よ」。別の日に、お祖父ちゃんが尋ねた。

「はい、お祖父ちゃん」。私はそう答えた。

「おまえの先生たちは、ノンカウセについて何か教えたか」

「はい、教えてくれましたよ、お祖父ちゃん」

「それで、何だと言った」

「彼女はニセの予言者で、牛をぜんぶ殺したら三日目には新しい牛をもらえるというふうに、みんなに告げたんでしょ」

「それで、人びとはそうしたのか」

「はい、お祖父ちゃん」

「どうしてだ」

「みんな迷信にとらわれて、無知だったんでしょ」

お祖父ちゃんは首を横に振って、パイプの煙をめいっぱい吸い込んだ。それからこう言った。「おまえの教師どもは、うそつきだな。まあ、そんなもんだろうよ。結局のところ、あいつらはボーアの政府から給料をもらってるんだから。われわれの土地を奪ったのと同じ連中の政府だからな」

お祖父ちゃんは私をじっと見つめてから、こう言った。「孫よ、聞きなさい。そして、今日聞いたことを覚えておきなさい」。そして、民衆のインボンギ［詩人］の声で、朗誦した。

深く伸びるは、この地の憎しみの根
かくも深い。牛を崇める民族は、その尊い群れを皆殺しにした
農夫たちは、くまなく播種した豊作確実な肥沃な農場までも、燃やした
自然の兆候を読みとる者たちは、自ら偽りの信条を信じるに委せた
真昼の赤い目玉は、逆さに東に落ちて眠りに入る

すべてを。すべてを、邪魔なヨソ者どもから自由になるために
呪いを洗い流すのに、どんな犠牲も大きすぎはしない
かくも深く、深く、深く、憎しみが広がっていた
それからおよそ二世紀、憎しみは増すだけ
憎しみは増すだけ

お祖父ちゃんは止めた。私を見た。唇のまわりに微笑みを浮かべ、目を輝かせる。

お祖父ちゃんは言った。「孫よ、注意して聞きなさい。このまえ、嵐について話しただろう。嵐の岬について話しただろう」

私はうなずいた。

お祖父ちゃんは続けた。「よし。人間の心のなかの嵐は、吠えまわる強風や途方もない荒波よりも、もっと危険なんだ。そんなものだったら、逃げ出して、どこかに避難所を探せばよろしい。おそらく、すっかり免れることだってできるだろう。でも、自分自身の心、あるいは他の人の心から、どうやって逃げることができるかね。

コーサ人にとって、自分の牛と別れるのは簡単なことではない。けっして簡単なことではないんだ。覚えておきなさい!」お祖父ちゃんは言った。

そして、歳をとった今でも、このマフワナーナお祖父ちゃんの言葉は、私の耳のなかで新鮮に響く。コーサ人と牛についての、お祖父ちゃんの言葉。おじいちゃんの骨は長くて白く、もっとも澄み渡った

眠りの毛布に覆われている。あの日、ずっとずっと昔のことだけど、お祖父ちゃんは私にこう言った。

「わたしの子どもの、子どもの、子どもよ。雌牛や雄牛というものは、けっしていい加減なものではないんだ。お腹がすいたときは、畑やエニャングウェニ［倉庫］にトウモロコシがある。瓢箪《ひょうたん》のなかにアマシ［発酵乳］がある。壷のなかにはインコベ［トウモロコシの粒］がある。アマルヘウ・インガイニ［トウモロコシのスープ］がある。牛は食べ物ではない。気まぐれに歯をチクチクさせるようなものではないのだ。もし肉を食べなきゃいけないときは、鶏や豚、山羊や羊の肉を食べればよろしい。しかし真実を言えば、雌牛や雄牛はお遊びではないのだ」

　わたしは言った。「だけど、お祖父ちゃん、だったらどうして牛なんて飼うわけ。牛の番をして、自分の仕事を増やすだけじゃないの」

　お祖父ちゃんは笑った。お祖父ちゃんの巨大な震えるお腹の奥深くから、深い笑いの唸りが出てきた。「なあ、孫よ」。お祖父ちゃんは含み笑いをした。お腹の隆起が小刻みに上下した。「なんて質問をするんだ」。それから、深く考え込んでいるか、またはうわのそらでいるような様子を見せながら、お祖父ちゃんはゆっくりとわたしの髪の毛をかきまわして、こう言った。

「おまえが言ったことは正しい」。お祖父ちゃんは微笑んだ。「家畜の群れの世話をするのは、けっして簡単な仕事ではない。だけど、忘れてはだめだ、孫よ。忘れてはだめだよ。雌牛は乳をくれる。そして、私たちの小屋の床をきれいにする糞をくれる。それにわしらは、この獣の皮をつかって、自分たちの体を暖めておくことができるし、その角で道具や飾りをつくることができる」。そう言いながら、お祖父ちゃんは片方の手で、もう片方の手首の飾り輪をくるっと回した。

お祖父ちゃんは再び微笑んだ。それから体を曲げ、わたしの髪をかきまわしながら、こう続けた。

「牛というものは、世話をするだけの価値があると思わんかね」

私は答えた。「うん、そうね、お祖父ちゃん。そうよ。そうなんだろうと思うわ」。私はそう言ったが、それはお祖父ちゃんに自分の正しさを確信させるためというよりも、しつこい疑念を私の心から追い払うためだった。

「思うだと?」お祖父ちゃんは叫んだ。しかし、お祖父ちゃんのやさしい顔にはとても柔和な微笑みが浮かんでいた。お祖父ちゃんは続けた。「よろしい。牛がどうしてわしらの生活にとって大切なのか、もっと説明してあげよう。わしらが受け取る乳、糞、皮などよりも、もっと大切な理由があるんだ。

孫よ、それは、こういうことなんだ。第一に、わしらは、男がロボラ［結納］を義理の親族に提供できるようにするために、牛を飼うんだ。そして義理の親族の方は、お返しに彼をシンゼカ［結婚の儀式を完了］する。シンゼカというのは、結婚相手の家族から彼の家族に贈られる血で、それは両家族を結びつけるしるし、絆だ。われわれは首長たちに敬意を表し、その賢明な決断と、よき統治を賞賛する。われわれは崇敬される死者たちに別れを告げ、われわれを守ってくれる祖先を思い出して挨拶する。戦争のときには、相手側の不幸な犠牲者の代償として、敵に牛を贈る。牛は、呪術医の治療に対するウムランドゥ［報酬］としても使われる」。お祖父ちゃんの表情は晴れやかで、目は笑いで輝いていた。

「わかるだろう、すごい仕事なんだ。コーサ人の暮らしのなかで、牛はものすごい仕事をしてくれるんだ」。お祖父ちゃんは続けた。

「考えてみなさい。ひとつの民族がまるごと、そう、たいへんな論争、口論を経て、口で何度も咀嚼したうえで、牛をぜんぶ屠殺することに合意したんだ。そんな忌まわしいことに合意したんだ。彼らをそんな怖ろしい犠牲に駆り立てるなんて、どんなに憤激が深かったのだろう。そんな反応を引き起こすなんて、どんなに憎悪が深かったのだろう。繰り返すが、コーサ人は簡単に牛を手放したりはしないんだよ。

ところが、一八五七年、コーサ民族はすべての牛を殺した。食べるためではない。お祭りも儀式もなかった。一匹の獣すら殺す理由などなかったのだ。しかし、国じゅうの家畜の群れが殺された。その目的は、白人たちを海に突き落とすことだった。予言者は言った。そうやって白人たちはみな溺れ死ぬとな。最後に残った者まで、ひとり残らず。

かくも高貴なる犠牲。そうなると、憎悪が激しければ激しいほど、求められる犠牲は大きくなる。これは単純な原因と結果の法則だ。

そして彼らは農場を燃やした。土地の恵みで生きてきた人びと、穴のないボタンには価値を認めず、植えつけの季節に植え、勤勉に畑に手を入れ、鍬を入れ、雑草をむしり、水をまき、ときが熟したら刈り入れをする人びと。彼らが農場を燃やしたんだ。一人前に成長した男がすっくと立ち上がり、その頭には一条の髪房も見ることができない。そうなるのに十分なくらいイジセレ［貯蔵庫］をいっぱいに満たした人びとが、農場を燃やしたんだ。さて、どうやったら、この巨大な飢えたイジセレに食糧を入れることができるというんだ。蓄えておくべきトウモロコシ、かぼちゃ、豆、そのほかの野菜を、いったいどこから手に入れられるというのだ?

しかし、牛を殺せというのと同じ呼びかけによって、彼らは生い茂る農場を焼き払うよう駆り立てられた。完全に焼き払う。すべてを破壊する。破壊しつくす。切り株さえ残らない。

牛も収穫もなく、穴のないボタンを扱ったこともないのに、彼らに何ができるというんだ。どうやって暮らしたらいい。どうやったら生き残れるんだ。どこに行ったらいいんだ。どうやって暮らしていく、どうやって自分たちを養っていくことになるんだろうね」

お祖父ちゃんは、母が彼の目の前に運んできた瓢箪のなかのアマルヘウを、ぐびっと飲んだ。「ほら」。お祖父ちゃんはそう言って、私も飲めるように瓢箪を下におろした。私はアマルヘウをごくりと飲んでから、地べたのうえで両足を折り畳んで座っていた場所に戻った。お祖父ちゃんはもうひと飲みしてから、こう続けた。

「約束された日、変わったことは何も起こらなかった。珍しいことは何も。普通じゃないことは何も。太陽は東から昇った。そこまでは予想通りだった。人びとは待った。正午、太陽が天頂に到達し、地上の影が消えるまで待った。

まばたきもせず、人びとは太陽を見つめた」

「太陽は前に進んだの?」

「進んでない!」

「進んだんでしょ!」

「たぶんな!

とても長く感じられただろう、何分かが過ぎた。彼らには判断できなかった。しかし、彼らは希望を捨てなかった。彼らの生そのものが、ものごとが逆転するかどうか、自然の秩序が逆さまになるかどうかで、決まることになっていたんだ。

ところが、すぐに、すぐに、悲劇的なくらいすぐに、事態は明白になった。太陽は以前と同じように前進した。あらかじめ定められた経路のうえを進み続けた。前へ、前へ、永遠に前へ。何百年も昔からそうだったように。最初の奇跡は裏切られた。彼らはまだ希望を捨てなかったのだろうか」

「太陽は西に落ちていった」

「約束はどうなったんだ。予言はどうなったんだ。最初の奇跡は裏切られた。それでも希望を捨てなかったのだろうか」


いつもと同じように、太陽は東から昇るだろう。空の頂点にたどり着くまで、上へ、上へ、上へ、昇り続けることだろう。それから、西に動くかわりに、太陽は向きを変えて、逆さの方を向いて、東に落ちて沈む。太陽が東に沈むのだ！

それから新しい太陽が昇り、殺され燃やされたことどもが、すべて復活する。穂軸が高く、乙女の大腿のように大きい、新しいトウモロコシ。果物と野菜。新鮮で引き締まり、汁気たっぷりで甘い、土着のそして外来の、果物と野菜。純血種の牛。黒光りする牛、赤牛、ネジムフサ、インチョ［どちらも牛の一種］、子をはらんだ雌牛、よく鳴く強い雄牛、誇り高い雄の子牛。悠々と慌てずに動くにつれて、筋肉が波打つ。牛、羊、山羊、その他のすべての家畜、人びとに役立つ動物。これらすべてが、地面から甦る。そう。植物のように、それらが地面から甦る。まるで世の始まりのように。まるでカマタ［コーサの神］が、すべての土地と、そのなかのすべてのものを最初に造ったときのように。まるでエムボ［先祖の出身地］のように。人びとがカマタを、自分たち自身の、何ものでもない剝き出しの目によって、見ようと望むよりも以前の時代のように。これらの目は、人びとがものを見ることができるようにカマタが与えたものだ。ものごとは、それらがエムボであった頃、まさに原初の時代と同じくらいに、善良で、損なわれていない。

「これらの目は、いまや凄まじい絶望のうちに、あたりを探し回る。それらはいったい、どこにあるんだ。エムボの民は、約束された奇跡の実現を望みながら、見る。約束されたことは、これがすべてではなかった。そうではなかった。彼らが待ち望んでいたのは、彼らが怖るべき犠牲と引き替えに希望したものは、これがすべてではなかったんだ。

エムボの民は、こうした奇跡のために、自分たちのすべてを犠牲にしたわけではなかった。結局のところ、カマタの善なる土地にも、野生のフクロウや獣はいたし、野生の薬草や根菜もあった。川は轟音をたてて駆けるように流れ落ち、笑いさざめきながら巨石を迂回し、アマジンバ［茶色いトウモロコシ］のけだるい野原を曲流し、見知らぬ人びとと、遠く離れた村々のなかで消えていく。

覚えておきなさい。最大の奇跡とは、すべてのインダバ［知らせ］の母なる理由とは、昔の暮らしへの復帰の約束、トウモロコシの絹の髭のような毛髪をもつ人びとがもはやいない状態への復帰の約束だったんだ」

巨大なつむじ風が巻き起こり、すべての白人を海に突き落とす。そこで彼らは、みな溺死する。

「そんなことが起きるものなのか。約束されたことが他にはひとつも起きなかったというのに、そんなことが起こるのか。本当に起こるのか。

人びとは見た。

それで、どこに兆候がある。予言通りになるという最初の兆しは、いったいどこにあるんだ。人びとは待った。口の中に胆汁が出てくる。不安が腸をすりつぶす。人びとは待った。奇跡がちっとも現れなかったので、人びとは怪しんだ。不安で目を見開きながら、人びとは怪しんだ。まだ希望を捨てずに、怪しんだ。溺れる男がつかんだのは、果たして頑丈な木の幹だったのだろうか」

私たちは、ふたたび瓢箪を手にとって、口を濡らした。そのあと、今度はお祖父ちゃんが、パイプに口をつけないと声が出なくなると言った。「もうひと飲みしなさい！」とお祖父ちゃんは言った。私はそうして、待った。お祖父ちゃんは何度か煙をふかし、煙を空中に吐き出し、目を閉じて、満足そうにため息をついた。

少し休んで、お祖父ちゃんは始めた。「太陽は西に沈んだ。焼け焦げた地面は傷ついて、黒いままだった。新しい雑草の一本も現れなかった。白人を海に突き落とすような大風は、起きなかった。その日は。次の日も。人びとが何日待っても起きなかった。そのあいだにも、白人は頑強に生きて、壮健であり続けた。彼らの鉱山は、若い男たちの屈強な手と腕を貪欲に求めていた。

数日して、殺された数千の牛の朽ち果てた死骸から、腐臭が漂ってきた。それからすぐに、人間の死体から腐臭が漂ってきた。老いも若きも、男も女も、そして子どもたちも。数千、数万の人びとが死んだ。

恐るべきニュースが山火事のように広がった。強欲な者どもは、われわれが牛を殺し畑を焼く前の論争のことを耳にしていた。いまや、エムボの民が死んだために、彼らが村にやってきた。一味を率いたのはサー・ジョージ・グレイ。連中がやってきた。飢える、死にゆく人びとに、食料の贈り物を持ってきた。二度と飢えずにすむ素晴らしい機会を提供した。『鉱山へ、鉱山へ、急げ！　急げば助かるぞ。もう二度と飢えることはないぞ。二度と』」

お祖父ちゃんが言うには、もう長いこと、村人たちはその誘惑に抵抗していたのだという。鉱山に来い！　ここに来てお金を、穴のないボタンを受け取れ。穴のないボタンは、君たちを、とても幸せな民にするだろう。

「しかし、ずっと昔、コーサ人の予言者ンツィカネは、トウモロコシの絹の髭のような毛髪をもつ人びとの到来について、コーサの民に警告していた。『この人びとは、おまえたちに、良き書物と穴のないボタンをもたらすだろう。

書物を受け取れ！　書物を受け取れ！
しかし、穴のないボタンには気をつけろ！
穴のないボタンを受け取るな！
それは受け取るな！　それは受け取るな！
書物は受け取れ！　しかし穴のないボタンは受け取るな！』

そういうわけでな、孫よ、牛殺しのときには、まだコーサ人は穴のないボタンに飢えてはいなかった。人びとのあいだでは、そういう飢えはまだよく知られていなかった。穴のないボタンと引き替えにもらえるものなど、必要としてはいなかったのだ」

ハイ、イリシュワ！（ああ、何という災難）
アマブール、アジジンジャ！（ボーアは、犬だ！）
ひとりの入植者に、一発の弾丸を！
マッチ棒一本で、われわれの民族を解放するぞ！

「ああ、本当に長い道のりだった。実のところ、歌声はずいぶん、ずいぶんと遅れてやってきたんだよ。その歌が歌われるまで、他にも多くの人びとが、大海を越えてやってきた色のついていない人びとから、民族を自由にしようと試みた。

左利きのマカナは、ノンカウセと同じような結果を予言した。彼の魔法のおかげで、白人の銃の弾丸は水に変わるはずだった。

イサンドルワナでは、槍と盾で、セチュワヨのインピ［部隊］が、巨大なイギリス軍とその銃砲をうち負かした。

クイーンズタウンのブルフークは、抵抗のもうひとつの事例だ。話してあげよう。二〇〇人近くの人びとが殺されたんだ。どんな罪だったのかって。人びとは自分たちの土地は自分たちのものだ主張して、それを取り戻すことを望み、そこに居座ったんだ。力ずくでも動かない、となったときに、弾丸が放たれた。

しかし、無駄だった。まったく無駄だった。今日でも、白人はまだここにいる。孫よ。いちばん有名な嘘つきでも、連中がこれから消え失せるとは言っていない」

お祖父ちゃんは知恵の蔵。学校で習ったいくつかの事実を、見かけは違うけれど、まるごとすっかり理解している。お祖父ちゃんは、一見すると愚かな判断、そして弁護できないと思われた行為が、理解可能なだけでなく、とても名誉あることだということを説明してくれた。

八月二六日木曜日　午後一時

まるで深い眠りから覚めるかのように、私は意識を取り戻す。頭は分厚く重苦しい霧に覆われており、起きあがって目を開ける気になれない。どうして私は、この日に面と向かうのがこんなに嫌なんだろう。胃袋のくぼみに重たい岩が居座っている。

「母さん、起きてる？」シジウェは台所と食事部屋のあいだのドアに立っていた。彼女は元気そうだった。そのせいで私が驚いてしまうのは、なぜかしら。彼女が元気そうに見えたからといって、どうして私が驚くのかしら。私はぼんやりとした頭で、その難問に取り組む。

「あなたは、調子はどう？」

目玉焼きの臭いがする。ちょうどそのとき、私のお腹が音を出して、何か食べ物を入れないとだめだということを思い出させる。シジウェの背後では、帯状の強い陽光が台所にあふれ、流し場、戸棚、リノリウムを黄色く染めていた。台所とそのなかのすべてのものが、快活に輝いている。

「私は起きてるわよ」。シジウェが答えた。しかし、私を見る彼女の顔に、微笑みはない。

そしてとつぜん、すべての記憶が戻ってきた。昨晩の、いや、明け方の恐怖。私が目をぱっと見開き、彼女の兄たちがどうしているか尋ねようとしたちょうどそのとき、私の心を読んだかのように、シジウェがこう言った。

「戻らなかったわ」。どっちの兄のことを喋っているのか、彼女は言う必要がなかった。

私は尋ねた。「それで、ルンガは？　まだ寝てるのかしら。あの子は元気なのかしら」

「母さん、ルンガはもう何時間も前に出てったわよ」

「でも、いま何時なの」

「一時よ」

私は空腹だったけれど、とつぜん食欲が消え失せた。私の苦痛を感じ取ったのか、見て取ったのか、シジウェは即座につけ加えた。

「男の子たちが何人かルンガ兄ちゃんに会いに来たわ。お兄ちゃんは調子が悪いって言ったんだけど、どうしても話をしたかったみたい。なかなか帰ろうとしなかったのよ」

「どこの子？　私たちが知ってる人たちかしら」

「そうよ、母さん」。彼女はしばらく黙って、それからつけ加えた。「車で来たわ」。彼女はこの驚くべきニュースを伝えながら、私の方を見た。気が動転した。ルンガには、車をもってる友だちなんていない。私たちは車なんてもってない。私たちの友人たちももっていない。車をもってる人なんて、私たちは誰も知らない。しかし、私からの返事がないことを見届けて、シジウェはこう続けた。

「そのなかの一人が言ってたんだけど、名前は知らないけどランガ高校に通ってる子ね、彼がムコリシ兄ちゃんのことを何か言ってたわ」

それを聞いて、私には声が戻った。言葉も。私は警戒しながら、即座に尋ねた。「ムコリシのことを話してたんだって?」

「そうよ、母さん」

「何を話してたのよ。ムコリシがどこにいるか、何か言ってた?」

「いいえ、母さん」。彼女はそう答え、それから話すのをやめて、私を見た。どうやって話を進めたらいいのか、不快な重大情報をどうやって私に伝えたらいいのかわからず、途方に暮れているかのようだった。警察が立ち去った後、今朝早い時間の私たちの会話のことを、私は思いだした。

「何の話だったの?」また同じ表情。どうして彼女は隠してるんだろう。そこで、私は尋ねた。

「何の話だったの? いったい何があったの、シジウェ」。自分で意図したわけではないのだが、私の声は詰問口調になっていた。

「母さん、私は知らない」。彼女は話しはじめ、戸惑った。視線を足下に落とし、それからこう続けた。

「思うんだけど……」、彼女はそう言って、黙って、また話しはじめた。「昨日、白人の女の子に起きたことと関係があるみたいね」。彼女はそう一気に喋った。部屋がぐるぐる回った。でたらめなジガママロールを踊った。近くの椅子の腕をしっかりつかみながら、私はその椅子の快適で親切な膝のうえに体を落とした。ゆっくりと、注意深く、私の体はすべて液体になった。私は、自分自身が椅子の上に流れ出していくのを観察していた。感覚がなくなった柔らかい、ゼリー状の肉体の内部のどこからか、大きなため息が漏れた。あばら骨を痛く打ちつける心臓が休息を必要としていたために、私はため息をついたのだ。

「殺された人のこと?」私は自分がそんな質問をするなんて信じられなかった。このことが真っ先に心に浮かんだのは、なぜかしら。ムコリシの不在がこの事態と関係があるかも知れないと考えはじめたのは、いつだったのだろう。

「そうよ、母さん」。シジウェは静かに言った。彼女はそう言って、部屋から出ていった。

私は無理して食事をとった。ひとつにはシジウェをがっかりさせたくなかったから。もうひとつには、食欲があってもなくても、食べなければならないということを知っていたから。私には、食べ物が与えてくれる力が必要だったのだ。私たち流の言い方だけど、「食べることで力をつける」、そうしなければならなかった。

私たちが遅い朝食を終えるやいなや、家の外、門の真ん前に車が止まった。何なの?と思いながら、私はパッと飛び上がった。それから、ルンガに用事があってやってきた車のことを思い出して、私は緊張を解いた。たぶん、少年たちが彼を送ってきたんだろう。そしてたぶん、ムコリシもみんなと一緒にいるんだろう。そう思うと、胸が高鳴りはじめた。私は窓のところに行って、車の方を見て、誰がそこから出てくるか、はっきり見届けようとした。

私の知らない男が、車から出てきた。

「誰?」シジウェが尋ねた。

「わからないわ」。ちょうどそのとき、私は、彼が襟首に聖職者のカラーをつけていることに気づいた。

「でも、あの人は牧師さんね」。私はつけ加えた。

それを聞いたシジウェは座っていたところから跳ね上がり、窓に近づいてきて、私のすぐ隣に立った。

「ああ」。彼女は小さい声を出した。その男は門を通り、さらに玄関に続く段々を上がってくる。

「誰? あなた、知ってるの?」意図したわけではないが、私は切迫した声色になった。しかし、男はすでにドアをノックしていた。

「どうぞ!」私は言った。

「NY2の聖公会の牧師、マナンガです。

モルウェニ、アペカーヤ!「こんにちは、お邪魔いたします」」。牧師さんは陽気に挨拶した。なぜ彼は、こんな卑しい家にやってきたのかしら、と不思議に思った。私たちは彼の教会の信徒ではない。私が結婚したドワドワは、熱心なメソジスト教徒だった。したがって私は、自分がそのもとで育った聖公会から離れてしまっていた。

互いに自己紹介を済ませた後、マナンガ師は、まるで説教壇から話しているか、または二軒離れた家の人びとに自分たちの話の内容をわざと聞かせたがっているかのように、とても大きい音量で、ものすごい大声で、こう言った。

「アピ・ラ・マクウェンクウェ・アラーパ? [ここの少年たちは、どこにいるんですか」]

どっちも学校に行っていますよ、と私が言うと、彼は首を横に振って、お兄ちゃんの方にとてもいい知らせがあるのに、いないとは残念なことだ、と声を張り上げた。

「名前は、ムコリシ・ントロコですね」

私は答えた。「そうです、牧師様。ムコリシは私の長男です」

牧師さんは続けた。その少年と友人たちが、前日、自分のところに来たのだという。「集会を開く場所を探していたのです。ようやく、彼らのための場所を見つけることができました。できるだけ早く伝道所に来るように、ムコリシに言ってあげてください」。これみよがしの態度で、彼はそう言った。

「ありがとうございます、牧師様、ありがとう！」私は言った。好奇心と狼狽が声に出ないよう懸命に努力し、また、できる限り穏やかで自然な声色になるよう注意しながら。

それは、現実にはあまり容易なことではなかった。というのも、牧師さんは話をしながらずっと、ポケットから取り出した紙切れに何かをひっきりなしに書きなぐり、また、どこかの部屋から誰かが、何かが飛びかかってくるのではないかと思っているかのように、常に神経質にまわりを眺めまわしていたから。彼の首は、いろんな方向にひっきりなしに旋回し、それ自体に意志があるかのように回転していた。彼はものすごく汗をかいていた。巨大な汗の水玉が、こめかみを流れ落ちた。

彼は、背筋を伸ばして私にメモを渡し、うなずき、ウィンクをしながら、こう言った。

「あの子、ムコリシに言ってあげてください。今日の午後、私はずっと家にいます。あの子は私に会いに来なければいけません。いつでもいい、と言っておいてください」。それから、まるで私が言ったことに答えるかのように、彼は続けた。「そう！　そうですね。今日はもう遅いかもしれません」。彼は人差し指をたてて、それを唇に当てた。この振る舞いは、静かにしろということかしら。それとも、秘密を漏らすなということかしら。

私はうなずいた。

それに答えて、ゆっくりと慎重に、私が理解するところでは共感を示しながら、牧師さんもうなずいて、出ていった。取り残された私は、相変わらず困惑し、動揺していた。彼のメモにはこう書いてあった。

「タティタクシ、エヤ・カエリチャ、ウェシェ・クウィストプ・ソクキベーラ（カエリチャ行きのタクシーに乗って、終点で降りなさい）」

ほんの少し前には自分で想像もできなかったスピードで、私は身支度を整えて、家を出た。この男は私を息子のところに連れて行ってくれるのだろうと確信し、私の心は歌いはじめた。しかし、タクシー［ミニバス］を待ちながら、私は少しばかり醒めてきた。私はそう思い込んでいたけれど、彼は、私をムコリシのところに連れて行くとは言わなかった。だけど、それなら、彼は私をどこに連れて行くつもりなんだろう。私は自問した。彼はムコリシのことを話していたんじゃなかったっけ。

時間が時間だったので、タクシーはなかなか来なかった。しかし、労働者の通勤時間ではなかったおかげで、ついにやってきたカエリチャ行きのタクシーは満員ではなかった。乗り込んでみると、席まで空いていた。

タクシーが停留所を二つ過ぎたところで、自分が乗った停留所にいたけれど私がほとんど注意を払わなかった女の子が、二、三席うしろの席から移ってきて、私のすぐ隣に立った。そのときでさえ、私は彼女にほとんど目を向けなかった。彼女は降りる準備をしているんだろうと思い込み、ほんの数分前まで私たちは一緒に路上にいたけれど、この人はこの程度の距離も歩かないのかしら、と漠然と思っていた。実際、私たちはまだググレトゥのセクション2にいた。私の心は疑問だらけだったので、彼女が読みかけの本を床に落とさなかったら、私は彼女にまったく気がつかなかったかもしれない。

私の足のすぐ横に本がドサリと落ちたとき、私は顔を上げた。ちょうどそのとき、彼女は体を曲げて本をひろった。私の足元、ちょうどくるぶしの下、くるぶしと靴のあいだを、何かがひっかいた。私は驚いた。

私はそっちを見ようとした。

少女は私のひざに何かを押しつけ、私には目もくれず、すぐに去っていった。

私は自分がしかめっ面をして眉にしわを寄せているのを感じながら、小さな紙切れを広げた。それは鉛筆のように、きつく小さく巻いてあった。私は見た。

「エシャ・クウィストプ・エシランデーラ・エシ・ンデーシャ・クソ・ムナ（私が降りる停留所の次で降りなさい）」

私は顔を上げた。女の子は、私に会ったことなどないかのような表情で、私を見た。それはもちろん、真実。ある程度まで、真実。今では私たちはつながっている。そうでしょ。私のひざに謎のメッセージを置いたのは、彼女でしょ。この人は誰なのかしら。私は再びさっと手紙に目を向け、それから彼女を見た。

ほとんどまったく顔つきを変えず、ゆっくりと、とてもゆっくりと目を細めながら、これ以上コミュニケーションをしてはならないということを、彼女は示した。

私は再び手のなかのメモを見た。そして、さっきは気がつかなかったことに気づいた。このメモの筆跡は、牧師さんがくれたメモの筆跡とそっくりだ。でも、あのとき、牧師さんは私の目の前でメモを書いたわ。

心ならずも、私は再びあの謎の女の子に視線を向けた。メモにはこう書いてある。「私」。考え込んでしまった。「私」というのは女の子なのかしら。常識的には、きっとそうだろう。しかし、そうはいっても、私はこのメモを書いた人物を知っていた。ちょうどそのとき、私の心臓が口から飛び出しそうになり、とつぜん私の思考が止まった。女の子がタクシーから降りようとしていたのだ。

私はパニック状態になり、慌てて飛び上がった。ここはググレトゥの最後の停留所で、そのあとタクシーはニャンガに向かう。私はここで降りることになってるんじゃないかしら。終点で。

「待って！」私は叫んだ。その停留所で降りたのは彼女一人だけで、タクシーが動きはじめていたから。

「待って！　降りるわ！」

「起きろ！」運転手は叫んだ。「俺のタクシーで寝るなよ！」彼はそう言って、キーッと音をたてて車を止めた。とつぜんの不作法な停車のせいで座席から放り出された乗客たちは、ぶつぶつと文句を言った。

「あら、ご、ごめんなさい」。私は自分の非を認めて口ごもった。メモに書いてあるのは、その女の子の次の停留所で降りろということ。彼女と同じところで降りようとするなんて、私は何を考えていたのかしら。終点と書いてあったのは最初のメモ。それに、その終点はカエリチャだった。

タクシーはまだ止まったまま。みんなが私を見ている。私はもぐもぐとお詫びの言葉を言った。困惑し、取り乱した私は、運転手も乗客も見ることができなかった。そのかわりに、自分の足を見つめた。抗議してギアをきしませながら、タクシーが走り出した。私は脇によろめき、外側の席に座っていた背の低い髭面の男の上に倒れそうになった。

「ごめんなさい」。彼が、もうたくさんだ、という意地悪で不愉快そうな表情を見せたので、私はあえぎながら言った。でも、私が何にもつかまってなかったことが、彼には見えなかったのかしら。私が彼の膝の上にわざと飛びかかったとでも思ってるのかしら。私はわざと、もっと意地悪な表情をその男に向かって返し、ゆっくりとドアの方に動いた。そのとき、愉快じゃない考えが浮かんだ。次の停留所で降ろしてもらうように、運転手に頼まないといけないんだ。気が進まない仕事。舌がとても重くなった。「次で止めて!」後ろからいらいらした叫び声が上がった。ありがたい。私は体を横にして車の前方に進んだ。

タクシーが自分の停留所に到着するのを待っているあいだ、自分と同じ場所でいったい誰が降りるのかしらと思いながら、私は停車を指示した声の主を探した。しかし、まだ誰も立ち上がっていない。次の停留所はまだ少し離れているということがわかった。

タクシーがついに私の停留所に到着した。最初に降りたのは私だった。続いて二人の乗客が降りてきた。どちらも年輩の男性だった。「次の停留所」と叫んだ声は女性だった。若い。女の子の声。その声の主はどうしたんだろう。私は自問した。どうしたことか、私は狼狽していた。

びっくりして、次の瞬間、私は自分に言い聞かせた。「マンディサ、あなたは疑い深くなってる。注意しないと、自分の影につきまとわれているんじゃないかと疑って、そこに何か不吉な理由があると思い込むことになるわ」。はっきりわかる。明らかに、ここで下車した年老いた男のひとりが、手伝いを求めたということなんだ。自分の声では運転手の耳に届かないと考えたか、他に何か理由があって、タクシーから降りる意志を運転手に伝えてくれるよう他の誰かに頼んだのよ。たぶんある若い女性が、この紳士の片方または両方の隣に座っていて、そういうふうに手伝ってあげたんでしょう。いったい何が問題なの。自分の疑念がどんなにばかばかしかったかわかって、私は苛立って首を横に振った。どうしてこんなことになったのかしら。なぜこんな奇妙なことが起きたのかしら。あの牧師さんは私をどこに連れて行くつもりかしら。私が牧師さんのことを言うのは、牧師さんが手紙を二つとも書いたのは間違いないと思っているから。こんなに似た筆跡の手紙を別々の人が書くなんてことはありえない。私はそう確信していた。彼は私をどこに送り出すつもりなんだろう。目的地が謎なのはどうしてかしら。

いま私は悟った。私の直接の問題は、自分がどこに向かっているのかさっぱりわからないということ。彼は私に、カエリチャの最後のタクシー停留所で降りるように指示していたわ。その停留所からこんなに遠いところで、私はいったい何をしているのかしら。なぜ私は、言われるままにバスから降りたのかしら。ニャンガの最初の停留所とカエリチャの最後の停留所は、まったく違う場所。私が今でも手にしているこのメモを渡してくれた女の子は、いったい誰なのかしら。さて、どっちに行ったらいいのかしら。

そうやって心のなかで騒ぐ疑問に答えるかのように、車が止まって、窓が開いた。私は道路の脇に退いた。

「ンディム、ママ・カムコリシ（私ですよ、ムコリシのお母さん）」

私はすっかり安堵した。牧師さんだ。マナンガ師、その人。しかし、あんな心の状態だったので、その事実をすぐさま実感することはできなかった。もちろん、牧師さんが乗っていた車が、さっき家に来たときの車とは違っていたということもあった。あれからの短い時間で、なんてたくさんのことが起きたんだろう。

「私ですよ」。彼は繰り返した。私が彼の挨拶に何の返答もせず、彼に気づいたことを示す言葉も口にしなかったからだ。

「ごきげんよう、またお会いしましたね」。私はそう言ったが、彼の指示に従わなかったことをとがめられるのだろうと確信していた。「奇妙なことが起きたんですよ」。私は急いで説明した。しかし、牧師さんは手をあげて制止した。

彼は満面に笑顔を浮かべて、こう言った。「いいんですよ。車に乗せてあげられなくてごめんなさい。あなたとは反対の方向に向かっているもんでね」

「え?」私は言った。私はどう頑張っても、つけ加えるべき意味のあることを思いつかなかった。どうやって続けたらいいのかわからなかった。

「ここでお待ちください」。牧師さんがそう言ったので、ますます混乱した。「赤い車を運転する女性がやってきて、車を止めて、道を聞くでしょう。彼女への答えは、こうでなくちゃいけません」。牧師さんはひと息ついて、私を見て、ゆっくりとこう言った。「その女性にこう言わなくちゃいけません。私はこのあたりには住んでませんから」。彼は再び私を見た。「覚えられますか」

「はい、牧師さん」。私は答えた。「私はこのあたりには住んでませんから」。私は繰り返した。彼は満足そうにうなずいた。

心の混乱は、すぐさま警戒に変わった。この人が私に演じさせているゲームは、いったい何なんだろう。私の息子はどこにいるんだろう。私はここの出身じゃありません、と赤い車を運転する女性に告げたあとは、何をやったらいいのかしら。どうして私は、こうやってタクシーで行ったり来たりするうちにムコリシのところに行けるのかどうか、牧師さんに尋ねなかったんだろう。そもそも、彼はムコリシに会ったのかしら。ムコリシがどこにいるか知っているのかしら。昨日の晩、どうしてムコリシは、家に帰ってこなかったんだろう。

しかし、すでにもう、私は停留所でひとりになっていた。マナンガ師が教えた言葉を私が繰り返すのを聞くと、すぐに彼は車を飛ばして消えてしまった。

「お母さん」。声がして私は夢想から目覚めた。「ここから空港には、どうやって行ったらいいんですか」

「空港ね」。私は尋ねた。「空港ですって？」それから私は、その質問をした女性が赤い車を運転していることに気づいた。心臓が痛み、急に傾いたので、私はさっと胸に手を伸ばし、それを元の場所にしまった。

「違う」。私は言った。「違うわ」。牧師さんが私に教えた言葉を正確に思い出そうと、私は半狂乱になった。

「え？」彼女が驚いて発した声は質問口調だった。二〇代で、とても美しい女性だった。それから私は思い出した。

「私はここの出身じゃありませんから」。私は慌てて言い放った。牧師さんの言葉を思い出そうと懸命だったので、手のひらが汗で湿っぽくなった。ようやく大切な言葉を思い出せたので、私の心はこの女性を受け入れた。先生か看護婦ね。きっとそうだわ。何をやってるにしても、教育を受けている。そういうふうに見える。そんな肌をしている。柔らかくて光沢がある。苦労を知らない。健康で、それによく食べているから、頬が赤みを帯びている。手もきっと柔らかいでしょうね。そんなことを考えた。

車の後ろのドアがゆっくりと開いた。

「お乗りください、お母さん」。車のなかから声がした。野太いしわがれ声。ぜったいに女性の声ではない。いずれにせよ、私に道を聞いた女性は、唇をぴたっと閉じたままで私を見ていた。

私は車にじりじりと接近した。

「お乗りくださ い、お母さん」。その女性も言った。微笑んでいる。私がためらっているのをおもしろがっているにちがいない。

私は車に乗り込んだ。後部座席で身を低くしてかがみ込んでいたのは、ぴかぴかの白い運動靴を履いて、トラックスーツを着込んだ男性だった。彼は黒い目出し帽をかぶっていたので、ほとんど顔を見ることができなかった。車が大きな音をたてて動き出すと、彼は姿勢をまっすぐにして、私にスペースをあけてくれた。

車がどんなにややこしい道を走ったか、言葉では言えないくらいだった。その女性は猛スピードで運転を始めてからひと言もしゃべらなかったけれど、私をどこに連れて行ってるのか、私が何者なのか、彼女は知ってるのだろうか。私は不審に思いはじめた。

やっと、車が止まった。

「ここが家ですよ」。私の隣の男性が言った。

「何の家ですか」。私は尋ねた。

「あなたをお連れするように指示された場所ですよ、もちろん」。前の席に一人で座っていた女性が、ついに口を開いた。

「おやおや」。私は言って、車から這い出た。

私がドアを閉めるやいなや、車はさっさと消えてしまった。

私は家を見た。前方の窓にはオレンジ色のカーテンがかかっている。閉まっている。誰か中にいるのかしら。私は深く息をついて、門に向かって歩き、それを開けて、磨き上げられた赤い段々を登った。私はドアにたどり着いて、ノックをするために手を上げた。

「お入りください!」慌てた声がして、内側にゆっくりとドアが開いた。

迅速なもてなしに驚いた私は、家の内部に入り、そこで自分の到着が予想されていたことをはっきりと理解した。この家に息子が隠れているんだったらどうしよう、と思った。なぜだろう。なぜ彼は隠れているんだろう。なぜここに、この家に。ここは何の家で、私をここに連れてきた人たちは何者なんだろう。牧師さんから、たったいま私を降ろしてくれた二人まで、あの人たちみんな。

部屋の中央のテーブルに近いところに、二人の男性が立っていた。ドアを開けてくれた女性は、それを開けたままにしてくれている。

彼女は言った。「ちょうど出ようとしていたところなんですよ。どうぞお座りください」。窓の近く、壁ぎわに置かれた深緑色のソファへと、彼女は私を案内してくれた。「座ってお待ちください」

それに対して男たちはうなずいて挨拶し、もうひと言も喋ることなく、三人ともに歩き去って行った。私は一人で取り残された。

ここで人びとが私を待っていたことは、明らかだった。私が誰なのか、私が何をしたいのか、尋ねた人は誰もいない。いつ引っ張り出されるかわからないと予期しているかのように、私はソファに軽く腰かけ、その縁に座った。

そう。私を待っていた。でも、いま私は家のなかでたったひとり。次は何かしら。牧師さんが再び登場して、驚かせるのかしら。実際、そうなることを私は半ば期待していた。家の外に止まる車のエンジン音が聞こえ、すぐに牧師さんの愛情のこもった挨拶が聞こえてくるのだろう。でも今回は、私の方が待ちかまえているわ。牧師さんにぜったいに尋ねたい質問がいくつかあるのよ。

まるごと三〇分ほど、私はそこに座っていた。たった一人で。この家のなかに他に誰かがいるとは思えなかった。それほど静かだった。床を走るネズミの音ひとつしなかった。私は待った。その場の唯一の雑音は、私自身の神経質な息づかいと、心臓の鼓動。私は待った。不安は言うまでもないけれど、好奇心もふくらんだ。

ドアが開く音がして、私は飛び上がった。家の中のドア。誰もそうは言わなかったけれど、家にいるのは自分だけだと思い込んでいた。しかし、私は間違っていた。

とつぜん、家がくるくる回りだした。私は深く息を吸い込んで、くらくらする意識を落ち着かせようと必死になった。

ムコリシ。見たこともない服を着ている。まるで一週間も眠っていたような雰囲気だけど、身なりはきれい。

「一人？　一人で来たの？」あちこちに不安そうな視線を投げかけながら、彼は尋ねた。私は、自分たちがまだ挨拶さえ交わしていないことに気づいた。

「そう。一人よ」。私たちは部屋の反対側に立って、互いに見つめあった。

次の瞬間、彼は私の腕のなかにいた。いや、私が彼の腕のなかに。ときどき、区別するのが難しくなる。特に子どもたちがこれだけ大きくなってしまうと。つい昨日までは、背中にしょっていた子どもたち。今では男と女。すっかり大きくなって。

泣きはじめたのがどっちなのか、私にはわからない。しかし、次の言葉が発せられる前から――私たちの頬はぴったりくっついて、返答のない悲しみの涙で濡れていた――、私は、自分たちがとても厄介な事態に陥っていることを知っていた。このまえ息子の泣き顔を見たのは、いつのことだったかしら。思い出せない。

「どういうこと？」私は彼を、腕の長さだけ押しのけた。私は彼を見た。「昨日の夜、どうして家に帰らなかったのよ。これはどういうこと？　どうして警察はあなたを探してるの。どうしてこんなにたくさんの人たちが、わざわざこんなことやって、あなたを隠そうとするのよ」

彼の頬を涙が流れた。何も気にとめず、正直に涙を流しながら、彼は私を見た。彼の目には計り知れないほどの恐怖があった。

「ムコリシ、あなたは何から隠れようとしてるの。誰から逃げようとしてるのよ」

「僕がやったっていうんだよ、母さん！」

このときになっても、私は自分の頭のなかで、恐怖を完全に実感することはできなかった。

「あなたがやったんですって。誰がそんなこと言ってるの」

「みんなだよ。警察も」

私の心のなかのどこか深いところで、かすかに鐘が鳴りはじめた。無意識のうちに尋ねるのを避けてきた質問が、唇から勢いよく飛び出した。

「あなた、何をしたの。どうして責められるの。ウチョルワ・ンガントーニ？」

ゆっくり、とぎれとぎれに、娘さんに対する暴行の話が姿をあらわした。昨日の、怖るべき行為。私の息子はこう言った。

「母さん、僕を信じてよ。車に石を投げた人は大勢いたよ。僕はそのなかの一人だっただけなんだ」

「だけどね」、彼を真正面から見つめながら、私は言った。スコナナの言葉が耳のなかで響く。「彼女はナイフで刺し殺されたのよ」。自分がそう喋るのが、自分の耳に聞こえた。スコナナが言った言葉。ああ、ずっと、ずっと昔に。ブスッ。くぼんだ手のひらに拳を突っ込む。ブスッ。今でも聞こえるわ。

長い、長いあいだ、ムコリシは答えなかった。

「そうなの？」

重いため息をついて、彼はついに口を開いた。

「そうかもしれないけど、母さん、そうかもしれないけど……」そこで彼は中断した。それから、やや長い小休止、私にはそこに橋を架けたり、割り込んだりするだけの力がなかったけれど、そんな小休止を経て、彼は続けた。「大勢の人たちが、彼女を刺したんだよ」

再び、私は彼を見た。私の心は、一度にたくさんの方向に向かって大量の祈りの言葉を打ち鳴らした。「あなたは、そのなかの一人だったの？　その女の子を刺した大勢の人たちの一人だったの？」どんなに祈ったことか。この質問を発しながらも、答えが明確な「いいえ」であるようにどんなに祈ったことか。いいえ。彼は彼女の車に石を投げた。彼がやったのはそれだけ。ナイフじゃない。彼女の肉体にナイフを突っ込んだりはしていない。たくさんの、たくさんのナイフのなかのひとつだとしても。

しかし、私の息子は、私の直截な質問には答えなかった。繰り返して尋ねたのに。一度ではなく、二度でもなく、何度も何度も繰り返したのに。死んだ女の子にナイフをふるったことを否定する答えは、息子の唇からは出てこなかった。私はその答えを得ようと、長いこと待った。しかし、その答えはなかった。しばらくして、重い心で私は自覚した。私がこれほど緊急に、これほど絶望的に、これほど熱烈に聞きたいと祈っている答えを、耳にすることはないんだろうということを。

ついに私は、言うべきことを言った。「あなたがやったの？　この白人の女の子を殺したのは、あなたなの？　あなたのナイフがやったの？」

彼に何と答えてほしかったのか、この時点で、私にはさっぱりわからなくなっていた。

しかし、息子は答えようとしなかった。とても深く大きい恐怖に覆われた目で、私を見ただけだった。嘘をついても、彼はこの恐怖を私から隠すことはできない。自分自身から隠すこともできない。

「僕はやってないよ、母さん。誓うよ、やってないよ！」彼はすすり泣いていた。はらわたを掻きむしるような、強い、心を苛むすすり泣き。

私は無言で彼を抱きしめ、ソファに身を沈めた。そして、彼のすすり泣きが、空気を吸おうと必死になっている者のあえぎのように乾いてしまうまで、泣きたいだけ泣かせてあげた。すると、彼の涙は引いていった。彼は私の膝のうえに頭を載せていたので、スカートがびしょびしょに濡れてしまった。

しばらくすると、彼が少し落ち着いてきたことがわかった。何にせよ、私たちはいまや立ち直り、互いに面と向かって、目と目で相手を探している。

「どうして？」私は尋ねた。静かに。いさめるような口調ではない。非難めいたものではない。私がそう尋ねたのは、単純に、どうしてそんなことが起きたのか理解できなかったから。どうして彼が、ムコリシが、そんなことに参加できたんだろう。多かれ少なかれ、どんなやり方にせよ。

「どうして？」

「やってないって言ったじゃないか、母さん！」彼の声色は高く、激しい怒りが浸透してきていた。

怒り？　私に？　私が何をしたというの。

「じゃあ、どうしてみんなあなたを指差してるのよ」

答えはない。

私は再び同じ質問をした。「どうしてあなたなの？　どうしてみんなが、あなたがやったって選別してるの？　こんな大変なことをやったのはあなただって、どうしてみんなが言ってるの？」

私が同じ質問を、あるいは似たような質問を繰り返すと、ついにムコリシが爆発した。「そこにいたのは、僕だけじゃないんだよ！」

「彼女はもう帰ってこないって、わかってるの？　死んでしまったっていうのは、取り返しがつかないことでしょ。わかってるの？　わかってるの？　わかってるの？」今度は私がすすり泣く。理性を失って激しく。

「母さん、そこにいたのは僕だけじゃないんだよ！」彼は叫んだ。私はますます激昂した。私はとても怯えていた。彼のために。私のために。私たちみんなのために――彼の兄弟、妹、ドワドワ。私は次の日に起こるはずのことが怖くてたまらなかった。いまや確かに、しばらく前の警察の手入れが、怖るべき意味を帯びるようになっていたのだ。警察が探していたのは、犯……　しばらく前の恐怖が甦り、私の息子が逮捕されるだろうということがわかったせいで、ひどく増幅された。警察が探していたのは、今でも探しているのは、犯……、ムコリシ。彼は殺人罪で告発されるだろう。それ以上考えることを、私の心が拒絶した。裁判の後で何が起きるか、ちらりと考えただけで、私の思考は止まった。

「ああ、あんたは馬鹿よ」。私は叫んだ。すっかり動転して。「自分がやったことがわかってるの？　あんたのナイフに彼女の血がついていたら、あんたが刺したのが彼女の親指だろうとなんだろうと、関係ないでしょ！　そんなこともわからないの？　ムコリシ、そんなこともわからないの？」

　少し間隔を置いて、ごたまぜになった無数の感覚が私の全存在に染みわたり、それを完全に占有した。すべてが感覚で、思考なんてまったくない。何という状態に陥ったんだろう。方向のない感覚の海を漂流する。何よりも、恐怖。

　そして、私たちは互いの腕に抱かれた。誰が誰を慰めていたのかしら。わかっていたと言ったら、嘘になる。赤ん坊になった私を寝かしつけるかのように、息子が私の背中を叩いた。乾いたすすり泣きに苛まれていたのは、どっちだろう。

百年たって、私たちは抱擁を解いた。しかし、私はまだ彼の手を握っていた。疲れ切って、私は彼の目を見つめた。

彼は瞬きをしなかった。

私は息子の目を見つめた。そこに痛みと恐怖を見つけた。

だけど、私の姉＝母さん、私は彼が隠れるのを助けるのかしら。彼を警察に出頭させるのかしら。弁護士を見つけてやるのかしら。そうすることは、あなたの殺された娘さんに、私が悲しみを感じていないことを意味するのかしら。私はあなたの敵なのですか。あなたは私の敵なのですか。私があなたに、どんな悪いことをしたのでしょうか。あるいは、あなたが私に。

彼女は目的に満ちた人生を送っていました。

ああ、彼女はまったく恐れを抱いていませんでした。彼女には明日がありました。とても楽しみなことがありました。これからやるべきことがありました。若くして、すでに彼女はたくさんのことを達成しているにしても。

しかし、彼女がもともといたところには、こんなふうな場所はなかったのかしら。善をなすことができる場所、力無き者を助けられる場所、そして、悪を正すことができる場所。

そして、私の息子。彼は何のために生きなければならなかったんだろう。

今日、私の息子を厳しく非難し、憤激の声をあげる英雄たちがいる。彼らは、つい昨日まで息子のことを誉め称えていたのと、同一の人たちではないのかしら。息子は、彼らが賛美していた若き獅子たちの一部だったのよ。彼らが大声でみんなに聞いてもらいたがっていたことを、息子は実行しただけじゃないの。

一人の入植者に、一発の弾丸を！

アマブール、アジジンジャ！

マッチ箱で、自分たちを解放するぞ！

「ツァー！（それ行け！）」私たちは犬をけしかける。「ツァー！」犬はなすべきことを知っている。目標に襲いかかり、喉に嚙みつく。私たちには何の危険もない。危険にさらされるのは、けしかけられる犬の方。危険なのは、怪我をするのは、犬の方。殺されるかもしれない。投獄されるかもしれない。恥ずかしさと怒りが、昼も夜も私を満たす。息子がやったことへの恥ずかしさ。息子が受けた仕打ちへの怒り。私の息子は、大人たちが唱道しているというふうに耳にしたことを、大人たちが賞賛している行為を、実行することによって、民族のために戦う英雄になれると思い込んでいた。そんなふうに彼に信じ込ませた大人たち全員に、私は怒った。誰かがあなたの娘さんを殺したのだったら、今日、あなたに慰めの言葉をかける指導者たちの一部は――注意して聞いてください――、その人たちは、私の息子と同じくらいに、あなたの娘さんの殺人者だったことになる。そして多くの点で、彼らは息子よりも罪深い。彼らはもっと多くのことを知っていた。あるいは、知っていなければならなかった。あの人たちは大人だった。あの人たちには学識があった。彼らは理性への鍵を有していた。

犠牲者のお母さん、あなたの心は引き裂かれているでしょうけど、わかってください。あれから眠ることができないのです。食べ物は口のなかでおが屑になってしまいます。すべての喜びが私の家から逃げ去り、私の心は血を流し、あなたのために、あなたが投げ込まれた痛みのために、嘆き悲しみます。それは重く、休みを知りません。

他の子どもたちが私の子どもたちに石を投げます。彼らは私の子どもたちを非難し、指差します。私は世間のつまはじき者。

しかし、何年も何年もタウンシップに存在してこなかったものを求める声、懸念の声がわき起こる時にあっても、私の息子の魂をえぐり取ったのと同じ風が、いまなお吹き荒れている。それは、いっそう強く吹き荒れている。三歳や四歳の子どもたちが、年上の子どもたちと一緒になって、一日中やることもなくググレトゥの通りをほっつき歩いている。太陽が東から昇って西に沈むのと同じくらい確かに、これらの子どもたちは、これらの若い人びとは、私の息子が歩いたのと同じ道を歩いている。

わかってる人がいるのかしら。母親たちはわかってるのかしら。私にはわかってたのかしら。毎日、息子がベッドから出たかなんて、どうでもいいと思っていた。それを、自分で怖いと思っていたかしら。そして警察。どうして彼らは、あなたの可哀想な子どもに降り注いだナイフのどれが致命傷を与えたのか、絶対確実に見分けることができるのかしら。そもそも、どの手がどのナイフを手にしていたのか、どうやってわかるというの。彼らは迷わずに、大勢が彼女を襲ったということを認める。大勢。だったら、どの手が決定的な一刺し、致命的な一撃を与えたのか、彼らはどうやって見分けられるのだろう。何度も何度も、私は自問する。どうして彼なんだろう。あなたの子どもの生命を奪った無秩序な群れのなかから、どうして彼を選り抜くのだろう。

息子よ！　息子よ！　あなたは何をやったの。ああ、あなたは、なんて怖ろしいことをやってしまったの。


父よ、全能の父よ、私をお救いください！

私を助けて！　急いで、助けて、神様、そうでないと死んでしまう。

私を助けて！　急いで、助けて、神様、今すぐに。

ググレトゥ、ずっと後で

「どなた？」私は尋ねた。

「私よ、お隣さん」。スコナナの声がした。私の目がふくれた。何の用かしら。

「彼女の方にも支えてくれる人はいるでしょう！」クワティの喘息気味の声が、短い沈黙を埋めた。

私は手の甲で涙を拭き、取り乱して座り込んでいたベッドの端から起き上がった。

「どこにいるの」

「正面よ」。一斉に返事が返ってきた。

なんておせっかいなんでしょ。私は目を大きく開けて、これ以上涙が流れないようにした。ドアを開けてみると、四人の女性が立っていた。同じ通りから、リンディウェとヨリサも来ていた。

「行くべきだ、という話になったわけよ」。クワティが言った。「話し合ったのよ。考えたわ。私たちを呼んでくれるまで、待った方がいいんじゃないかってね。だけど、どんどん日が経っていくばかりだから」

「呼ぶですって」

「理由があったらお互いの家に行く。それが私たちの習わしでしょ」。リンディウェが言った。彼女が私をのぞき込む様子は、自然なものだった。しかし、私の心はまだ平穏ではなかった。

「この家には結婚も祭りもないのよ」

スコナナが即座に割り込んだ。「お隣さん、私たちはあなたと一緒に泣くためにやってきたのよ。それが習慣でしょ。悲しむ人がいたら、一緒に悲しむのよ」

何と言ったらいいのか、どう感じたらいいのか、わからなかった。私が隣人たちを呼び出したのではない。ふつうは喪主たちの号泣を耳にして、近所の人びとは死者が出た家に集まってくる。私は自分のご近所さんを呼んだりはしていない。死を告知してはいない。そう。死んだ人がいた。でも、それで私が号泣してもいいのかしら。人びとが一緒に嘆き悲しまなければならない相手は、私なのかしら。

「こういう時だから、あなたと一緒にいるために来たのよ」。ヨリサの声がした。

そして私たちは、隣人たちと私は、語りあった。それはまるで、おできを切開したようなもの。その後、私にはあまりご近所の目が気にならなくなった。私を見る人びとの視線に、直接に非難を感じることはなくなった。近寄らない人たちもいるけれど、その人たちがばつの悪い思いをしているとか、私を避けようとしているというふうには、思わない。その人たちが本当にそう振る舞っているとしても、私は、自分の友人たちや隣人たちのなかに、私のために感じてくれる人びとと、私の痛みを理解してくれる人びとがいることを、知っている。

　私に力を与えてくれるのは、希望を与えてくれるのは、そんな人たち。若者や成人たちと一緒に働いている教会なんかのグループがあるらしい。助けている。暴力が終わるように。少なくとも、今よりましになるように。それはいいこと。私たちは助け合わないといけない。私たちみんな。とりわけ子どもたちを助けないと。さもないと、彼らは大きくなってみんなの問題の種になる。そして、みんなが苦しむ。私は、ムコリシのような若い人たちにまで、助けがあったらいいのにと祈る。こんな人たちでも変わって、よりよい人間になって戻ってこれるように。

ああ、私の息子！　私の息子！　あなたは何をしたの。あなたがやったことは、いったい何なの。

あなたの娘。彼女の人種の不完全な贖い。

私の息子。彼の人種の鬼神の完全な宿り主。

　私の姉＝母さん、私たちはこの悲しみのなかに結ばれています。あなたは、ご自分が身につけているこの上着を、自分で選んだわけではありません。私も同じです。それが私たちの肩に重くのしかかっていることを、私は知らなければなりません。どれほど重いかは神様だけがご存じです。それを自分で望んでいるかどうかなんて、私たちは尋ねられたことはありませんでした。私たちは選びませんでした。私たちが選ばれたのです。

しかし、覚えておいてくださいね。あなたは、次のように自問する必要などありませんから、少しは自分を慰めることができるのです。「この子のために自分がやってあげなかったことなんて、あるかしら」。あなたは頭を天高く掲げ、胸を張ることができます。あなたには恥なんて、恥を感じる理由なんて、ありません。喪失だけ。取り返しがつかない喪失。だけど、慰められる。慰められるのは、喪失が恥になることなどないからです。自分が失敗したという、深い感覚はありません。栄誉だけ。そんなものを誰も望まなかったことを、私は知っていますが。しかし、それをあなたの力の源泉に、あなたの希望の泉に、あなたの絶望の深さを照らし出す光明に、なさってください。

それで私の息子は？　彼は何のために生きていたのでしょうか。

私の息子。彼の明日は、彼の過去。何ものでもない。長く、貧相に、卑しく、空虚に広がる。まばゆい真空。朝になっても何も起こらない。彼には。まったく何も。彼がおしっこをして大地が割れるずっと前から、その認識は彼の魂にしっかりと植えつけられていた。それは親密に、彼のもの。

彼はすでに、自分の明日を見てしまった。父親の肩の挫折した屈曲のなかに。父の友人たちの疲れた目のなかに。ぼろを着て集まった男たちのなかに。どこにあるのかわからない何かの仕事の機会を探して、毎日待っている男たち。どこにもつながっていない道路の隅っこで待っている男たち。ワゴン車が止まって、呼び声がして、せいぜい一時間の給料で一日働かされることになるだろうに、そうやって手招きされるのを待っている男たち。彼は自分の明日を見てしまった。冬の日の、にこりともしない落日のもとで体を震わせながら、すっかり火が消えたコンロのうえに差し出される、飢えた、節くれだった手のなかに。男たちは長いこと待っていた。一日中。しかし今日は、何もなかった。そんなふうにして機会が訪れることは、滅多にない。どんな日でも。機会がせわしなく働いているのは、別の世界、つまり白人の世界。希望が住まうのは、そんな別の人びとの家。この人びとは一日の仕事を提供してくれるかもしれないし、してくれないかもしれない。希望が住みつくのは、上流階級の郊外住宅、美しい家々、繁栄するビジネス。一時間分の給料になるかもしれない一日仕事を探す男たちを、希望は永遠に見捨てる。彼らが家と呼ぶ、乾いた、埃だらけの、風でぺしゃんこになった、枯れ果てた掘っ建て小屋から来た男たち。いつでも、いつでも、家と呼べるのはそこ。逃げられない。

それほどまでにくっきりとした道標が、彼の明日を示す。心のなかで希望は死産する。彼のようなすべての人びとの心と同じように。何百万もの浮浪者。失われた世代。私の息子。私の息子！

ググレトゥ、八月二五日水曜日、夕刻

黄色いマツダが、NY1を、ググレトゥの北方のベルヴィル側から、ランスダウネ側へと進んでいく。車中の五人の若者は歌っている。道路沿いでは、小さなグループになった人びとが歩いたり、話したり、または、ただ立ったりしている。おそらく待っているのだろう。誰かを、またはタクシーを。通行する歩行者が大勢いる。労働者は職場から、生徒たちは学校から戻ってくる。家の女性たちは店から慌てて走り出し、帰って夕食の支度を始めようとしている。

あのあたり、警察署のあたりでは、人びとはほとんど密集状態で、いちばんぎっしりと群れをなしている。バス停がある。ランガやニャンガのあいだを往復するタクシーも、ここで止まる。雇用主が人夫たちを連れて行ったり、送り返したりもしている。この地域にはいくつかの学校と、教会がある。

ここでムコリシのグループは、調子と歩き方の両方を変える。トイトイ、自由の歌、デモ行進は消えた。グループの足取りは、いまやもたもたしている。すべての歌声が止んだ。簡単な話し合いが行われ、次の日の行動計画を確認し、互いに別れの挨拶をする。

大きい方のグループが分裂した。百人にも満たない少数の若者たちが通りを歩いていくと、反対側から車が素早く近づいてくる。

その車を目立たせるものは何もない。それが特別だ、奇妙だ、他とは違うんだと宣言するものは何もない。この日、この時間に、NY1のこの特定の部分を行き来する何台かの車のなかのひとつ。NY110のスーパーマーケットを通り過ぎる。NY132を通り過ぎる。そこでは、高い鉄条網のフェンスの内側に三つの建物がうずくまっている。ジンギサ高等小学校。いまは静か。生徒も先生も帰った。今日誰かが登校していたらの話だけど。いま、建物は静か。人気がない。NY132の反対側の左手、道路からずっと離れた、青々とした芝生の向こう側に、シェルのガソリンスタンドがある。赤と白の、小さい三つの給油機がある。いまや黄色い車はNY112へと向かっている。まったく目立たない。まったく。誰かが車の中をのぞき込むまでは。

NY1とNY109のT字路で、学生たちのグループが二つに分かれる。ランガに戻る群衆は西へ、ネトレフ駅の方へと向かう。ググレトゥの同志たちは二人、三人、四人の小さいグループに分裂し、それぞれが家路につく。

ガソリンスタンドと、NY110のものより小さめの商店街の中間で、車は不承不承に停止する。三百メートル先、NY1と、クリップフォンテインロードという名前で知られるNY108との交差点の信号が、赤になったのだ。何台もの車——配達車両、トラック、一般の車——が、十台から一二台、小さい黄色い車の前方に並んでいた。

ムコリシの小さなグループは、だらだらとおしゃべりしていた。彼には自分の家が目に入った。警察署のこちら側で、いま立っているところからたったの百メートル。門のところに立っている誰かに挨拶したら、声が届いたことだろう。そのくらい近かった。ムコリシが手を振って、家にいる人がたまたま彼の方を見ていたら、彼に気づいたことだろう。

あなたの娘さんは、ハンドルを、トントン、と叩く。歌声が次第に消えていく。空転するエンジンが柔らかい音をたてる。

通行人が、何の気なしに視線を向ける。即座に点火した。

「クウィマツダ！（マツダのなかだ！）クウィマツダ！ ククムルング・クウィマッツダ！（白人がマツダにいるぞ！）」

「一人の入植者に、一発の弾丸を！」

叫び声が鳴り響き、NY1のこの部分のすべての板壁を通じて、衝撃波が広がっていく。まだ群衆ではない。彼らを結びつけるものは、まだ何もない。しかしもちろん、バルセロナ作戦は広がっていた。他の人びとが叫びを引き継ぎ、それを復唱し、送り届けていく。ますます多くの人びとが反復していく。

「一人の入植者に、一発の弾丸を！」

聞こえる範囲にいるすべての人びとのあいだで、震えるような興奮が起こり、広がっていく。それを耳にしたすべての人びとが、その場に釘づけになり、頭をぐるぐる旋回させる。

叫び声は、大忙しの台所から女性を引っ張り出し、仕事から帰る労働者をその場で立ち止まらせ、子どもの遊びをとつぜん中断させた。他の運転者たちはその場で車を止め、ドアを調べてロックした。

「ここだぞ！　ここだ、黄色いマツダのなかだ！」

車が選り抜かれた。それは引き離された。印をつけられた。

その洗礼の叫びは、ついさっきまで孤立していた異質の個人や小グループを融合させ、単一の意志をもつ怪物へと仕立て上げた。ひとつの集団。ひとつの意図、ひとつの目標をもつ、ひとつの群衆――最初のうち、それはまったく不吉なものではなく、耳で聞いたことを、本当かどうか確かめようとするだけのことだった。そんなことがあるものか。どうしてそんなことがあるんだ。

しかし、なお疑いながらも、彼らはみんな、目印がある車の方へと足を向ける。黄色いマツダ。

「車を動かして！　動かして！」娘さんの車の乗客のひとり、娘さんが家まで送ってあげようとしていた女子学生のひとりが急きたてる。

ルムカは、歯をくいしばったり緩めたり、右手を握りしめたり放したりしながら、うめき声を出す。手は温かく汗ばんでいる。

「動いて！」最初の女の子の声は恐怖でしゃがれている。

娘さんはエンジンをかける。駐車していた車一台分だけ、ゆっくり前進する。止まる。もう前に進めなくなって止まる。一台の車が前方をふさいでいる。

「一人の入植者に、一発の弾丸を！」

ムコリシのグループ、その残党には、この大声が聞こえなかっただろうか。その意味がわからないはずはない。この叫び声を引き出せたのは、ただひとつのことだけ。ただひとつ。どこか、近くで、誰か白人が見つかった。

信じられない。

白人。このググレトゥにいるなんて。こんな時期に。KTCの白人女性に事件があったのは、つい昨日のことじゃないの。ありえない！　ほとんどの人は、この叫びは悪ふざけだ、暇な田舎者が騒ぎを起こそうとしてやったことだ、と思って退けた。

しかし、叫び声は戻ってきた。今度はさらに大きく、さらに大勢の声になっていた。

人びとの群れは、叫び声の源に向かって、ひとつになって疾走した。「一人の入植者に、一発の弾丸を」。これを繰り返しながら。しかし彼らは、何が刺激になってこの叫びが生まれたのか、まだ目にしてはいなかった。

「一人の入植者に、一発の弾丸を！」

ムコリシの群衆はすぐにばらばらになり、各人が震源地に向かって全力で疾走して、ひときわ目立つ珍しいものを探そうとした。

「お願い、止まらないで！　お願い、止まらないで！　動いて！」彼女の友人たちは逆上して叫んだ。

彼女はアクセルを踏んだ。黄色い車は驚きのうなり声を出しながら、前方に跳躍した。しかし、三台分走ると、また止まった。エンジンは回転しているが、どこにも行けない。前方の車に邪魔されて。前方のすべての車に。

ついさっきまでＮＹ１とＮＹ１０９の角に立っていた若い男たちが、車を取り囲む暴徒のところに到着した。そのときには、叫び声は凶暴になっていた。動き回る群衆のあちこちの喉から、ひっきりなしに声があがる。

「一人の入植者に、一発の弾丸を！　一人の入植者に、一発の弾丸を！」

長く、寒々とした道路の一部が、ひときわ濃厚になっていた。黄色い車をすっかり取り囲み、跳ねたりよろめいたりする頭が集まってこぶをつくっている。手が伸びる。最初は冗談で。彼らは車を揺り動かす。中にいる者たちはおののき震える。しかし、前進することはできない。車は完全に動けなくなった。

そして、とつぜん、車の揺れが止まる。

安堵。

「バン！　ガシャーン！」

安堵感はすぐに粉みじんになった。数百万の小さい蜘蛛の巣のような割れ目が広がって、フロントガラスがしわくちゃになった。

誰かの喉から叫び声が上がる。二つ目の石が飛んできて窓をぶち破り、きらめく破片のシャワーが、顔に、首に、腕に、脚に、足に、降り注いできたのだ。

取り乱しちゃだめ。彼女は静かに自分に話しかける。彼女はしっかりと唇を閉じ、歯を食いしばって、自分に話しかける。落ち着いて。脱出できる。冷静になろう。

「一人の入植者に、一発の弾丸を！」

喉から喉へ、陽気な叫び声が上がる。思考しない風に運ばれて。それは、無慈悲に気楽な浮かれ騒ぎのなかで、自発的で本能的な、喜びにあふれた反復句になる。

ふたたび、砕けたガラスのスプレー。屈辱を受けた肉が、何も見えずに開いたままの、驚愕した両目を突き出す。赤い涙が、それらの目からゆっくりと滲み出し、ゆっくりと滴り落ち、互いに結びついて連帯する。シャツに、ズボンに、脚に、靴に、赤い花弁。

地震が車を揺する。

「車を動かして！」声には狂気の響き。不可能を迫る。

彼女の目には赤い花弁。赤い花弁で、彼女はまったく目が見えない。

黄色いマツダの乗客の窮地が、外の心ない群衆を煽りたてる。スローガンの叫び声が大きくなる。車には石の雨。石は車のなかに、いまや明白に危機に瀕した壊れやすい積荷のうえに、降り注ぐ。

道路をふさがれて、車は動くことができない。

目が見えなくなった娘さんは、逃げることができない。車を動かして逃げることができない。

「ガソリンスタンドまで走ろう！」若い男が叫ぶ。

「だめ！　だめ！　車を動かして！」車をさらに地震が襲うと、言い争いは急に止まった。車の真っ暗な胃袋のなかで、すべての明かりは、周囲を取り囲み、すべての側から押し、押して叫び、脚で踏みつけ、拳を振り上げる暴徒たちの肉体によって遮られている。いまや素っ裸になったガラスのない窓から、腕々が内側に入ってくる。五人の若者たちは、怯えて凍りつく。若者たちは恐怖で我を忘れている。

「アマンドラ！［権力！］」

しかし今、車のなかで、この大好きなおなじみのスローガンは、恐怖とパニックを引き起こす。避けられないことがわかって、娘さんは車のエンジンを切る。自由を求める最後の絶望的な企てとして、五人全員が車から飛び出して、三つの給油機の方へ無我夢中で突撃した。ガソリンスタンドの建物は黄色、金色、白。そこは天国。安全。

最高潮の臭いをかぎとった群れは、すぐ後を追いかける。ポケットにナイフを入れていた者たちが、追いつく。武器を持たない者は周りを見まわす。永遠にがらくただらけのググレトゥの泥のなかで、彼らは何か役に立つものを見つけるはず。

大学生たちは走った。

暴徒たちは、猟犬のように追いかけ、叫び、上機嫌で金切り声をあげる。

「やめて！　お願い、彼女を傷つけないで！」ルムカが嘆願する。

「この人はただの大学生よ」。娘さんのもう一人の友人が絶叫し、娘さんと攻撃者たちのあいだに割り込む。しかし「大学生だ」と言っても、誰も耳を貸さない。暴徒たちはこういう言葉はまったく気にかけない。私の息子は、その友人たちは、そして娘さんの車を取り囲む暴徒たちは、一人残らず、大学というものなど知らないのだ。

娘さんは理性を捨てない。「お願い、そんなことしないで。そんなことやりたくないでしょう。あなたたち、そんなことできないわ。私にそんなことできないわ。お願い、やめて。やめて！　や！　め！て！」

しかし、彼女の訴えには誰も耳を貸さない。

この情け容赦ない瞬間。私の息子。耳のなかで血が高鳴る。王様だ！　たとえ一日だけでも。わずか五分間だけでも。哀れだが、焼けつくような瞬間。

「アマンドラ！　ンガウェトゥ！　権力！　われわれのもの！」

「アマンドラ！　ンガウェトゥ！　権力！　われわれのもの！」

かくして、スローガンが沸き上がる。沸き上がって、退いて、群衆から歓喜の返答が起こる。アマンドラ！　数人が叫ぶ。彼らの握り拳が、空中高く突き出す。ンガウェトゥ！　熱情的な群衆から躊躇なき返答が起こる。ンガウェトゥ！　我を忘れ、群衆が答える。言葉の重大さをくよくよ考えたりはしない。そこからこの言葉が生まれてきた種子、まさにこの瞬間を醸造した哀れむべき無力さには、耳を貸さず、目を向けない。

そして、私の息子の耳に響く歌。彼が歩けるようになった時から耳にしていた歌。彼が歩けるようになる前から。憎しみの歌。絶望の歌。憤怒の歌。無能な嫌悪の歌。

「アマブール、アジジンジャ！」

「アマブール、アジジンジャ！」

「ボーア、連中は犬だ！」

「ボーア、連中は犬だ！」

ああ、彼女の善良さのゆえに、彼女には、自分があんなに同情していた人たちの一部が抱いている敵意が見えなくなっていた！　彼女の純真さのゆえに、彼女は、自分が助けに来た人びとの一律の、均一の罪のなさを、信じ込む羽目になったのではないか。

取り返しがつかない瞬間！　群衆は私の息子に声援を送り続けた。一人の入植者に！　一発の弾丸を！　彼が生まれたその日から、私たちは彼に声援を送り続けていた。彼が生まれる前から。ずっと前から。

ノンカウセはそれを、ずっと、ずっと昔の夢のなかで見ていた。巨大な、猛烈なつむじ風がやってくる。それが白人を海に突き落とす。ノンカウセは、民族の集団的な無意識の願いを声に出して言っただけ。災禍から自由になること。

彼女は何も盗まれなかった。彼女はレイプされなかった。諍いはなかった。そこにあったのは、緩慢な、ぐつぐつ煮える、沸騰する憤怒の爆発だけ。苦しさが破裂し、彼女の華奢な血を、かなたの地の緑の秋草のうえに撒きちらす。償うことができない血。取り返しがつかない喪失。

ひとりの少年。堕落した、救いようもなく堕落した。

ひとりの少女。家から遠く離れて。

征服された人種の、深い、暗い、私的な思慕の演技。避けられない、無意味な破滅の成就。

あなたの娘さんはなぜ、あんなふうなやり方で死んでしまったのでしょう。私は知っているふりをしたりはしません。時間と、場所と、手。これらがすべて完璧に一致したときに、彼女は死んでしまった。時間、場所、代行者の残虐な合流。

というのも、あなたの娘さんを殺害したとき、彼はそうなってしまったのです。私の息子は単なる代行者として、彼の人種の、長きにわたって煮えわたる暗い欲望を執行したのです。抑圧者への燃えさかる憎悪が、彼の存在をとらえました。この憎悪は、彼の目を通して見ました。彼の足を使って歩き、ナイフをふるい、彼女の肉を無慈悲に切り裂きました。三百年の怨恨が彼の耳を塞ぎ、彼女の切実な哀願など、耳に入らなかった。

私の息子。めくらめっぽうの、しかし鋭利な、彼の人種の復讐の矢。

あなたの娘さん。彼女の人種の犠牲者。めくらめっぽうに選ばれた。彼女の悲しき宿命へと放り投げられた。運命の残虐な投石機によって。

しかし、一日の巡り合わせ次第で、昇る太陽が違っていたら、彼女は今日も、生きていたことでしょう。私の息子は、おそらく、殺人者ではなかったことでしょう。おそらく、まだ。

訳者あとがき

一気に読ませる小説である。小説というよりも、屹立する一個の「証言文学」というべきだろうか。作者シンディウェ・マゴナの胸には、語るべきこと、語りたいことが満ちている。語り部たる作者によるメッセージの当事者性、絞り出すような切実さこそが、この小説の原点であり、作品としての最大の強みにほかならない。

南アフリカ文学といえば、ナディン・ゴーディマ、J・M・クッツェー、アンドレ・ブリンクといった作家たちが広く知られている。南アフリカ白人である彼女・彼らは、英文学の伝統を強く意識しながら書いており、そのようなものとして世界の文学市場に受け入れられている。だが、『母から母へ』は、これらの文豪の小説世界とは鮮烈な一線を画す作品である。「白い南アフリカ」という瘡蓋《かさぶた》の下から吹き出す、ポスト・アパルトヘイト時代の「アフリカン文学」の黎明を告げるものだと言っても、誇張にはなるまい。

シンディウェ・マゴナは、一九四三年、トランスカイ地方のグンググル村に生まれ、五歳からは、大都市ケープタウン郊外のタウンシップ（黒人居住区）で育った。どちらも『母から母へ』の主要舞台である。マゴナは、新設タウンシップのひとつググレトゥで教育を受けて小学校の教員になったものの、妊娠のためにすぐに退職を余儀なくされ、白人家庭の召使いとして働いた。さらに子どもを身ごもったが、夫は去り、単身の失業者として三人の子どもを育てていくことになる。だが、学びの道を諦めることができなかったマゴナは、ろうそくの灯りの下で教科書を広げ、南アフリカ大学の通信教育で心理学・歴史学の学位をとる。それから一九八一年にアメリカに渡り、コロンビア大学で社会福祉の修士号を取得した後、ニューヨークの国際連合広報局で働きはじめた。マゴナの言によれば、アメリカで働く彼女のアイデンティティは「出稼ぎ労働者」なのだという。二〇〇二年、彼女はニューヨークに別れを告げ、南アフリカへの帰還を果たす。

これまでマゴナは、『子どもたちの子どもたちへ』(一九九〇年)、『育つように強いられて』(一九九二年)というふたつの自伝に加えて、『暮らし、愛し、夜眠れずに横たわる』(一九九一年)、『押せ押せ、他の物語』(一九九六年)といった短編小説集を発表しており、この『母から母へ』が初の長編小説にあたる。彼女は英語で書く作家だが、自らの民族語であるコーサ語へのこだわりも強く、『子どもたちの子どもたちへ』にはコーサ語版(一九九五年)がある。またマゴナは、定評あるコーサ語教科書『ティーチ・ユアセルフ・コーサ』の監修もつとめている。

「訳者あとがき」としては少し長くなるかもしれないが、以下、この場を借りて、小説『母から母へ』の背景と、その小説世界の若干の特質について論じていくことにしよう。南アフリカの黒人の暮らしも、「エイミー・ビール事件」も、日本ではまだ十分に知られていないからである。もちろん、この小説の真髄は、作品を読んでさえいただければ、まったく予備知識がない読者にも十分に伝わるはずである。その意味では、この解説はあくまで「つけ足し」にすぎないということを、最初にご了解いただきたい。

「エイミー・ビール事件」は、アメリカ合州国と南アフリカでは、多くの人びとに知られている。南アフリカに留学していたアメリカ人の女子大生、エイミー・ビールが、黒人青年の暴徒に取り囲まれ、殺害された。一九九三年八月二五日のことであった。エイミーには何の悪意もなかった。この白人学生は、黒人の若者がたむろする「禁じられた場所」に足を踏み入れたという過失によってのみ、殺害されたのである。

スタンフォード大学を卒業したエイミーは、フルブライト留学生として南アフリカに渡り、ウェスタンケープ大学のコミュニティ法律センターに所属して、黒人の選挙人登録を進める作業を手伝っていた。当時のウェスタンケープ大学には、合法化されたばかりの解放運動ANC(アフリカ民族会議)系の知識人が続々と集まってきており、エイミーは進歩的かつ多人種的な雰囲気を肌で感じながら、一〇カ月間の留学生活を終えようとしていたはずである。翌九四年の四月には、南アフリカ史上初めて、全人種参加の総選挙が実施されることになっていた。すべてはよい方向に向かっているはずだった。

ところが、エイミーは殺害される。この小説の序文では、エイミー・ビールと並んで、アンドルー・グッドマンというアメリカ人の名前が登場する。グッドマンというのは、一九四三年にニューヨークで生まれた白人青年だが、一九六四年、アメリカ南部のミシシッピで黒人の選挙人登録をボランティアで支援している最中に、白人人種主義団体KKK(クークラックスクラン)に誘拐され、殺害された人物である。ところが、エイミーの場合は事情が違う。彼女は白人人種主義者に殺されたのではない。自らが思いを寄せ、そのために働いていた黒人たちの手で殺されたのである。この「裏切られた善意」という構図によって、「エイミー・ビール事件」の悲劇性はいっそう強まった。エイミーの事件は多くの人びとを当惑させ、とりわけ白人市民のなかから情動的な反応を呼び起こしていくことになる。アメリカ合州国でも南アフリカでも、新聞やテレビが競い合うようにして、この事件を報道した。

一九九四年、南アフリカ初の黒人大統領に就任したネルソン・マンデラは、エイミーの両親に深い弔意を表明した。エイミー・ビールを記念する基金が設置され、タウンシップの改善のための活動がはじまった。一九九七年にググレトゥで開かれた追悼集会には、クリントン政権のオルブライト国務長官が出席し、エイミーの理想を讃える演説を行った。新体制の南アフリカにはTRC（真実和解委員会）が設置され、政治犯罪を犯した者がすべてを告白すれば、それと引き替えに免責を得ることができるようになった。エイミーを殺害した四人の青年たちは、TRCに免責を申請した。エイミーの両親の面前で殺人者たちが自らの罪を告白すると、エイミーの両親は、この国の和解のプロセスを支持することがエイミーの本意だと確信する、と述べて免責を承認した。一九九八年、ついに殺人者たちは釈放される。この経過を取材したドキュメンタリー映画も制作され、エイミーおよびビール家の人びとの高潔さと、その極限的なまでの寛容さが、多くの人びとの心を揺さぶった。

マゴナが述べる通り、「こうした状況のもとでは、私たちは被害者の世界について多くのことを耳にする」。無垢の被害者を前にして、しかも、加害者の罪を寛大な心で許そうとしている被害者の家族を前にして、加害者の行為を内在的に理解しようとする言説を発表するのは、死者に鞭打つ行為だと思われるかもしれない。しかし、「もうひとつの世界のことを学ぶところから、何か教訓を引き出すことはできないものだろうか」。マゴナはそう問いかけて、エイミーの「裏返しの世界」に、すなわちエイミーの命を奪った少年たちの世界に迫っていく。少年たちを無意味な殺人へと駆り立てたものは、いったい何だったのだろう。それは了解不可能な狂気、正常からの逸脱だったのか。この日本語版が読まれる空間の問題意識に引きつければ、これらの論点は、頻発する少年犯罪と私たち自身がどう向かいあうべきか、という問いかけにつながっていく。また、犠牲者を哀悼する圧倒的な世論の前で自分の言うべきことを言うという愚直なまでの作者の姿勢は、一連の拉致事件――その被害者たちはエイミーと同じくらいに無垢な犠牲者であるが――をもって、「われわれ日本人こそが被害国民である」と考えることが歴史的に正当化されうるのか、という問題を、あらためて考えさせてくれる。

犠牲者エイミーの国アメリカで暮らしていたマゴナは、氾濫する報道を通じて、エイミーが自らの故郷ググレトゥで殺害されたことを知った。ところが、一九九四年の総選挙の際に南アフリカに戻ったマゴナは、さらに衝撃的な事実を知る。エイミー殺害の現場は、彼女自身が子どもを育てた家のすぐ目と鼻の先だったのである。そして、エイミーの体にナイフを突き立てた四人の殺人者のなかの一人の母親は、自分の幼なじみだった。快活で聡明だった幼なじみは、今では息子が引き起こした事件によって近所から疎まれ、息子を恥じ、自らを責めている。マゴナは、自分自身が殺人者の母親になっていたかもしれないことを自覚すると同時に、アメリカで不自由のない暮らしをしている現在の自分に後ろめたさを感じ、自分が彼女を代弁する物語を書かねばならないという強烈な義務感に導かれて、この小説を書きはじめることになる。一九九六年のことであった。

その二年後に発表された『母から母へ』に対する反応は、娘が殺害された理由を理解しようと必死になっていたエイミーの両親からのものも含めて、多くは好意的だったが、なかには「白人すべてを悪者扱いする逆差別小説だ」という主旨のものもあった。「教育を受けていない黒人女性の語りにしては、表現が洗練されすぎている」という評言さえあるが、これはまったく的はずれである。無教育の黒人女性が洗練された英語を使ってはならないとでもいうのだろうか。小説における語り手のマンディサは、まさにマゴナ自身である。マゴナはどうやって英語を身につけたのだろう。彼女が育ったグレトゥには、本屋などなかった。しかし、彼女の「隣のおばさん」は白人家庭の召使いをしており、「奥さまの子どもたち」が読まなくなった本をもらっては、本好きのマゴナに与えてくれていたという。思春期の彼女は、そうやって読書の飢えを満たしていたのである。

『母から母へ』は小説であって、ノンフィクションではない。すなわち、「エイミー・ビール事件」を題材としてはいるが、事実をそのまま正確に再現していると主張する作品ではない。マゴナによれば、「歴史の乾いた正確さは、物語を殺す」。といっても、これが想像力のみにもとづく架空の物語ではないことは確実である。マゴナ自身がエイミーを殺害した少年の母でありえたという切実な自覚、その世界で暮らしてきた者としての当事者性こそが、黒人たちの「裏返しの世界」の豊かな実在を生き生きとした筆致で明るみに出すことを可能にしたのではないか。

さて、そうやってマゴナが活字を通じて描き出していく「裏返しの世界」とは、どのようなものだろうか。ここでは、小説の内容を要約するのではなく、小説世界に反映されているコーサ人の歴史的経験を素描することで、読者の参考に供したいと思う。

南アフリカ共和国の南西端に位置するケープタウンは、まずもって国際観光地として知られている。都心の高層ビル群、近代的なショッピングセンター、広大な丘陵地に広がるワイン農場が、荒々しい自然の景観と調和し、欧米からたくさんの観光客を引きつけている。だが、ケープタウン国際空港に降り立ったばかりの観光客は、空港と都心を結ぶ高速道路に沿って延々と続く掘っ建て小屋の群れに、我が目を疑うことだろう。住民の圧倒的多数は、コーサ語を話す黒人たちである。

マンディサの祖父の語りにも出てくるように、一六五二年、オランダ東インド会社のヤン・ファン・リーベックたちが、ケープタウンに初めて本格的なヨーロッパ人の入植地を建設した。これが南アフリカにおける人種差別の始まりである。オランダ系の白人入植者たち（その子孫はアフリカーナーと呼ばれることになる）は、周囲の狩猟採集民や牧畜民から土地を奪い、アジア人の奴隷を大量に移入しながら、植民地のフロンティアを拡大していった。白人の男たちと、先住民や奴隷の女性たちのあいだに生まれた子どもたちは、やがて「カラード」と呼ばれる社会層を形成していく。

さて、オランダ系の白人たちは、ケープタウンを拠点として徐々に東方へと勢力圏を拡大していくが、一八世紀になると強大な抵抗者たちに出会うことになる。それが、現在のトランスカイ・シスカイ地方で暮らしていたコーサ人に他ならない。南アフリカの人口の八割近くを占める黒人のなかで、コーサ人はズールー人に次ぐ規模のエスニック集団である。コーサ人は白人との本格的な接触がいちばん早く、またキリスト教をもっとも早く受け入れた集団であるが、ネルソン・マンデラやロバート・ソブクウェ、スティーヴ・ビコやクリス・ハニといった、解放運動の著名な指導者を次々と生み出したことでも知られている。

一九世紀初頭になると、ケープ植民地の支配権を奪ったイギリス人が、コーサ人の領土に軍隊と入植者を送り込みはじめた。村落は焼き討ちされ、戦士たちは無慈悲に殺戮され、かくしてコーサ人の領土は次々と切り縮められていく。重武装の白人たちに包囲されたコーサの土地において、一八五六年に起きた事件が、『母から母へ』の小説世界の基層をなす重大な歴史的事件、すなわち「牛殺し」であった。謎の少女ノンカウセが、「トウモロコシ畑で二人の男を見た。牛をすべて殺せば祖先が甦ると言っていた」というお告げを広める。当時、白人が持ち込んだ肋膜肺炎が牛のあいだに広がっており、この伝染病の拡大を防ぐには牛を一気に処分する必要があったという意味では、人びとが自覚していたわけではないにせよ、予言には科学的な根拠があった。ところが、予言に従って牛を殺し、財産を一気に失ったコーサ人は、飢餓状態に陥っておよそ四万人が死亡、三万人が出稼ぎ労働を余儀なくされてしまう。

当時、ケープ植民地の総督を務めていたジョージ・グレイは、前任地オセアニアでの先住民支配の経験にもとづいて、コーサ人社会への貨幣経済の浸透（「穴のないボタン」の普及）と、その「同化による文明化」を目指していた。グレイは、牛殺しによるコーサ社会の弱体化を利用し、空白になった土地にドイツ人移民を入植させた。後にコーサ人は、「牛殺し」は恥ずべき無意味な集団自殺だったと考え、ノンカウセはグレイに利用されたスパイだったと信じるようになる。牛殺しをモチーフにした南アフリカ小説としては、最近になって、ザケス・ムダー『ザ・ハート・オブ・レッドネス』（オックスフォード大学出版会、二〇〇〇年）も書かれている。歴史的事件の斬新な読み直しはポスト・アパルトヘイト時代の小説の新しい方向性のひとつであり、『母から母へ』は、その意味でも先駆的な作品だといえよう。

牛殺しにおいて内向したコーサ人の解放への希求は、一九二〇年代になると外部に向かって爆発する。ICU（産業商業労働者組合）の運動がそれである。マラウィ出身のクレメンツ・カダリーが創始したこの運動は、やがて農村部に広がり、トランスカイやズールーランドの農民反乱に結びついた。黒人たちは白人農場、役場や警察署を襲撃し、各地で騒擾が広がったが、そこでは、「やがてアメリカ黒人が飛行機と船に乗ってやってきて、南アフリカの白人たちを海に突き落とす」という信念が広がっていたとされる。折しもニューヨークのハーレムでは、マーカス・ガーヴィーらによる「アフリカへの帰還」運動が勢いを増しており、ケープタウンにはそれに呼応する独自の動きがあった。南アフリカとアメリカ合州国の黒人解放の志が大西洋を隔てて共振した歴史的事件として、きわめて興味深い。ニューヨークで暮らしていたマゴナは、当然のことながら、この史実も意識していたことだろう。

だが、歴史の流れが逆転することはなく、南アフリカでは一九四八年に国民党政権が成立し、アパルトヘイト体制が整備されはじめた。国民党政権は、トランスカイやズールーランドなどの農村地帯に形式ばかりの自治や独立を与える一方で、南アフリカ全土の九割近い土地を白人の土地として独占し、繁栄する鉱業や農業の基盤とした。ジョハネスバーグやプレトリア、ダーバンやケープタウンといった大都市には、祖先の地において土地を失った黒人たちが、出稼ぎ労働者として押し寄せていく。そうやって国際観光都市ケープタウンにおいても、植民地経済の最下層にコーサ人が組み込まれた。男性は港湾業や製造業、観光業の肉体労働者に、女性は白人家庭の召使いに、といった具合である。この作品中、チャイナの父親が「ホテルのシェフ」だというのも、誇張ではない。ケープタウンのしゃれた西洋料理店の厨房で働いているのは、ほとんどが黒人の低賃金労働者である。

最初のうち、白人都市にやってきた黒人たちは、会社が与えた独身寮に住むのでなければ、空き地に自分たちの集落を形成していった。『母から母へ』で少女時代のマンディサが暮らしていたブラウフレイも、そのひとつであった（ブラウフレイはアフリカーンス語で「青い谷」の意。ケープタウン南方のミュイゼンバーグに近い、リトリートに実在した）。しかし、冷たい社会工学を信奉するアパルトヘイト当局は、人種の混交をおそれ、それらの無数の集落を巨大なタウンシップ（黒人居住区）へと強引に統合していく。南アフリカの全土で同じような強制移住が実施されたが、ケープタウンの場合は、そうやって、国際空港の南側の広大な砂地にいくつものタウンシップが建設された。ググレトゥは「私たちの誇り」、ランガは「太陽」、ニャンガは「月」、カエリチャは「新しい家」というふうに、無機的な居住区には、場違いに美しいコーサ語の名前が与えられた。

『母から母へ』で描かれる「街づくり」の問題は、大戦後の日本の行政当局による種々の改良住宅、阪神大震災の後の復興住宅などの経験などを考えても、きわめて同時代的な課題であることがわかる。帰属感をもてない人工的な空間に人びとが収容されることで、共同体の絆が断ち切られてしまう。貧困とは、必ずしも物質的なものではない。南アフリカの黒人の生活は、他のアフリカ諸国の庶民の暮らしと比べれば、多少は「まし」である。電気代を払える者の家には電線が敷設される。貧弱だけれど年金もある。だが、『子どもたちの子どもたちへ』において、マゴナは、「トランスカイの農村にいたときは、貧困がどのようなものか知らなかった」と書いている。そこでは皆が同じように貧しく、温かかった。大都会では、白い主人がわが物顔に振るまう一方で、黒人は隣人を信用することさえできない。スティーヴ・ビコが語るように、「物質的な貧困は十分にひどい。しかしそれは、精神的な貧困と結びつくことで人を殺す」のである。

『母から母へ』において、白人はときに「ボーア」と呼ばれる。「ボーア」はアフリカーナー（オランダ系白人）に対する蔑称だというのが辞書的な意味だが、南アフリカの黒人たちは、実際にはオランダ系であれイギリス系であれ、人種主義的な白人を区別せずに「ボーア」と呼んでいる。人種差別への怒りは、個々の白人による虐待行為への反作用という形をとるわけではない。むしろ、黒人の憤怒は個人や世代を超えて蓄積され、ささいなきっかけで暴発する。一九五二年、ANCなどの解放運動は、集団で公然と差別法を無視する不服従運動を開始した。これはガンディー主義の影響を受けた非暴力大衆運動として計画されたもので、全国でおよそ八千人が「許可なく白人地域に足を踏み入れた」などの罪で逮捕されたが、同年末には各地で自然発生的な暴動へと転化し、たまたまタウンシップにいた白人たちが襲撃の対象になった。全国で六名の白人が殺害されたが、そのひとつが、「修道女が焼き殺された」という、イーストロンドン事件であった。

別の歴史はありえなかったのだろうか。太陽が東へ落ち、新しい太陽が昇る。次々と牛を殺したコーサの農民を突き動かしていたのは、「やりなおし」への希求、すなわち、今あるものではない現在がありえたはずだという、切実な希求であった。マゴナが作中で叙述する通り、アパルトヘイトが撤廃された今も、タウンシップの若者の半分は仕事にありつくことができず、あてどもなく街路をさまよっている。黒人大統領が誕生しても、多数派の日々の生活には何の変化もない。この状況が続く限り、黒人たちの憤怒と汎アフリカ的な解放への衝動は、集団的な記憶の底流において渦巻き続けていくことになるのだろう。

エイミー・ビールは、たまたまアメリカ人であった。エイミーが選ばれたのは不幸な偶然であったにせよ、白いアメリカ人が、怒れる黒人の若者たちに虐殺されたのである。アメリカが「二〇〇一年九月一一日」を経験した今、この構図は、個人としては何の罪もない人びとを殺戮の対象とする「テロリズム」をめぐる問題を、あらためて想起させせないわけにはいかない。ただし、エイミー殺害は組織的なものでも、冷たく計算された戦略的なものでもなかった。殺害者の四人はＰＡＣ（パンアフリカニスト会議）の軍事部門ＡＰＬＡ（アザニア人民解放軍）に属していたが、当時のＰＡＣは、解放運動としての正統性と魅力的な綱領にもかかわらず、まったく規律を失っており、タウンシップの若者の行動を統制できる状況ではなかったと考えられる。

ここにおいてマゴナは、孤独なテロリストの心性ではなく、手段と目的をめぐる政治組織の倫理でもなく、むしろ、もっとプリミティブで御しがたい、自然発生的な暴力の世界を描き出そうとする。すなわち、組織性はないが集合的な、憎悪、怨嗟、欲望に彩られた運動を、歴史的な力の奔流として叙述していくのである。フランツ・ファノンであれば、これをマニ教的な二元論的世界における解放の暴力と規定するのかもしれない。しかし、黒人世界の内部に根をもつマゴナは、抑圧された黒人たちの集団の力を、崇高なものとして無前提に肯定したりはしない。彼女の視線はあくまで複眼的である。

この小説において、マゴナは、集団と個の緊張関係というテーマに繰り返し立ち戻っていく。個の意志を飲み込んで巨大な力を行使する集合的意思の美しさと怖ろしさは、バスの乗客や街頭を練り歩く若者たちを扱った群集の描写のなかに、生き生きと書き込まれている。そこにおいて、一人称の「私」であるマンディサは、冷たい特権的な観察者の位置に身を置いてはいない。抗いようのない力に巻き込まれながら、そこから自分を必死に引き離そうとするところに、語り手が生まれてくるという作品構造が成立している。

マゴナの複眼的な視線は、自らが所属するコーサの共同体にも向けられる。因習に縛られた結婚生活を経て、やがて夫が失踪すると、マンディサは母一人での子育てを強いられる。ひとたびは英雄だった我が子も、いったん殺人犯と見なされると皆が白い目を向ける。世間は冷たい。さらに、不甲斐ない大人たちは若者の暴走を押さえることができず、受け身で大勢に順応しようとする。そんな同胞たちに怒りを向けながらも、マゴナ＝マンディサは、失われた共同体の温もりを、そして少女時代のブラウフレイの叙情的で甘美な記憶を、憧憬を込めて描き出す。そして、打ちひしがれたマンディサを慰めるために集まってくる、ググレトゥの純朴で心広き隣人たちの姿。

コーサの古き賢人たちは、白人がもたらす貨幣経済を拒否せよ、しかし聖書は受け入れよ、と同胞たちに諭したのだった。マンディサの処女懐胎の物語の背後に新約聖書の世界があることは、容易に見て取れる。南アフリカではエチオピア教会、シオニスト、千年王国派、ナザレ派など独立系アフリカ諸教会の影響力が強いこともあわせて、宗教の土着化と人間の救済といったテーマについて多くのヒントを与えてくれる作品でもある。幾多の重い問題提起を含む小説だが、それでも一気に読ませるのは、主人公マンディサの魅力的な人格設定によるところが大きい。勝ち気だが純粋で、ときに思い込みが強すぎるが、ことの本質を誰よりも鋭く見抜く。まっすぐな、愛すべき女性。マゴナの分身たるマンディサは、いかなる逆境にあっても生きる力に満ちている。

最後に、『母から母へ』というタイトルの意味について考えてみたい。この小説世界の中軸をなすのは、まずはマンディサとその母親の、次にはマンディサとその息子の心理劇である。ここで活写されるは一途な母親の心には、南アフリカの状況をまったく知らない者であっても、感情移入しないではいられない。ただし、マンディサのムコリシへの思いにまつわる「死の予感」については、少しばかり説明が必要だろう。「エイミー・ビール事件」が起きた一九九三年は、白人を殺した黒人が逮捕されたら死によって罪を贖うという、アパルトヘイト時代の鉄則がまだ生々しく実感されていた時代である。正規の裁判を受けられたらよい方であって、もしかすると被疑者は拷問され、肉体を切り刻まれ、あるいは警察署の窓から逆さ吊りにされ、そのうえで「拘禁中に死亡、死因は自殺」と発表されていたかもしれない。TRCのおかげで、結果的に「ビール事件」の犯人たちは釈放されたが、それは一九九八年、すなわち『母から母へ』が発表されたのと同じ年であった。小説末尾における母と子の対話の緊張感を理解するには、このような当時の切迫した状況を念頭に置いておく必要がある。

母の息子に対する切実な思い。しかし、もう一人の母、すなわち娘を殺された母の心はどうなのだろう。『母から母へ』において、加害者の母は、息子のことを、そして自分のことを、被害者の母に理解してもらうことによって、被害者の母の痛みを少しでも和らげたいと望む。しかし、加害者の母親の側が「エイミーとその母親の固有の世界」を理解しようとする契機は、この小説にはあまり登場しない。「人を殺すのは正しいことではない」という一般的な価値判断が提示された後、マンディサは、ひたすら自分を語ってしまうのである。分裂した二つの世界を結びつける全体性を小説のなかに期待すると、読者には、裏切られた印象が残ってしまうかもしれない。

この小説の表題が『母から母へ』である以上、その暗黙の目的は、母親として、女性として、人間としての連帯を求めることだったはずである。ところが、結果としてこの小説は、母親の連帯を高らかに歌い上げるものにはならなかった。このように投企が未完に終わっていることは、はたして作者の責任なのだろうか。南アフリカのタウンシップの女性たちにとって、北の国々の善意の人びとは、さしあたりまだ、壁の向こう側の存在でしかないのではないか。虐げられた側に架橋の努力を強制することはできない。求められているのは、むしろ壁のこちら側からの想像力ではないだろうか。マゴナは妥協しない。結局のところ、彼女は「知っているふり」をすることができなかった。この小説は、読む者に安逸な逃げ場を提供するかわりに、私たちの心を容赦なくかき乱す。そこに厳然とした壁が存在する以上、水増しされた人間愛をうたうことにいかほどの意味があるだろうか。それでもマゴナは私たちに語りかけることをやめない。壁の前で立ちすくむのではなく、前に進め――この小説世界が私たちに向かって放つメッセージの根幹は、そこにあると考えることができないだろうか。

本書の背景をより深く理解したいと思うようになった読者のために、ここで日本語の参考文献を厳選して紹介する。ティム・マッキー（インタビュー・文）アン・ブラックショー（写真）千葉茂樹（訳）『未来を信じて――南アフリカの声』（小峰書店、二〇〇二年）は、アパルトヘイト撤廃後の若者たちのインタビューを集めた書物であり、いわば「ムコリシたちの語り」を選りすぐった証言集である（黒人以外の若者たちの語りも多く収録されている）。ポスト・アパルトヘイト時代の南アフリカの現実を伝える日本語の本はまだ数少ないので、ぜひ多くの人びとに一読をお勧めしたい。コーサ人の牛殺し、土地回復の夢、タウンシップの形成などの南アフリカの歴史については、峯陽一『南アフリカ――「虹の国」への歩み』（岩波新書、一九九六年）から、関連する部分を拾い読みされるとよいだろう。南アフリカの黒人抵抗運動の英雄たちの姿については、野間寛二郎『差別と叛逆の原点――アパルトヘイトの国』（理論社、一九六九年）に生き生きとした叙述が見られる。『母から母へ』をポスト・アパルトヘイト時代の証言文学の先駆けとして正面から論評したものが、楠瀬佳子「女たちの声をどのように記憶し、記録するか——真実和解委員会と女たちの証言」（宮本正興・松田素二編『現代アフリカの社会変動』人文書院、二〇〇二年、所収）である。松田素二「共同体の正義と和解——過去の償いはいかにして可能か」（『現代思想』二〇〇〇年一〇月号）は、「共同体の癒し」という観点から、TRCにおける「ムコリシの証言」を再解釈している。

訳者の私たちは、一九九九年から二〇〇一年にかけて、ケープタウン郊外のステレンボッシュという街で暮らしていた。ケープタウンにググレトゥがあるように、ステレンボッシュにはカヤマンディ（「すてきな家」の意）というタウンシップが隣接している。訳者の一人コザ・アリーンは、ステレンボッシュの白人女性たち、カヤマンディの黒人女性たちと一緒に、同一の小説を回し読みして感想をぶつけあう「ブッククラブ」を始めた。そこで最初の「課題図書」になったのが、この『母から母へ』であった。翻訳作業を進めるにあたって、カヤマンディの「ハニ家の女たち」、とりわけヴイウェと、その娘のルルトには、様々な意味でお世話になった。コーサ語の表現をきちんと日本語に置き換えることができているとしたら、それはヴイウェ姉のおかげである。

翻訳については、峯が全体の下訳を作成し、それをコザが原文と対照しながらチェックし、それをもとに峯が仕上げるという形をとった。原文でコーサ語の表現に続いて英語訳が付されている場合、英語からの和訳を（ ）に入れた。英訳が付されていない文章については、コーサ語から直接和訳したものを［ ］に入れた。ただし、単語の意味の説明や訳者が補った表現などは、やや文字を小さくして

［　］のなかにおさめている。訳しにくかった細部の表現については、私たちはニューヨークのマゴナさんと電子メールを交換しながら、疑問を解決していった。マゴナさんは私たちのググレトゥ訪問を手配し、さらに翻訳が順調に進むように何度も励ましの言葉をかけてくれた。

最後になったが、本書の出版を可能にしてくれた現代企画室の太田昌国さんと唐澤秀子さんに、心から感謝したい。本書をスティーヴ・ビコの『俺は書きたいことを書く』と同じ出版社から世に問うことができたことを、とても嬉しく思う。

装丁――――本永惠子
カバーイラスト――――木檜朱実

【訳者紹介】

峯陽一（みね　よういち）

1961年、熊本県天草生。中部大学国際関係学部に勤務。
主な著作に、『南アフリカ』（岩波新書）、『現代アフリカと開発経済学』（日本評論社）、『憎悪から和解へ』（共著、京都大学学術出版会）など。

コザ・アリーン（Aline Koza）

1961年、フランス・リール生。技術翻訳家。

母から母へ

発行……二〇〇二年一一月一〇日　初版第一刷一五〇〇部
定価……二八〇〇円＋税
著者……シンディウェ・マゴナ
訳者……峯陽一／コザ・アリーン
発行人……北川フラム
発行所……現代企画室
住所……101-0064東京都千代田区猿楽町二―二―五　興新ビル302
電話03-3293-9539　FAX03-3293-2735
E mail gendai@jca.apc.org
URL http://www.jca.apc.org/gendai/
振替……〇〇一二〇―一―一一六〇一七
印刷・製本……中央精版印刷株式会社
ISBN4-7738-0212-X　C0097　Y2800E